U0639161

陆世仪诗集

天津出版传媒集团
天津人民出版社

图书在版编目(CIP)数据

陆世仪诗集 / 李兆禄导读整理. -- 天津 : 天津人民出版社, 2024.4
ISBN 978-7-201-20470-3

Ⅰ. ①陆… Ⅱ. ①李… Ⅲ. ①古典诗歌—诗集—中国—明清时代 Ⅳ. ①I222.74

中国国家版本馆 CIP 数据核字(2024)第 093325 号

陆世仪诗集
LUSHIYI SHIJI

出　　版　天津人民出版社
出 版 人　刘锦泉
地　　址　天津市和平区西康路35号康岳大厦
邮政编码　300051
邮购电话　(022)23332469
电子信箱　reader@tjrmcbs.com

责任编辑　林　雨
装帧设计　卢炀炀

印　　刷　天津新华印务有限公司
经　　销　新华书店
开　　本　710毫米×1000毫米　1/16
印　　张　18
插　　页　2
字　　数　180千字
版次印次　2024年4月第1版　2024年4月第1次印刷
定　　价　85.00元

版权所有　侵权必究
图书如出现印装质量问题，请致电联系调换(022-23332469)

目　录
CONTENTS

导　读

理学家大多认为作文害道，不重视诗歌创作。《二程遗书》记载程颐有关诗文的言语道：

> 问作文害道否？曰：害也。凡为文，不专意则不工，若专意则志局于此，又安能与天地同其大也。《书》云“玩物丧志”，为文亦玩物也。……古之学者惟务养情性，其它则不学。今为文者专务章句，悦人耳目，既务悦人，非俳优而何？
>
> 或问诗可学否？曰：既学诗，须是用功，方合诗人格。既用功，甚妨事。……某素不作诗，亦非是禁止不作，但不欲为此闲言语。

程颐认为，要写好诗文这类“闲言语”，就须费神劳力，“甚妨事”，有碍于“养情性”。

朱熹文学天赋极高，年轻时即展现出诗歌创作方面的才华，但他对时人推崇自己的诗歌非常“不乐”，然而又难以割舍爱好之情，原因也在于作诗可能会使得追求大道的事业陷于荒废：

胡澹庵上章，荐诗人十人，朱文公与焉。文公不乐，誓不复作诗，迄不能不作也。尝同张宣公游南岳，唱酬至百余篇，忽瞿然曰：“吾二人得无荒于诗乎？”（《鹤林玉露》甲编卷六）

宋濂与高启、刘基并称为“明初诗文三大家”，有极高的文学造诣，但有人以文称赞他时则“艴然怒”怼：

生好著文，或以文称之，则又艴然怒曰：“吾文人乎哉！天地之理，欲穷而未尽也；圣贤之道，欲凝之而未成也，吾文人乎哉！”（宋濂《白牛生传》）

宋濂高足方孝孺也是如此：“承吾子意厚，过称仆之文有足观者，惭愧弥日。”（方孝孺《逊志斋集》卷十《与郑叔度八首》）

虽然理学家不以诗歌创作为意，但不乏名家名作。宋代邵雍、二程（程颢、程颐）、朱熹，元代刘因，明代宋濂、陈献章、王阳明、高攀龙，清代陆世仪、李光地、曾国藩，都写有不少诗篇。邵雍《击壤集》存诗1500多首，多写其哲学思想与现实生活，如《闲行吟》：

买卜稽疑是买疑，病深何药可能医。梦中说梦重重妄，床上安床迭迭非。列子御风徒有待，夸父追日岂无疲。劳多未有收功处，踏尽人间闲路歧。

程颢作有《秋日偶成》：

闲来万事不从容，睡觉东窗日已红。万物静观皆自得，四时佳兴与人同。道通天地有形外，思入风云变态中。富贵不淫贫贱乐，男儿到此是豪雄。

程颐《陆浑乐游》写春游时的自得之情：

东郊渐微绿，驱马欣独往。舟萦野渡时，水乐春山响。身闲爱物外，趣逸谐心赏。归路逐樵歌，落日寒山上。

朱熹今存诗1300多首，既有探究性理、发明圣道的诗篇，也有关心民生疾苦、抒发个人情怀的作品。探究性理、发明圣道的诗篇如《观书有感二首》《春日》：

半亩方塘一鉴开，天光云影共徘徊。问渠那得清如许？为有源头活水来。

昨夜江边春水生，蒙冲巨舰一毛轻。向来枉费推移力，此日中流自在行。

胜日寻芳泗水滨，无边光景一时新。等闲识得东风面，万紫千红总是春。

王阳明存诗640余首，体现出心学美学风格，大多质量较高。明武宗正德元年（1506），王阳明因为替受到迫害的言官仗义执言，惹怒了宦官刘瑾，被廷杖四十，投入大牢，后谪贬为贵州龙场驿驿丞。在赴龙场的路上，机智摆脱刘瑾派出的差吏的追杀后，乘坐商船逃命海上，面对狂风巨浪，他丝毫不惧，心中光明一片，写下《泛海》一诗：

险夷原不滞胸中，何异浮云过太空？夜静海涛三万里，月明飞锡下天风。

理学家作诗不为无病呻吟，不为空文，都是有感而作，因此宋儒金履祥采择上自周敦颐、二程、张载，下迄宋末近50位理学家的辞赋铭箴赞诔祭诗歌乐府诸体作品，计400多首，编成《濂洛风雅》六卷。唐良瑞为该书作序曰："味其诗而泝其志，诵其辞而寻其学；言有教，篇有感。"钱穆先生效仿金履祥，选取宋代邵雍、朱熹，明代陈献章、王阳明、高攀龙，清代陆世仪六家"显示作者日常人生为主"之诗成《理学六家诗钞》一书，尤以陆世仪生值明清易代之际，"摘录特多，以见明遗民在当时生活之一斑"[①]。

一

陆世仪（1611—1672）字道威，号刚斋，又号桴亭，私谥尊道，又谥文潜，世称桴亭先生，太仓（今属江苏）人。生于明万历三十九年（1611）七月，卒于清康熙十一年（1672）正月。陆世仪六十二年的人生，以1644年明朝灭亡为

① 钱穆：《理学六家诗钞》，九州出版社2011年版，自序第3页。

界限,划分为前后两个时期。

前期,即明万历三十九年(1611)至崇祯十七年(1644),由研修举子业以求入仕转为修身治学以济世。

陆世仪出生于一个五世皆为诸生的普通读书人家庭,其父号振吾,母亲在其出生12天后即去世,九岁时,由继母抚育教导。陆世仪聪明好学,十二岁时作《题百鸟朝凤图》七言诗,崭露头角。其父经常被聘为私塾先生,他就跟随父亲颠沛四方,从父学习。十四、十七岁时,先后结交同乡盛敬、陈瑚,相互砥砺。十八岁时,游学于赵自新(字我完,号樽匏)门下。

崇祯二年(1629),张溥组织成立复社。第二年乡试,复社成员杨廷枢、张溥及吴伟业等高中,名列前茅,这吸引了四方读书人争相加入复社。复社派人请陆世仪入社,但陆世仪认为复社成员党附相援以求科举功名的风气非常庸俗,坚决不入。崇祯六年(1633),陆世仪聘请陈瑚到家,一方面教育同父异母的弟弟,一方面二人共同读书作文,讨论天下大事。面对国事日非的局面,他们预感将天下大乱,于是二人不仅加强学业,还转向习武以图将来有所实效。他们拜娄东石电(字敬岩)为师,学习剑槊弓刀之术、攻战之具。陆世仪还研习阵法,推崇岳飞、戚继光,撰成《八阵发明》一书。

这年秋天,陆世仪用袁黄(嘉兴人,字坤仪,号了凡,明万历进士)功过格作为自己的修身立体之法。两年后,因功过格偏重内省静修,陆世仪认为这是分外之事,与自己重人伦日用的思想不合而放弃。

崇祯九年(1636)年底,陆世仪、陈瑚与江士韶在江家珠树堂之西轩商讨修身济世之法,决定从明年开始探索"迁善改过""明体达用"之学。盛敬听闻后也加入进来,"太仓四君子"正式形成。崇祯十年(1637),陆世仪主要精力由研习举业转入修身立体、治学经世方面。接下来的几年,陆世仪主要做了三件事。一是撰写《治乡三约》，勾画治理天下的理论。二是组织同善会，救济灾民。崇祯十四年(1641)，太仓大旱，饿殍满地。陆世仪联络好友顾殷重、弟子王登善等发起组织同善会，发动富户缙绅人家捐出银米赈济贫苦百姓，帮助他们度过灾荒。起初他们把银米发给所有受灾民众，年轻力壮者多得。陆世仪觉得这样不好，于是提出“役米”“粥会”的分类救济法。役米，就是发给能劳动者银米，让他们去修缮河渠，役米相当于工钱。粥会就是给老弱病残者分发粥食，使他们维持生命。这种办法得到了张溥及地方官的支持，取得了很好的效果。三是挽留勤政爱民的知州钱肃乐(字希声)。崇祯十四年(1641)五月十三日，钱肃乐率民众在城隍庙祈祷求雨，但因往年官粮没能按时收缴上交而遭到弹劾贬谪，士民都认为当时江南大旱，太仓尤岌岌可危，一日不可无钱公，群赴京口叩请两台(藩台、巡抚台，即知府、巡抚)挽留钱肃乐。陆世仪与诸友商议后，到巡抚处挽留钱肃乐并成功。

后期，即生活于清朝时期，时间为清顺治元年(1644)至康熙十一年(1672)。这一时期，陆世仪完全放弃科举仕途，由经世之志转向复兴理学、接续道统、专心著述以惠后学方面。[①]

清兵入关后，陆世仪和许多节操之士一样，不仕二朝，像顾炎武那样，想为后代万世寻求治理大法：

> 士君子处末世，时可为，道可行，则委身致命以赴之，虽死生利害有所不顾。盖天下之所系者大，而吾一身之所系者小也。若时不可为，道不可行，则洁身去国，隐居谈道，以淑后学，以惠来兹，虽高爵厚禄有所不

---

① 葛荣晋、王俊才著《陆世仪评传》，南京大学出版社1996年版，第29页。

> 顾。盖天下之所系者大，而万世之所系者尤大也。（《论学酬答》卷一《与张受先先生论出处书》）

基于对国家、天下万世的这种认识，陆世仪不赞成贤者遭遇时代变革时或隐遁或逃禅之举：

> 历观古今以来，大抵经时变革，一时贤者不死于忠节，则归于隐遁，其或去而入于空释者更多有之。……圣道自此日晦，世界自此日坏矣。（《思辨录辑要》卷二十《治平类·学校》）
>
> 士生斯世，不能致君，亦当泽民。（《论学酬答》卷三《答徐次桓论应试书》）

这既体现了陆世仪不愚忠于一姓一朝的超脱思想，更展现出理学家“为万世开太平”的宏伟气魄和泽被斯民的担当精神。既然绝意仕进，不愿效忠新朝，那就转入著述讲学以传圣道，以惠后世，将其治平之学运用到当地百姓民众身上。这构成了陆世仪后半生的主要行动。因此，陆世仪虽然在水中筑亭，取孔子“大道不行，乘桴浮于海”之意命名为“桴亭”，罕接宾客，但是并没有完全隐居，忘却现实，而是始终胸怀苍生，忧满天下，并与清朝地方官合作，为当地百姓造福谋利。

陆世仪惠泽当地百姓最著名的是顺治十三年（1656）秋主导决坝泄水、顺治十四年（1657）秋主导开江泄水，避免太仓水灾之事。顺治十三年秋连降大雨，太仓境内刘河排泄不畅，水位上涨，几乎与河岸齐平。陆世仪与顾殷重、江士韶等冒雨亲往现场，观察地势，决定不待官府行动，动员群众决坝泄水。在他们的奔走疾呼下，当地士民掘开大坝，河水顺利奔入大海，避免了一场水灾。陆世仪作有《九月朔日鲁冈先生约予及殷重虞九同往观刘河水势时雨盛溢予谓非决坝不可故有是行往返凡三日夜卒从予策坝决水乃大减》以记其事。刘河曾经水流顺畅，舟船航行极为便利，但二十年来淤塞不畅，为恢复刘河水运以及避免以后水灾复发，陆世仪发动士民销圩开挑。当时太仓县令白林九对这种行为大为感动，亲率士民开河。刘河新开，陆世仪极为高兴，作有《和白林九使君开刘河作》《又和白使君仲春历刘河夜宿金粟庵》《和白使君督工刘河雨归》《过瞟水道经新开刘河有感作》等诗。自此陆世仪被世人当作水利专家。康熙十年(1671)，因娄江久淤，官府决定重新疏浚，大中丞马祜聘请陆世仪董理其事。《二月十三日于二府舜邻聘同相度娄江时方议兴浚诸搢绅言予颇知水利召参末议也》诗即记此事。

清初，由于战乱，陆世仪避世山村，生活本就困顿，再加以连年水灾、旱灾、蝗灾，生计之艰难可想而知。为生活计，陆世仪离家或做幕僚，或就馆授徒，靠微薄的收入赡养继母，抚育儿辈。顺治十八年(1661)，随同乡安义县令毛如石到江西安义县作幕僚，期间《思辨录辑要》由毛如石捐资刊行，陆世仪游览庐山、滕王阁等名胜。康熙二年(1663)，长子允纯因病去世，五十三岁的陆世仪受到沉重打击，先后写下《哭亡儿允纯时从西江归也》《看剧痛亡儿时项传作迎天榜传奇中有陈静诚亡子复归事》《再印思辨录成睹亡儿允纯名字悲痛累日成一绝句》等诗，表达老年丧子之痛。康熙八年(1669)五十九岁、康熙十年(1671)六十一岁时，两赴丹阳荆氏馆讲学。康熙九年(1670)，继母去世，陆世仪营葬后卧病数月。次年七月左肩生疽，至八月病情转剧，作有《七月左肩生疽至八月困顿弥甚医者言积郁所致有感而作》诗。应马祜之请，为其“公子师”，并协助马祜处理日常公务。入幕刚两月，即因病归家。康熙十一年(1672)正月二十日,一代大儒陆世仪病逝于家中。

清同治十三年(1874)四月,江苏巡抚张树声奏请将陆世仪从祀孔庙。清光绪元年(1875)二月,经礼部会议,奏准,陆世仪入祀孔庙。

作为一名理学家,陆世仪坚持推尊程朱理学,钱穆先生称其《思辨录》说:“盖自朱子后,善述朱者,无过此书。”[①]高世泰称之为“程朱之功臣”,概括其学术思想曰:

> 其立志在千古,同体在万物,以复性为宗,以格致为功,以敬静为养,无一而非洛闽以来真儒之学也。……余于灯下叹曰:今之为良知之学者尚多,为程朱之学者甚少,然则道威其将为程朱之功臣欤,当必有以辨之矣。(高世泰《论学酬答序》)

陆世仪认为道学统摄一切学问,他说:“天地间只有此个道理,人人在内,人人要做,本无可分别。”(《思辨录辑要》卷一《大学类》)反对中晚明以来空讲性命的风气,提倡将学问与实际结合,落到实处:

> 近世讲学,多似晋人清谈。清谈甚害事。孔门无一语不教人就实处做。
>
> 六艺古法虽不传,然今人所当学者,正不止六艺,如天文、地理、河渠、兵法之类,皆切于用世,不可不讲。
>
> 俗儒不知内圣外王之学,徒高谈性命,无补于世,此当世所以来迂拙之诮。(《思辨录辑要》卷一《大学类》)

① 钱穆:《理学六家诗钞》,九州出版社2011年版,第266页。

陆世仪推崇正宗的程朱之学，但并不完全废弃陆王之学，把他们的治学方法与孔子的“吾十有五而志于学”等并列，同视为“可以至于道学”的“入门工夫”：

> “吾十有五而志于学”是孔子入门工夫，“博文约礼”是颜子入门工夫，“日省”是曾子入门工夫，“戒惧慎独”是子思入门工夫，“集义”是孟子入门工夫。他如周子之“主静”，张子之“万物一体”，程朱之“居敬穷理”，胡安定之“经义治事”，陆象山之“立志辨义利”，有明薛文清、胡余干之“主敬”，湛甘泉之“随处体认天理”，陈白沙之“自然养气”，王阳明之“致良知”，皆所谓入门工夫，皆可以至于道学者。（《思辨录辑要》卷二《居敬类》）

当然陆世仪最推重的还是程朱的“居敬穷理”，认为“居敬穷理四字是学者学圣人第一功夫，彻上彻下，彻首彻尾，总只此四字”（《思辨录辑要》卷二《居敬类》）。

陆世仪终生布衣，治学恪守程朱，以居敬穷理为宗旨，强调经世致用，通过讲学著述及身体力行，推动了清初理学复兴。他生前声光暗淡，去世后声誉渐隆，影响渐广，与一代醇儒陆陇其并称“二陆”。

三

陆世仪著述繁多，光绪年间同乡唐受祺遍访陆氏遗书，得张伯行正谊堂刊本《陆桴亭先生文集》五卷，《思辨录辑要》三十五卷，从叶涵溪得《桴亭先生诗文钞》十四卷，又得《石山房丛书》中所刊《论学酬答》四卷、抄本《志学录》一卷，又得邵氏所辑《娄东杂著》中有陆世仪杂著8种，从同里钱氏得苏州坊刻本《治乡三约》《制科议》《家祭礼》三种，于光绪二十五年（1899）编为《桴亭先生遗书》16种刊行。次年又于同里叶氏抄得《虚斋格致传补注》一卷、《八阵发明》无卷数、《甲申臆议》一卷、《常平权法》一卷，又从《淮云问答》中辑世仪序言、张伯行刊《诸儒讲义》中辑世仪讲义十二首，编为《淮云问答》一卷、《四书讲义存》一卷，加上前16种，共22种，于光绪二十六年（1900）续编成书刊行。而《思辨录辑要》未刊入，故实际只刊21种。宣统三年（1911）始刊《思辨录辑要》成，与《桴亭先生遗书》并行。

其中《陆桴亭先生诗集》十卷，共收诗1200余首，按年系诗。这些诗的题材包括抒怀、怀古、赠答唱和、纪行、田园山水、隐逸、性理等，全面细致生动展现了陆世仪辛苦勤勉的一生和悲悯众生的大儒胸怀。

《诗经》又称《诗三百》，是我国现实主义诗歌源头，是后世诗歌创作借鉴的典范。孔子关于《诗经》"事君事父""思无邪""兴观群怨"的论述成为我国诗歌理论的重要渊源，《诗序》所确立的通过诗歌干预现实、讽谏济世的思想为后世的诗歌发展指明了正确方向。陆世仪论诗远承"诗言志"传统，并将"志"与孔子的"思无邪"说结合起来：

> 诗言志。诗者，志之所发也，有志而后有诗，故或直叙其事而为赋，或有所感触而为兴，或有所讽刺而为比，皆言其所志耳。（《思辨录辑要》卷五《格致类》）
>
> 《书》曰："诗言志，歌永言，声依永，律和声。"此千古圣贤说诗说乐之本也。诗所以言志，无志非诗也，此一个志字须合着"思无邪"三字为妙。若有邪，便不是志。今之诗俱无志，即有佳者，亦不过流连光景而已，

根本已非，更说甚枝叶。(《思辨录辑要》卷三十五《史籍类》)

可见陆世仪论诗根柢《诗经》，要求诗歌合乎兴观群怨之旨。其子陆允正在《府君行实》中记载陆世仪曾"著《诗鉴》一书，以人取诗，以诗取事，每篇之首，采史传为序，各附小论，不合于《三百篇》之旨者不录也"[①]。陆世仪之"性命交"陈瑚揭豬其论诗宗向曰："桴亭论诗以《三百篇》为主，故一字一句，必有合于'兴观群怨'之旨。"[②]这其实是强调诗歌与现实的关系，突出诗人与时代的联系，要用诗抒写生存的境遇，抒发在这种境遇中的真情实感。因此，他反对脱离现实遭际的泛泛写景之作：

程伊川曰："'穿花蛱蝶深深见，点水蜻蜓款款飞'，如此闲言语道他则甚。"此言使今之诗家闻之，未有不大笑者也。然《诗三百篇》未有一句是闲言语，识得此意，方可读诗，方可作诗。如今之作诗者，专以闲言语为主，奈何笑伊川？(《思辨录辑要》卷三十五《史籍类》)

陆世仪生处明清易代之际，战乱不已，加上水灾、旱灾、蝗灾等自然灾害，民生日蹙，蒿目时艰，写下大量反映民生疾苦、关心民瘼的优秀诗篇，也抒写了遗民生存的艰难和心酸。

崇祯五年(1629)，江南久雨成灾，陆世仪写下《久雨》，以悲痛的心情描述久雨造成的惨景灾难，通过叙写历史上的仁君商汤遭遇旱灾祈祷上天为民请

① 陆允正《行实》，陆世仪撰《陆桴亭先生遗书》第一册，清光绪二十五年至二十六年(1899—1900)太仓唐受祺刻本。

② 汪端撰集，韩广导读整理《明三十家诗选》，上海古籍出版社2023年版，第276页。

命而天降甘霖，发出“谁实当其愆”的拷问，最后指出应对自然灾害、造福百姓的关键在天子“努力德政宣”：

> 江南土地饶，累累皆桑田。下水人种稻，上水人种棉。树艺虽不同，所望惟苍天。苍天何不吊，一雨三旬连。雷电相掣击，晦冥眩山川。波声接湖海，陆道通行船。村里亡鸡豚，屋梁环蟒蜒。儿女畏飘溺，朝上桑树巅。老壮利鱼虾，举网当场前。一望渺阡陌，接余生连卷。岂能不衣粟，卒此凶荒年。吾闻京师城，合水三黄钱。京师黄钱每六文准银一分。天子亲行雩，百川竭流泉。胡不移余滴，聊为润尘烟。昔汤祷桑林，甘霖沛人间。天王今圣明，宰臣复良贤。岂为阳之亢，杲日威炎炎。岂为阴之凝，淫潦积川原。天心必有责，谁实当其愆。匹夫动天地，圣神岂无权。愿言献当宁，努力德政宣。

康熙九年(1670)，江南又遭大雨，连续40天阴雨绵绵，海水倒灌，与雨水相激相荡，淹没无数农田，毁坏无数村社，百姓沦为鱼鳖。已六十岁的陆世仪目睹惨状，满怀悲悯写下《水没头歌》一诗，描写这种人间惨剧，触目惊心，读来令人凄怆：

> 水没头，没头水，灾沴从来未有此。今春春水满四泽，梅雨又来人尽喜。陡然一雨四十日，平地波涛三尺起。高乡低乡成陆海，坚厚如城亦倾圮。天晴水未退尺寸，怪风忽动云如驶。海水直立高于山，奔入平田几十里。太仓、嘉定、常熟沿海十里尽坏。屋庐漂没花稻空，人畜浮沉半生死。谁知天意更奇哉，东北风过西北来。太湖三万六千顷，卷空白雪声如雷。湖堤东

束不得过，抵排激斗鱼龙簸。冲村扑舍村舍空，荡郭摧城城郭破。吴江一城如小盂，中边皆水民为鱼。画楼百间沉水底，纵横棺椁浮丘墟。吴江城北有百间楼为水冲倒，民间棺椁皆漂乱。奔腾东出出不得，三江故道皆湮塞。回旋散漫浸平畴，阡陌疆围都不识。可怜三吴赋重民力殚，豫征久悲骨髓干。惟望秋成十分好，卒岁犹自多艰难。岂料民穷天不恤，罪孽既深难解释。积荒十载荒又荒，吴中自辛丑岁起，连岁荒歉。此番定作沟中瘠。被灾死者不必言，惟有生存苦更冤。先要支持七分限，粉身碎骨谁来援。沿塘水浅稍可救，尽力增围夜复昼。无端殃及往来船，乱抢篷桅如杀斗。沿塘数十里，皆抢往来船上芦蘼作岸，得延一线。救苗废尽无限力，水中作肚苗不实。苗将实曰做肚，水深而寒，故不实。徒看两岸叶青青，妆点丰穰虚景色。沿海高乡更不情，木棉水退叶仍生。太仓、嘉定俱种木棉。根干已伤无子结，聊作薪刍爇釜铛。

然而地方官瞒荒不报，朝廷赋饷催逼紧迫，这使得陆世仪千愁百回，歌哭不能，只能“遥思昔日帝尧慈”。

久雨造成江水猛涨，引发水灾。陆世仪利用自己的水利知识、士绅身份的号召力，领导当地士民积极投身抗洪救灾行动，并用诗记录生死关头的英勇之举，如《九月朔日鲁冈先生约予及殷重虞九同往观刘河水势时雨盛溢予谓非决坝不可故有是行往返凡三日夜卒从予策坝决水乃大减》。

《寄答翼微九咸二子》《答陆鸿逸见寄之作》《江楚大旱早晚禾稻俱不登差繁赋急感而有赋》，记述康熙元年（1662）江南地区大旱的惨状和抒发面对惨状悲苦无奈之情：

绛云如山矗天左，夜夜烧空秉炎火。天河水竭星宿干，潭底蛟龙守泥坐。从来江左夸腴田，三湘七泽相钩连。一朝尽化作焦土，千里飞沙没人股。君不见南诏军书日旁午，驿骑持符怒如虎。沟中捐瘠可奈何，空村夜哭愁催科。（《江楚大旱早晚禾稻俱不登差繁赋急感而有赋》）

《苦热行六七两月奇旱奇热百年未有》《前旱》《后旱六七月无雨八月尚不雨》《闻江北飞蝗有感》写康熙十年即陆世仪辞世前一年，江南又一次大旱，并且江北淮、扬、徐、泗等地因旱引起蝗灾。《闻江北飞蝗有感》发出上年大雪祥瑞而现实却是“遗蝗不死死遗黎”的天灾，沉痛发出“上天降罚诚何意”的无奈呼喊：

闻道飞蝗畏积雪，雪深一尺蝗深丈。古有“遗蝗入地应千尺”之语。去年积雪几丈余，今岁飞蝗翻长养。淮扬徐泗百万人，三千鱼鳖为波臣。庚戌雪深人庆瑞，灾民无衣殭满地。遗蝗不死死遗黎，上天降罚诚何意。飞蝗飞蝗，闻尔亦有神，此中分别宜有伦。渚蒲江荻多堪食，留剩三分活善人。

明崇祯十四年辛巳（1641），吴地发生蝗灾，庄稼被吃颗粒无收，饿殍满野。陆世仪怀着悲痛的心情写下《闻蝗食芦叶有感》《邑侯希声钱公治娄有惠政以远年南粮被谪将去官时江南大旱娄地尤岌岌一日不可无钱公士民群赴京口叩两台挽留之予与圣传虞九同舟途中有感杂咏十绝》其三、其四：

闻道飞蝗徧我吴，嘉禾无恙食菰芦。三农父老休相讶，应念江南骨髓枯。（《闻蝗食芦叶有感》）

江南赤地已难耕，此土宁堪螟螣争。寄语草根休食尽，幸留残叶活

苍生。出浒墅关，飞蝗载道，草木叶皆如洗。（《邑侯希声钱公治娄有惠政……同舟途中有感杂咏十绝》其三）

泽国连年病旱荒，关西无处不生蝗。天心若肯怜贤令，莫遣东飞入太仓。钱公见飞蝗，呼天而叹，曾有是言。（《邑侯希声钱公治娄有惠政……同舟途中有感杂咏十绝》其四）

瑞雪飞舞兆丰年，但降雪时间过长、雪量过大，天寒地冻，普通百姓陷于饥寒交迫、挨饿受冻的惨境，甚至冻饿而死。《前雪》《后雪》即描绘了康熙六年(1667)江南大雪造成的人间惨剧：

从来雪号丰年瑞，江南土暖非容易。阶前积寸便称奇，骚人觅句王孙醉。此时冬至尚未过，推窗忽见三尺多。老颜破涕回作笑，明岁倘得邀天和。东邻惠我一壶酒，灶下乏薪难上口。故絮无温夜不眠，朔风怒吼江涛喧。年年木棉贱如土，赋急囊中无阿堵。今年四郊木棉尽，比屋号寒非独苦。江南江北亿万人，无衣无食兼无薪。安得来年二麦熟，夏税停征到秋谷，吾侪虽贫受冻死亦足。（《前雪》）

朝雨雪，暮雨雪，雨雪连绵未断绝。官河如镜冻不开，两月不见刍薪来。城中户户绝烟火，三旬九食愁杀我。惟有官仓夜不关，火城照耀高于山。引满围炉敲冻骨，饥喉无声呼咄咄。朝廷诏蠲不得蠲，从容饿死沟渠边。呜呼，安得从容饿死沟渠边。时吏胥作奸，荒者不报，报者亦不得蠲。（《后雪》）

从《前雪》诗可以看到陆世仪继承了杜甫民物胞与的仁爱精神，从《后雪》诗看到杜甫诗中“朱门酒肉臭，路有冻死骨”的人间悲剧时隔 900 年后又再次上演。然而这种人间悲剧是旧社会的常态。

当地方官勤政爱民,与百姓共克时艰,战胜自然灾害,迎来风调雨顺时,陆世仪感戴之情油然而生,发为歌咏,衷心赞颂,如《秦雨歌》。清顺治七年(1650),吴地遭水荒百姓“卖男拆屋当官税,且留骨在还生皮”,尚可苦苦支撑;八年(1651)又遭旱灾,只能“性命存呼吸,露宿田头望田泣”,然而“县官符檄疾如火,里胥持符入门坐”,可谓天灾人祸,百姓落得“田庐荡析儿女空,拚掷残躯横道左”的悲惨境况,即使“千金之子毙囹圄”,也无人能“升斗相怜惜”。吴地成为人间地狱,“怨气郁积干苍穹”。辽东御史秦公来吴地为官,与民同忧共苦,感动上苍,终降甘霖,陆世仪由衷感颂:

> 幸有辽东御史来,天门久闭为公开。晴空无云雨忽注,万井腾溢欢如雷。吁嗟吴民,尔勿以此为祥瑞,尔生已分成捐弃。此时何处得甘霖,点点秦公眼中泪。行看绣斧渐回柯,商羊无权旱魃多。丰年有歌尔自许,石壕夜呼将奈何。吴民吴民奈若何。

赠答酬唱诗是我国诗歌很重要的一个组成部分。虽然很多赠答酬唱诗出于应酬,没有什么真情实感,但不能简单否定这类诗的价值,从最根本的功能来说,赠答酬唱诗在当时起到了沟通融洽人际关系的作用,今天可以通过赠答酬唱诗一窥当时的文化、文学以及人文氛围。据统计,陆世仪现存380多首赠答酬唱诗,占其现存诗篇的1/3左右,可见陆世仪非常重视这类诗的创作,充分发挥了“诗可以群”的社会功能。

邢昺《论语注疏》解释“可以群”说:“可以群者,《诗》有‘如切如磋’,可以群居相切磋也。”意思是说通过诗歌人们可以切磋琢磨,互相取长补短以促进共同进步提高。朱熹《论语集注》解释说:“可以群,和而不流。”也就是通过“和”来处理人际关系,使之达到和睦融洽。陆世仪就是在这个意义上充分发挥诗歌的社会价值,构建和谐社会氛围的。

好友之间相互赠答酬唱,如联句、和韵、次韵,这种类似于游戏的活动本身就具有一定的趣味性,可以愉悦身心。清顺治五年(1648),陆世仪与石隐、尊素、寒溪、确庵、鸿逸会于药园枫林书舍,傍晚彩虹忽现,众人即兴联句,“吟笑互发,顷刻而成。既成,罚皆如约。……又令占胜句者得自举觞,诸友皆引满浮大白,莫敢不醉,可谓极游娱之情,穷啸歌之乐矣”(《暮虹联句小序》)。顺治六年(1649),好友联句,陆世仪不获与闻,后听说“是日联句甚乐”,颇有遗憾,特意“为追赋一律以赠”。

陆世仪强调写诗要和时代环境、个人遭遇结合起来,即使是赠答酬唱也不可妄为虚文。清顺治二年(1645),明王朝灭亡的第二年,面对山崩地解般的朝代更替,有着传统华夷之防观念的士夫陆世仪陷入迷惘痛苦之中。这年秋天至冬天,借与好友王石隐、盛敬相互唱和,陆世仪作《感遇诗》三十首,以抒发当时自己不知所措、彷徨迷惘的心灵困境,而这种心境也是王、盛二人共同的感受。三人通过这三十首诗,增加了了解,加深了感情,也进而增强了面对时艰的勇气。

陆世仪还作有三十多首祝寿诗。祝寿诗容易流于阿谀过誉,陆世仪却能结合寿者经历遭际、人品操守写出人物风神,毫无虚浮之弊。早在崇祯十年丁丑(1637)、十一年戊寅(1638),王鉴明与陆世仪感到乱局将至,卜隐乡村。后令儿子登善从陆世仪、陈瑚游,登善考取举人后,不再让其进京参加会试。隐居乡村,时入城市,真隐而不以隐士自居。高风亮节,实为末世乱世楷模。陆世仪为其品节所感,作《寿鉴明王先生五十》诗祝贺这位“大贤”五十寿辰。

《寿毛子晋五十》则突出毛晋这位汲古阁创建者在藏书、刻书方面的成就、声名与贡献：

高阁藏书拥百城，主人匡坐校雠精。名传海外鸡林识，学重都门虎观惊。卷幔湖光浮几案，凭栏山色照檐楹。沧桑世界何须问，缑岭吹笙月正明。

《王母篇寿松陵吴赤溟母夫人六十》则借祝寿表达吴赤溟的诗才及与潘耒编撰明朝一代之史的敬佩之情，由此颂美吴母：

天门扃，阊阖闭，仙人纷纷下平地。骖驾鸾鹤鞭青虬，御我王母游戏人间世。世人氛浊何茫茫，长鲸吞九州，海水襄八荒。山川澒洞不可识，日月暗淡无晶光。方平麻姑相告语，眼底沧桑一何苦。劫灰冥冥不可极，谁能拯之叩天姥。天姥悯下土，铿钟訇天鼓会召群仙。真辉煌，聚瑶府。下土毒积何由深，乃在是非变乱，纪载失真。麒麟遭弹凤被射，蚊虻鼓翼虾蛆灵。三百年来黑白混，上帝赫怒，遂使一气颠倒神区倾。何以补救之？别白人兽培其天。何以昭明之？洗发光气开其先。驱走龙门役班范，欧阳司马流汗奔走如邮传。书成仙子献王母，王母一笑拂拭玉宇开琼筵。文章照耀二仪朗，愿我王母寿万年，领群仙。

全诗立意新颖，想象奇特，可谓祝寿诗中的杰作。祝贺姐丈许南村六十大寿则充盈着亲人间的脉脉真情。其他如《龚母王夫人妇德之纯而母仪之备者也其幼子兆飞从予游得闻其详今年五十同人进觞咸献诗歌予因作节孝贤能寿五颂其词曰》《西田八章章八句集葩经寿王烟客》《寿胡彦远尊人静庵先生六十长歌》等，都能根据寿者身份、操行事迹而写得充实灵动。

寿者都是五六七十岁的长者，他们的言行德操足可为世人榜样。如突出王鉴明、王仲光（《寿王仲光六十》）、王烟客的真隐士精神，赞美陆丽京之母袁氏养育出名士、殉节之子的母德（《寿陆丽京母夫人袁氏》），《黄摄六县尹征三吴诸隐同寿白林九使君书四绝句应之》赞美太仓县令的循吏之风，《寿江阴孔九容》赞许孔子后人在江东地区弘扬儒教的功德，等等。陆世仪是想借祝寿颂扬他们为世人树立做人榜样，建立一套行之有效的道德规范。这与他撰写《治乡三约》勾画治理天下的理论互为表里，由此可见其以学问济世的气概。

生逢明清易代之际，明末朝政日非，内外交困，陆世仪虽处江湖之远，但也不能不关心国家大事。他对朝廷不能任用真有才华、真心为国的正直之士而愤慨。常熟石电（号敬岩）善使剑槊，驰骋辽东疆场，屡立战功，但晚年被迫赋闲家乡，陆世仪写下《赠石敬岩将军》，赞颂其武艺战功，战死沙场的爱国之心，最后指责朝廷执政者昏庸不能用之，遭遇如同汉代的李广、冯唐。全诗慷慨悲凉：

将军结发已从戎，四十余年立战功。十月冰霜孤塞外，九秋风雨百蛮中。但期戮力同刘、杜（禄按：刘挺、杜松在辽地与清兵激战殉国，石电曾与二人同事），岂料终身类李、冯。执政无人君莫恨，江湖知己尚难逢。

面对纷纭艰危的时局，陆世仪直抒对朝廷听信谗言不能容贤、无端贬谪爱国将军钱靖侯的愤懑，心生厌倦，而又无可奈何，只能劝慰钱靖侯暂时归隐，以像姜太公那样等待明主：

> 世事年来眼倦看，闻君此谪更无端。朝登荐剡方推毂，夕见弹章已挂冠。时局纷纭何足论，英雄颠倒那能安。不如且觅山中侣，归向磻溪理钓竿。（《唁钱靖侯将军失职》）

崇祯十五年（1642），陆世仪与陈瑚乘舟到南京，写有《望钟山》《秦淮鼓吹》等诗，抒发对时局的关心和忧虑，“时穷发浩叹，相对话乘桴”（《舟中同言夏联句》）道出二人当时穷途绝望的心情。

明崇祯十七年、清顺治元年（1644），清军入关，次年清军大下江南，明朝军民奋起抵抗，但大势已去，天下逐渐沦入清人之手。山河沦落，战火频烧，清兵肆虐，大肆杀戮，满目疮痍，陆世仪悲痛满怀，寄恨笔端。

《答友人见招》是一首七绝：“北望中原恨未休，南冠今日更蒙羞。何堪更向新亭饮，尽日相看作楚囚。”通篇用“南冠”“新亭”“楚囚”这些表示亡国的典故，哭诉社稷沦亡的“未休”之“恨”、被奴之“羞”。《怀言夏》：“君阻湖村我阻城，相看咫尺尽戈兵。月明风静秋天暮，两地应闻浩叹声。”满眼兵戈而又无能为力，只能于“月明风静秋天暮”之时，发为沉痛无奈的“浩叹”。山河大地都被清军占领，同胞都被异族奴役，昔日优美的吴地山水可餐秀色，只觉黯然无色，甚至不知春天的到来。内心的黯淡使得触目无色，虽满腹凄清愁苦，但也无能为力，只能于夕阳西下之时，一睹残照余晖：

> 此日年来是何日，忽闻春尽更神伤。吴山吴水暗无色，江北江南竟改妆。恨乏斧柯条远树，惭为公子赋春阳。满怀骚屑谁堪似，牛背斜晖

照眼光。(《三月十九日春尽步毛子晋韵》)

明清易代之际,有无数人微身贱之人不堪亡国之辱,以身殉国。虽然他们声名不彰于世,但他们的气节操守足以令人敬佩,陆世仪对这类人士表达了深挚的敬意。顺治十八年(1661),陆世仪听云门梵林禅师讲述越甑底山无名乡塾师自埋殉国、钱塘妇女誓死不为清兵所虏两则悲壮往事,这时明朝虽然已亡 17 年,陆世仪还是满怀景仰感佩之情写下《甑山士》《越舟女》二诗。今人读其诗及序,仍能被这些小人物的气节所感动。

最能体现亡国后陆世仪悲痛彷徨心境、出处无据的是其顺治二年(1645)创作的组诗《感遇诗》三十首。组诗小序交代了创作背景、彼时之境和缘由:

> 乙酉之遇,天下古今所未有也。所遇为古今未有,则所感亦为古今未有,何诗之足云。然以不生不死之人,处倏安倏危之地,欲歌不能,欲哭不可,悲愁郁愤,发而为诗,固亦屈之情、陶之思也。幸生之余,与王子石隐、盛子圣传无聊唱和,自秋徂冬,凡得五言古诗三十首,汇为一编,名曰“感遇”,志所怀也。

接下来在自己与同为《感遇诗》的朱熹、陈子昂的比较中,突出自己迥异于二人之“可悲”:

> 昔陈子昂为《感遇诗》,妙绝古今,晦庵先生喜而特效之。予之诗与二公之诗其工力不敌,固可知也,然晦翁之诗在并美前人,固无感遇之

可言，子昂之诗洵有感矣，而考其所遇，乃在高宗、武后之世，以观今日，虽同为感遇，而所感所遇实有大不同者，是则可悲也夫。

写亡国之痛而又无力挽救颓败残局的诗，还有《归任阳村舍》《鉴明王先生来酌酒话乱》《乱后汉阳黄赤子过访夜饮有感》《示虞九二绝句》《怀宋子犹》等。

遭历亡国之痛或者目睹国家即将陷入灭亡的诗人当属陶渊明与屈原，后世有共同遭遇的诗人往往把二人视为前世同调，或表达对二人的仰慕，或效仿二人的行为，以此表现自己的悲痛。陆世仪诗就有多首提及屈原、陶渊明。早在明崇祯十六年（1643），陆世仪看到端午节斗龙舟士女嬉笑，就发出“士女笑相乐，那知屈生苦”的喟叹。这表明其时陆世仪已觉察到明王朝面临亡国的危险。顺治三年（1646），清朝已占领江南，许多士子遁世逃禅，云南文介石面临明王朝国破局面，有家不能归，只得遁入空门，以消内心悲恸。陆世仪《送文介石先生入中峰》写文介石万念俱灰、生无他恋，国破之恨唯有以“读《楚词》”消释，这也是陆世仪夫子自道：

底事伤心万念隳，漫从兰若寄栖迟。乾坤有限无穷恨，身世须臾不尽悲。千里音书孤枕梦，六时功课一编诗。放舟日暮山风急，松柏滩头读《楚词》。

同年陆世仪避世墙东，春日伤心，无聊独叹。偶过异公斋，得睹宋遗民诗集《月泉吟社》，有感而作《春日田园杂兴》组诗六首，组诗序曰“屈、陶异世同情”，既是说宋遗民，也是说自己。顺治三年（1646）作《过顽潭访确庵》。多年志同道合的好友，相聚于舆图换稿之时，互吐心声，即使隐居荒村也难舍故国之怀，问津无路，唯有中流痛苦，饮酒消愁而已：

何处能忘世，顽潭六月深。花多君子德，村是古人心。溷迹依僧社，怀情托素琴。中流堪痛哭，欲续楚骚吟。不道菰芦里，居然好避秦。风潭满菱芡，流水数乡邻。有酒能消夏，无溪可问津。翻嫌武陵洞，犹到一渔人。

顺治五年（1648）作《端午日确庵至鸿逸憩雪斋同诸友即席二首》，寄寓深深的遗民情思：

细切菖蒲浸酒卮，觥筹互起笑参差。可怜益智无佳粽，四悔谁添续命丝。

潭上山人衣薜萝，陶巾新制样如何。时石隐新制陶巾。侬家久住桃源里，不向江头问汨罗。

既然现实寂苦无聊，无可逆转，只能像屈原、陶渊明那样徜徉山水，寄情田园，于是无可奈何之下，陆世仪将目光情思转向山水田园，在领略大自然或优美或壮美的景象之时化解人生的疼痛，抒泄消解亡国之痛、故国之思，从而写下大量山水田园诗。如作于清顺治五年（1648）的《和盛子圣传寒溪八咏》，作于清顺治六年己丑的《桴亭八咏》《确庵移居隐湖以湖村晚兴十首见贻即韵遥和》等组诗。陆世仪有时赋予山水以人格，将自己的情感、处世精神外化于自然山水。如清康熙元年壬寅（1662），年已五十二岁的陆世仪作幕僚于江西安义县署，游览庐山，面对天下奇观五老峰，有感而生，写下《五老峰歌》：

何年五老人，来往庐山头。上揽错列璀灿之星辰，下瞰分画位置之九州。先与羲皇圣人为结契，后与秦汉唐宋公卿隐逸为绸缪。朝亦庐山头，暮亦庐山头。不乐攀龙与附凤，惟与洞中白鹿相嬉游。不闻玉箫金管声，惟闻洞中书院士子讲诵而咿呦。同时海内有五岳，崔巍广大亦与此山颇相侔。又云此山高万丈，海内无与为匹俦。五岳世受王者封，爵比三公上诸侯。惟尔五老寂寞山之巅，清风明月互唱答，木石鹿豕同夷犹。五老辗然笑："此事奚足为我五老羞。吾闻食人食，便须为人谋。古来登封与望祀，玉帛牢醴奔走重沓来祈求。中央有水旱，嵩岳当引为己忧。南西北东四维有灾沴，衡恒泰华分其尤。历年九万六千岁，何年无水旱，何年无灾沴，五方享祭不闻稍稍分劣优。上天神明，或者默用其赏罚。下民何知，未免祁寒暑雨相与叹息而啁啾。吾居庐山巅，不受禄一亩。右饮洞庭水，左挹彭蠡流。山僧樵牧日来往，世事与我同蜉蝣。有时气力暇，出云兴雨亦与下土为噢咻。大或被万国，小或沾一丘。总由帝力，于我五老亦何有。千春万古常优游。"

在与五岳的对比中，突出五老峰"无官一身轻"的逍遥自在，这正是陆世仪的夫子自道。

作为理学家，陆世仪不免运用诗歌阐明其治学旨趣，用理学诠释其对宇宙自然、社会人生的见解。如清顺治五年（1648）所作《琉璃浑天唱和诗七绝二首》：

晚风轻雪小亭寒，团坐谈天兴未阑。欲识乾坤无别事，水晶球里跳双丸。

此身久坐此图中，底事昏昏只阿蒙。今日与君同一笑，谁人能识太虚空。

所谓“水晶球里跳双丸”，即是说宇宙乾坤分阴阳，阴阳犹如“双丸”在太极圆圈内跳转。康熙四年(1665)作《毗陵读易十绝句》，阐发对《周易》的理解，诗中充满“先天”“后天”“此心”“吾心”“圆圈”“动静”等理学术语。

四

陆世仪诗形成了独特艺术风格。陈田《明诗纪事》评陆世仪诗：“桴亭古诗，取达词意，不事摹拟。五七律格调轩爽，音节苍凉。”[①]清汪端认为明季遗民诗人中顾炎武、陆世仪“最为巨擘”，而“桴亭以浑厚胜”[②]。所谓浑厚，就是指陆世仪诗意在表其性情，不求字句之工，浑然一体。钱穆选邵雍、朱熹、陈献章、王阳明、高攀龙与陆世仪诗成《理学六家诗钞》，在该书《自序》中论陆世仪虽遭遇比其他五家特为酷虐，但其诗风仍与五家相类，同具“洒落恬淡”之风：“六家中惟桴亭遭遇特酷。生值易世，坚贞不仕。生事穷窘，茹苦更深。故其诗多幽忧沉痛之辞。然其近于入屈者，亦终归自于陶。其心情之洒落恬淡，亦与前五家无殊致。”[③]由“洒落恬淡”的心情而形成“洒落恬淡”的诗风。陆世仪论诗提倡“温柔敦厚”诗风[④]，这也是他对自己诗歌总体风格的要求和

① 钱仲联主编《清诗纪事》，凤凰出版社 2004 年版，第 77 页。

② 汪端撰集，韩广导读整理《明三十家诗选》，上海古籍出版社 2023 年版，第 276 页。

③ 钱穆著《理学六家诗钞》，九州出版社 2011 年版，自序第 3 页。

④ 陆世仪谓：“温柔敦厚四字，诗家之宗印也，不可易也。”(《思辨录辑要》卷三十五《史籍类》)

概括。所谓“浑厚”“洒落恬淡”“温柔敦厚”，都是植根于其对诗歌本质、功能的认识，意图矫正后世诗歌俗滑轻浮之弊：“诗本性情，关风化，先王以诗观成。古风敦朴，故温厚和平。后世辞人轻浮浅躁，故其诗谑浪笑傲。闻乐知德，居然可见。风俗日坏，人心日薄，何以为诗。”[①]（《思辨录辑要》卷三十五《史籍类》）这种诗风的形成，既是对原始儒家温柔敦厚诗教的传承，更是陆世仪作为理学家遵循居敬求理治学路径的必达涯岸。

陆世仪写山水田园的诗，体现了他洒落恬淡的心境与诗风，如《过石隐斋赋赠》，写好友王石隐书斋的幽静景象与惬意的遁隐生活，景物、情事，脱落凡俗：

> 相马当以舆，相士当以居。入门动真气，岂非高隐庐。庭前静松竹，架上纷诗书。二三偕隐人，朝夕相与娱。游情侣万物，探道追皇初。兴至或吟诗，翩翩陶谢俱。鹿门今咫尺，谁能笑菰芦。

《次日移船看桂次确庵韵》记与好友九月郊外看桂花，溪流红日，诗书酒花，笑语盈盈，诗境淡雅恬和：

> 一溪红日散晴烟，正是看花九月天。残醉未醒重载酒，漫携诗卷笑登船。

面对江山易主，陆世仪内心沉痛异常，但因性情恬淡，作诗抒写亡国之悲

① 陆世仪撰《思辨录辑要》卷三十五《史籍类》，文渊阁《四库全书》第724册，上海古籍出版社1987年版，第335页。

也能做到温柔敦厚。明朝亡后，微生无依，如何消释内心的伤痛，成为摆在士人面前亟需解决的课题。陆世仪与好友唱和，创作《感遇诗》三十首，抒发了面对亡国困境个人生命、心境、出处的艰难，作出通过体认天道、人道以纾解困苦、缓和紧张心灵的选择。其一、其二、其三写明朝气数已尽，自己身处卑位，无力回天的痛苦。其二写道：

冒辱既非易，杀身良独难。高堂有白发，稚子未知餐。揽衣起叹息，展转不能宽。思欲披缁衣，寄迹空门端。君臣义已废，弃亲殊未安。俛首混侪俗，流涕伤心肝。

国亡君死，活着即是屈辱，杀身成仁，则又“弃亲殊未安”，真是生而受辱，死又不能，只能忍辱含垢，“流涕伤心肝”。

陆世仪一生心系民瘼，关心百姓疾苦。每逢水旱、蝗虫、雪寒等自然灾害，百姓生计艰难，流离失所，困病交加，死者相继。有时各级官吏救援不力，或者隐瞒灾情不报，陆世仪对此现象自是极为痛恨，但相关诗篇却能表现得较为含蓄。如前引《久雨》，最后指出天灾实由人致：“天心必有责，谁实当其愆。匹夫动天地，圣神岂无权。愿言献当亡，努力德政宣。”表达深沉而又委婉，深得婉而多讽之趣。作于康熙六年（1667）的《后雪》，讥刺地方官瞒报灾情，造成百姓冻饿而死，如果不是自注“时吏胥作奸，荒者不报，报者亦不得蠲”，读者恐难以明了诗人讥刺所指。

陆世仪作诗众体兼擅，一大特色是许多诗题很长、许多诗有小序和自注。这些诗题、小序、自注交待了该诗的写作背景、缘由，非常有助于理解诗意和诗旨。陆世仪并非不知过长过详的诗题能够破坏读者探索诗歌旨趣的兴致，但不顾及此而多用长题，其实体现了陆世仪“人与诗合，诗与事合”（《思辨录辑要》卷三十五）、“天下国家之大”（陈瑚《陆桴亭先生诗序》）、不追求徒有华丽形式之美的诗学思想。

陆世仪非常善用《诗经》《离骚》以来的比兴手法，或是抒发对贤者遭嫉而受排挤的痛愤，或喟叹自己品节高洁而无由为世所赏的困闷。前者如《感遇诗》其六：

> 南国一佳人，绝世而独立。倾城令人妒，屏逐不遗力。艳去众丑欢，妖嫫斗颜色。穷巷有幽姿，闻之捧心泣。贤者见辱于时君，予为之痛心焉。

用佳人象征贤者，用众丑象征谗害贤者的奸臣，“艳去众丑欢，妖嫫斗颜色”描摹出贤者被逐后奸臣的狂欢，朝政混乱可想而知。因此，诗人听闻后只能发出“穷巷有幽姿，闻之捧心泣”的浩叹。这里诗人用“穷巷幽姿”象征贤者，也是象征自己。后者如《感遇诗》其九：

> 兰为王者香，无人生空阿。孔子过见之，援琴喟然歌。荣落随众草，不得比佳禾。九州无定所，逍遥将奈何。

庐山向以风景秀丽闻名天下，陶渊明隐居后此地后成为隐逸名山，但不像五岳那样“世受王者封，爵比三公上诸侯”，庐山最著名的五老峰只是“五老寂寞山之巅，清风明月互唱答，木石鹿豕同夷犹”。《五老峰》巧妙地借用五老峰与五岳这种迥异的待遇，指出五岳各司其职，身担重责，哪有五老峰轻松自在。这实际上是用五岳象征在位者，用五老峰象征不出仕的自己，同时警戒在位者在其位要谋其政，担当履行好起自己的职责。

陈瑚评陆世仪："其为诗也，少时即有会于《风》《骚》比兴之指，而古风则取材于汉魏，近体则得法于李唐。及乎弱冠以后，潜心明体适用之学，诗歌小道，非其大志所存。然间一有作，则能抒写其中之独得而为寻常思虑之所不及。"（陈瑚《陆桴亭先生诗序》）指出陆世仪学诗取法对象及作诗历程，可见陆世仪作诗立意之高、入门之正。陆世仪诗本于性情，而这种性情又和家国天下相连，因此，我们通过读其诗，可以触摸这位大儒悲天悯人的心灵，窥视明朝遗民辛酸寂苦的一生。钱穆编选《理学六家诗钞》，指出理学家诗可以进窥理学门径，可以"真得《风》《雅》之遗响"，可以涵养自己之性情①，陆世仪诗洵当斯论。

本次整理以光绪年间唐受祺刊刻《桴亭先生遗书》中的《桴亭先生诗集》十卷为底本。每卷卷首标明该卷诗歌起讫年代，将原注于每年第一首诗下的系年，移改到该年第一首诗之前，并在括弧内注明公元纪年。

作者虽已殚尽心力，但因素乏学殖，致使多有谬漏，敬请学界大家先进见谅指教。

① 钱穆：《理学六家诗钞》，九州出版社2011年版，自序第3页。

陆桴亭先生诗序

陈　瑚

吾郡之友与予称性命交者，多不过数人，其人皆圣贤豪杰之徒，而其感时不遇，发为词章，又皆卓然有以自命。予生平喜道人之善，凡诗文之有一言合于道者，不靳为之序以传其人，而独于此数人者则皆未及为，以不敢苟而为也。日者衰老而多病，廪廪有沟壑之忧，于是乎将次第及之，而首序桴亭之诗。盖予与桴亭，生同里，长同学，而交又最早。自束发时，吾两人者见天下多故，人才寥落，即有高视阔步之意，必欲为当世一二人而后已。而桴亭天资英迈，凡《五经》六艺、诸子百家之书，以至于三才万物变化之情状，莫不究悉其精微而贯通其指要。其于经世之务，匡时之略，则原本王道，斟酌古今，而著为成书，确然可见之施行。人见其应于外者不穷，不知其足乎内者，非涉猎之才、记问之学所得而望其涯涘也。其为诗也，少时即有会于《风》《骚》比兴之指，而古风则取材于汉魏，近体则得法于李唐。及乎弱冠以后，潜心明体适用之学，诗歌小道非其大志所存。然间一有作，则能抒写其中之独得，而为寻常思虑之所不及。古今之论诗者亦多矣，其最有得者莫如司空表圣，尝自择其诗而论之曰:“饮食之味,必资盐梅,而其美则在咸酸之外。”今其诗具在,诚如其云,顾其所论者,诗焉而已,而未尝关于性情学问之微、天下国家之大也。表圣,盖唐末之有道君子,要其所见,止于如此,不可以例其余乎?然则使桴亭与古今人角立于词坛之上,出其偏师,贾其余勇,即足以摧锋陷敌,制胜千里,譬犹齐、晋之君主盟中夏,虽强如秦、楚,且不敢与之匹敌,而况于曹、滕、邾、莒乎?学者即其诗而求之,庶几乎得其诗之本焉。而如以诗人目之,未为知桴亭者也。予于桴亭《思辨录序》既详言其人之本末矣,今复序其诗以传之。夫桴亭之人可自传其诗,桴亭之诗可自传其人,盖不待予言而后传,而复序之如此者,亦以晓世俗之目论者也。同学弟陈瑚言夏氏序。

陆桴亭先生诗序

周俶文

陆子桴亭岂必以诗见哉。其于天人之学罔不该贯，盖直源洙泗而流濂洛，诗特其绪耳。忆昔与陆子交各年少诸同人皆工举子业，而陆子独渊然浩然，有罗络古今、囊括天地之意，时同人以为迂而无当，陆子弗顾也。其言曰："古者之教人也，教之以圣贤而已，未尝教之射功名、梯富贵也。苟能圣贤其身，则功名富贵因之而不愧。否者，困苦寥落，我无憾焉，还我素焉则已矣。"诸同人又复迂之。逮二十年来，时变代更，而诸同人之头颅卒如故，夷考陆子之胸，则渊然浩然，莫可涯量。而同人中有一二激昂之士乃始弃前业而放情于歌哭之间，以稍抒其愤懑不平之气，然而徒得陆子之绪矣。昔我尝与陆子论文，陆子不大喜今；我尝与陆子论诗，陆子不大拒，谓我于论诗之道颇不谬古人。故尝出己诗以证我，我则不敢轻置可否也。盖澜生于海，滔漭万状而终莫测其所来。陆子之学，海犹是也，分其一波一勺而皆有全海之味，我安得而测哉。不求工而自无不工，不必拙而亦无妨于拙。总之，不在篇章字句间可以毕其性情之所至也。故曰：盘盂之水，鼠尾一曳而人欲呕；江河之水，漂尸浮面而人饮之者,量小与量大之别也。又况陆子之诗美不胜扬而疵无可摘欤。少陵曰:“王杨卢骆当时体”“不废江河万古流”,盖当时有轻薄四家者,故当时特表而拯之。要之,四家之诗本于才,不本于学,是以专攻之家或得而议之,曾陆子而可议欤。执诗以求陆子,而陆子存焉;必执诗以求陆子,而陆子不存焉。然则陆子安存乎。亦存乎渊然浩然之际而已矣。是为序。同学弟周西臣俶文氏题。

卷　一

明天启二年至明崇祯十七年(1622—1644),十二岁至三十四岁

明天启二年壬戌(1622),十二岁

题《百鸟朝凤图》

独向高冈择木栖,更无鹓鹭与相齐。一声叫彻虞廷日,四海鸱鸮不敢啼。

明天启四年甲子(1624),十四岁

东海馆中作

独携竹兀对斜曛,捉笔思拈海外文。欲觅奇峰无处得,去看天际晚来云。

明天启五年乙丑(1625),十五岁

华灯词

大乙发奇焰，飞来灿华屋。主人善相宝，笼以金珠斛。辉德扬古今，清光耀幽独。

同友人夜坐

怀人坐良月，清辉漾空苍。相思有吉士，命驾来予旁。倾樽发荣词，词旨和以康。深情映古今，浩气成文章。男儿重道义，择交审其臧。管鲍自慷慨，嵇吕徒猖狂。所贵在心知，不在肝与肠。肝肠岂不烈，意气难久长。

明天启六年丙寅(1626)，十六岁

竹庵吟三首

竹庵大如拳，每嫌人世小。亦是同廛居，人世殊杳杳。门内琴书陈，门外车马列。车马原非殊，今人自相别。读书拙逢时，雅志托好古。圣世无留良，气力须自努。

雪朝放歌

千林瑟瑟枯条鸣，寒风夜半飘琼霙。主人披衣对窗立，拍手一笑天初明。门前青山十万尺，皓气直落空斋白。虚寒散入城市中，独向贫家肆狼籍。我心当之恒殷然，兴词酌酒酹阶前。欲有所祈冀神听，请为尔神歌短篇。我不愿美酒名姬坐华帐，从来富贵生淫妄。亦不愿挥毫作赋临高台，词臣笔墨徒夸才。但愿山头片片玉飞来，粒粒成嘉谷。大储如陵小如阿，白头鼓腹容颜酡。舞傞傞，饥已矣，寒奈何。更愿阿滕听我歌，既能飞作絮，何不轻为纩。咸使宇宙休天和，不机不廪恣婆娑。四时皞皞春风多，共庆天子恩如波。

明崇祯三年庚午（1630），二十岁

空潭三章章四句

《空潭》，志洁也。时贤以党附相援，托之以见志焉。

空潭漉漉，水深鱼伏。维纶则直，维钩则曲。

空潭漪漪，水深鱼肥。苟直是慕，曲或致之。

空潭滳滳，水深鱼逝。曲不可致，直亦难系。

明崇祯四年辛未（1631），二十一岁

春郊词

翩翩游冶郎，桃花艳春阳。春一本作东。风一何妒，吹损罗衣裳。

姑苏台怀古

胥门江水绕城回，历历征帆映古台。可惜当时歌舞地，止堪高望越兵来。

夜　泊

晚宿平江下，秋容满客衫。清风吹片月，孤屿落双帆。水阔微灯火，霜多老柏杉。夜深钟磬发，隐隐逗高岩。

湖中秋望

秋白浮天醉老枫，波心落日晚来红。江村烟起无重数，知道前山更几峰。

梳头吟

举头理青丝，低头深所思。不愿青丝常如此，但愿白头对君子。

明崇祯五年壬申(1632)，二十二岁

结交行

古人云结客，会须多黄金。政使黄金多，增兹反覆心。

山中晓行

春阴白云滑，晓露松花香。飞流溅不尽，石气生清凉。

里中有娇女

里中有娇女，十五从儿夫。恩情如环结，两心不相渝。丈夫好狭游，爱宠新姬多。故人惟布素，新姬饶绮罗。布素虽可念，绮罗亦可怀。去就不能决，中心两徘徊。故人语儿夫："君恩莫相疏。日久知人心，识性可同居。新人颜色娇，护持劳君心。不如故人好，冷暖相怜亲。"

秋夜词

良月满高台，鸣琴发情愫。月华堕清寒，散作琴上露。何当成泪珠，弹向天涯暮。凤凰自相求,莫在临邛住。

秋夜登山阁

高阁横秋迥,遥临值夜阑。月明千壑静,木落万峰寒。远寺动鸣磬,空山闻泻湍。独来无限思,飘渺一凭栏。

久 雨

江南土地饶,累累皆桑田。下水人种稻,上水人种棉。树艺虽不同,所望惟苍天。苍天何不吊,一雨三旬连。雷电相掣击,晦冥眩山川。波声接湖海,陆道通行船。村里亡鸡豚,屋梁环蛸蜒。儿女畏飘溺,朝上桑树巅。老壮利鱼虾,举网当场前。一望渺阡陌,接余生连卷。岂能不衣粟,卒此凶荒年。吾闻京师城,合水三黄钱。京师黄钱每六文准银一分。天子亲行雩,百川竭流泉。胡不移余滴,聊为润尘烟。昔汤祷桑林,甘霖沛人间。天王今圣明,宰臣复良贤。岂为阳之亢,杲日威炎炎。岂为阴之凝,淫潦积川原。天心必有责,谁实当其愆。匹夫动天地,圣神岂无权。愿言献当亡,努力德政宣。

山 居

深山无六月,古木恒萧萧。白日荫不下,落阴成逍遥。

古别离

握手临中歧,问郎今何适。去去问天涯,天涯不可极。白日颓人颜,严风厉人色。岂不云怀归,归兮恐无及。妾心匪石坚,君遥那能识。愿为畹中兰,佩君表贞德。愿为架上鞭,从君促归勒。久别庸敢伤,壮年难再得。

夜泊鹿城

渡头新一作星。月暗，离思满归一作孤。舟。此夜闻风雨，山城一片秋。

江上有怀

秋色在高树，风云动地起。独坐临江干，怀思不能已。

山行即事

晴峦四涌碧崔巍，翠色遥从天外开。怪得巫山深秀减，奇峰一半尽飞来。

夜过虎丘

夜来明月入空山，中有幽禅独闭关。印得老僧心外法，生公台上月光闲。

姑苏竹枝词

姑苏台上枸杞垂，姑苏城头多柘枝。吴王宫馆昔何处，至今游人说西施。

明崇祯六年癸酉(1633)，二十三岁

长门怨

自入长门里，君恩日日虚。生憎词赋贱，终不买相如。

塞下曲竞病韵同昭芑周臣端士口占

结发事戎行，数与匈奴竞。壮士图报恩，疮痍何足病。

赠石敬岩将军敬岩剑稍为天下第一，予从之受学，惜未尽其术。

将军结发已从戎，四十余年立战功。十月冰霜孤塞外，九秋风雨百蛮中。但期戮力同刘、杜，刘挺、杜松，公曾与同事。岂料终身类李、冯。执政无人君莫恨，江湖知己尚难逢。

观敬岩舞双钩

石氏双钩天下无，壮游燕赵暮游吴。英雄已老少年出，若个相逢是丈夫。

明妃怨

漠漠胡尘塞草连，汉家宫阙迥于天。长门闭尽君王宠，犹胜单于拥醉眠。
汉苑离宫百一重，羊车日日逐东风。如何好色真天子，不信双眸信画工。
远嫁单于青海滨，美人天上落胡尘。春归龙塞何须惜，愧杀当时宫里人。
独坐穹庐风雪深，琵琶调尽不成音。凄凄别是《关山调》，无复当时宫里心。
昨夜营中虏骑驰，平明同祭拂云祠。琵琶拨酒频相劝，赎得蛾眉未可知。
诏使来图内苑嫔，黄金百万一时陈。宫中今日谁承宠，应是金多第一人。
单于猎罢挟弓回，宝剑光摇暝色开。乞与还将汉宫去，明朝斩取画工来。
白登山下暮扬尘，冒顿曾围汉圣人。最恨当时美人策，至今遗患在和亲。

读郎元翊诗文杂稿赋赠

雅道久沦丧，风流复见兹。闭门甘箸作，悬榻待交知。醉后周郎曲，闲中李贺诗。远公今结社，吾意欲相期。

明崇祯七年甲戌(1634),二十四岁

南渡观桃

万树桃花夹水滨,游车日日动芳尘。天涯是处皆兵甲,堤上何人解问津。

闺怨和陈言夏

夫婿天山未挂弓,临妆少妇叹飞蓬。深闺颜色尚如此,愁杀沙场风雪中。

赠吴一韩舞刀长歌

堂堂复堂堂,君不闻范侯百万胸中藏。咄咄复咄咄,君不闻霸王拔山喑呜发。英雄天授非人力,乌能一身有兼得。我友吴子生超俗,腹笥《五经》犹不足。床头旧有乌孙刀,月明霜白时啸号。秋冬之闲读书暇,为我起舞当亭皋。西风何烈烈,黄尘一作埃。扑人咽。按刀侧立呼一声,眼前万物俱蠓蠛。来如黄河东南倾,止如华岳空中横。丰隆飞天掷雷电,冯夷踏海鞭鳌鲸。嗟乎,吾子一介之书生,胡为诗书不专务,思轶贲育高成荆。圣朝宰相不重武,此道今人弃如土。高官大吏满京都,不较金钱便书簿。君兮曷不归来休,饮酒食肉可以致富贵,富贵何尝论才猷。吴子长叹息,掷却昆吾钩。男儿自有志,岂羡封公侯。不见去年燕山北,□尘动地嗟无策。只今小丑群陆梁,朝廷顾视相仓皇。分体本作黄。天子抚髀思将帅,黄金台成士不至。岂因马骨尚未收,抑亦冀北无龙俦。吾侪每念发上指,世乏同心谁见齿。壮气激发悲填膺,重脱青衫奋舞起。君莫耻,希文自任何如人,壮夫运甓岂徒尔。

仲夏讌集王太常东园

乐郊昔日旧游地，此来又见经营初。小山才筑已余势，新沼乍成方始波。历落沙堤种榆柳，参差轩阁开岩阿。我心正尔抱抑郁，欲坐此间长啸歌。

季夏复集东园

六月避蒸暑，载游东冈陂。宾客曳华裾，苍童携酒卮。入门纵观眺，高山正逶迤。华轩枕虚壑，危楼临大池。绿叶翳繁林，朱华被清漪。已登崇丘岭，复涉浅水湄。埽花庵名。看奇石，翦镜亭名。观流澌。逍遥长隄上，散步鱼梁基。疏桐夹榆柳，竹石郁参差。放舟理轻檝，悠然适所宜。曲涧多回湍，长杉障炎曦。凉风一披拂，邈若清秋时。乐事贵群赏，胜情欣独知。神仙不可接，当与古人期。

南园夜集

置酒临轩幕四垂，坐深丝竹动清悲。只今小苑闻歌夜，正是高堂浩叹时。

感怀诗十六首

家世事清谨，服德敦诗书。受命违货殖，安仁贱怀居。十年一断屐，三岁双枯鱼。何期亲老疾，笥囊无夙储。借贷称奇策，典易尽衣袽。疏水虽已供，亲心安得舒。古人有禄仕，非此复焉如。

捧檄出门去，泪下不能言。长揖谢书剑，抗颜事寒暄。昔为天上鹤，今为槛中猿。语默判勤惰，动止殊方圆。骨肉相隔绝，不知凉与温。门前谁家子，意气独轩轩。父母乐康乐，读书浃晨昏。

鸣鹤在北林，其子东南翔。衔鱼欲反饲，攖缴坠高冈。束其凌霄姿，铩其羽翮长。载以文轩车，配以清露浆。饮啄非不时，恒心独悲伤。中夜嗷嗷鸣，星月为徬徨。矫首北林望，黄叶方零霜。

北门有高坟，桧柏郁多姿。凡我陆氏宗，十世咸于斯。子孙何不肖，搰埋甚狐狸。绝则不为亲，人人得诛之。奈何奉汤药，不能事两歧。逸贼昔有道，修墓古所悲。封殖虽云毕，谁为整伦彝。

大块禀万物，类聚各有班。胡为一圭土，生此艾分体本作苭。旧注：草，能伤人。与兰。艾草日夕滋，兰草为纠蟠。岂无芬芳姿，不能胜冥顽。岂无刀镰利，同根畏相残。睇彼松与柏，郁郁浮云端。荆榛蒺藜枝，纷然莫能蔓。

授书里门中，五日一回还。父母喜相见，动辄如经年。搴帷瞻颜色，欲言无可宣。遥思生恐惧，觌面生忧煎。小愈未足欣，久滞何时痊。缅怀古扁卢，疾首呼苍天。古人即今人，何独多神仙。

吾闻三神山，乃在海中央。上有神仙居，长年多悦康。我欲从之游，乞取药一箱。归来奉堂上，延寿千万霜。侧身东顾瞻，洪波浩难量。秦皇与汉武，毕力不得望。何况微躯子，引领徒涕滂。

仲夏炎节至，溽暑一何滋。斗室如裩裆，作息咸在斯。赤日丽高隅，潦雨漫庋庈。阴房蒸雾一作腐。湿，蚊蚋日夕孳。终坐尚不堪，况复卧床帷。飕飕晨风发，拂拂夕风吹。岂无户外乐，畏彼苍蝇嗤。

登山孰最险，孟门与太行。处世孰最难，要津与名场。膻集众所附，利在国乃狂。是以古贤人，千乘如秕糠。纷纷垄断子，胡为日皇皇。蜣蛣转粪丸，凤凰慕高冈。志尚各有适，谁复辨秽芳。

中秋好明月，况乃两中秋。前夕北城濠，今夕南楼头。清光何皎皎，高风更飕飕。朗星四五六，白露空中流。对此良夜景，鲜不欢遨游。顾我独坎壈，茕然怀百忧。四望起长叹，肠中乱丝抽。

朝从北郭行，道逢鲫与鳊。持买鲫与鳊，归来自烹煎。纤鳞何簇簇，鳍骨何一作复。连卷。念此滋味薄，愧彼西河贤。东市饶米谷，南城盛鱼鲜。振衣出门去，索上无余钱。顾此长叹息，倚徙不能前。

矫矫松柏树，托根沃土旁。下有桃李花，杂沓并成行。阴冈多百草，招一作根。摇谓我芳。移之种寒谷，傲然甘雪霜。始知沃土肥，不滋松柏香。望箕不思簸，仰斗不求浆。名实自难掩，众口亦何伤。

飘风何发发，吹我灶下薪。灶下薪尚可，釜中有扬尘。卑室积寒气，白日为逡巡。嗟我黄发老，终岁遭邅迍。东家乐鸡黍，西家会宾邻。何彼同室子，操戈日相嗔。弃置勿复道，万石重亲亲。

寒风入高楼，簌簌鸣窗隙。百忧如重山，压我来胸膈。对书徒散乱，自起理衾席。伏枕未逾时，忧来愈益积。披衣复匡坐，展转不能释。童子据榻鼾，宵鼠撺东壁。戚戚竟何言，殷殷自终夕。

欢乐不复觉，忧至始难裁。嗟予一岁中，寸心生草莱。临文徒惘惘，展卷益回回。益，一作复。当风增浩叹，聆音动清哀。道逢亲知交，谓我何虺隤。谑浪顾我笑，期我共谐诙。岂不乐相答，中怀不能开。

有客迟我饮，谓我何为忧。我非褊心子，岂乐恒怨尤。贫者士之常，怀居圣所羞。众口讵足较，穷达非人谋。独有父母疾，谅难任优游。处厦忘阴雨，乘舟昧深流。盛年托荫下，那复知穷愁。

访侠者不遇

狭巷访要离，人逢问阿谁。英名天下识，里闬不相知。

归旧窗兼怀友人

我来旧窗下，不扫已经年。雄剑鹛鹏落，陈书脉望穿。壮心惊日月，良友滞山川。卒岁徒虚掷，分阴愧昔贤。

挽石敬岩将军时敬岩年七十余，官军征中原流寇，聘致军中，军溃，敬岩殁于阵。

白水黄沙战骨纷，天阴磷火自成群。可怜无数一作限。沙场鬼，头白如霜独见君。

中原豺豕叩雄关，老将长征竟不还。落日西风淮水急，忠魂何处逐刀环。

冬晓五平诗

离离霜花明，层冰俄参差。寒鸦啼何喧，风吹枯杨枝。

冬夜五仄诗

独夜拥膝坐，夜静益杳杳。读史不觉曙，淡月落树杪。

明崇祯八年乙亥(1635)，二十五岁

五柳如村二堂遗址

春风摇摇百草抽，沙头水合东西流。古藤盘郁石础缺，巍然独见双高丘。茫茫昔谁氏，云是五柳如村二堂之遗址。抑谁居者，胡正思、仲连继起称父子。嗟乎，先生于宋为两贤，归来筑室东海边。风流彭泽洵可接，文章工部相比肩。只今未及四百载，华表空存鹤何在。牛羊朝夕登陇头，圣世徒闻禁樵采。我心怀古思悠悠，独呼浊酒浇松楸。揽衣太息不忍去，海上碧云生暮愁。

冬夜大风

风吹天昏黄，月出势如涌。翳翳浮云驰，煜煜明星动。

冬日王子周臣凿冰而嬉乃戏作古意效李长吉体示周臣诸昆仲

一日二日风彭彭，微霰密雪交回萦窗棂。夜啸如鬼鸣，树头树底吹竽笙。中庭地白何虚明，碧玉一片浮空清。磨刀割玉悬前楹，隋宫之屏开水晶。扣以麈尾玻璃声，老蚌映月珍珠生。绣幄香消罢瑶席，素盘拂落轻无迹。

汉武帝射蛟江中歌盖我完师命题课端士诸昆仲也因命予作弗获已乃效汉乐府体如天马赤蛟诸篇勉成之其合否未暇论也

惟汉昌，德昭明。王之游，协时巡。驱风雷，伐蛟子。清江淮，继神禹。畜四灵，功巍哉。开明堂，万福来。

明崇祯十年丁丑(1637)，二十七岁

咏　竹

吾闻竹有君子德，心内虚兮节外直。岂惟二者良足称，岁寒更比青松质。丹葩离离结朱实，粒粒堪为凤凰食。凤兮凤兮胡不来，使我不见心痛恻。

从生竹

从生竹，何萧疏。新枝日以茂，故枝日以枯。去年虽枯尚成竹，今年不见徒欷歔。

明崇祯十四年辛巳(1641),三十一岁

辛巳上元同鉴明王先生泛舟水乡时海内多故将为避地计也舟中有感即事

为访南阳地,来登西市船。雪浮木分体本作林。杪动,风起浪花颠。海内方多事,天涯自晏然。不知村郭里,何处可容廛。

雨雪北风凉,扁舟下水乡。王公真惠我,携手共翱翔。退遯岂予意,凶祥任彼苍。太平如可久,予亦恋筐箱。

同鉴翁归舟已元夕矣城中灯火方盛予两人独往独来里无知者更赋七言一绝

城中箫鼓闹如雷,此日江头带雪回。不道桃源问津去,却疑剡曲放舟来。

闻蝗食芦叶有感

闻道飞蝗徧我吴,嘉禾无恙食菰芦。三农父老休相讶,应念江南骨髓枯。

邑侯希声钱公治娄有惠政以远年南粮被谪将去官时江南大旱娄地尤岌岌一日不可无钱公士民群赴京口叩两台挽留之予与圣传虞九同舟途中有感杂咏十绝

子侨兴谤在田畴,司寇当年刺麛裘。为政从来难虑始,鄙人肉食岂能谋。

钱公大修荒政,令州中亩出一升为常平,州中人创见,疑骇特甚。

五年不识大夫面，今日同攀刺史旌。自是忧时公念切，肯随流俗学逢迎。

江南赤地已难耕，此土宁堪螟螣争。寄语草根休食尽，幸留残叶活苍生。

出浒墅关，飞蝗载道，草木叶皆如洗。

泽国连年病旱荒，关西无处不生蝗。天心若肯怜贤令，莫遣东飞入太仓。

钱公见飞蝗，呼天而叹，曾有是言。

百部翻车列水滨，辘轳声动浪如尘。船头箫鼓休相笑，隔岸秧苗愁杀人。

濒娄江两岸，田乃最下地，岁率开渠，引水不烦车吸。至是皆列重车就河心引水，鱼贯而上。稍居腹里者，支河水竭，亦皆就江滨搬水灌田，辘轳横列，至以百计。岁旱，民劳莫此为甚。

江北黎民尽阻饥，那堪此地亦如斯。官街道殣时相望，退食何人自委蛇。

舟行自娄抵京口，河滨死人累累不绝，此百年以来所未见者。登镇江北门，饿莩横道。予亦亲见一人仆死，路人皆不顾，官府亦莫之恤。江南之祸不远矣。

大江东下浪如雷，南北分流一线开。闻道中原不堪说，凭栏高望思无涯。

中原盗贼数年于兹，迩年复大旱，山东畿辅之地，父子夫妇兄弟相戕食，人肉载路，惨莫之怪。一统之世，见此景象，此开辟以来所未有也。登山涉水，不胜浩叹。

云树青青江外浮，人言此地是扬州。思君客路知何处，指点烟波一片愁。

重远弟客维扬，久而不归，远望赋此。

天下斯称第二泉，无冬无夏水涓涓。如何不向田间去，却与闲人结俗缘。

水泉不能济旱，徒供煮茗，故云。

江流激激草离离，六月秧苗种未移。安得惠泉行处是，桔槔虽敝尚堪支。

唁钱靖侯将军失职靖侯后以乙酉死难。

世事年来眼倦看，闻君此谪更无端。朝登荐剡方推毂，夕见弹章已挂冠。时局纷纭何足论，英雄颠倒那能安。不如且觅山中侣，归向磻溪理钓竿。

哀黄雀

哀黄雀，黄雀飞且鸣。飞鸣一何急，苦饥不得食。荒田草离离，秕谷无糠粞。汝不闻东家之子千金躯，朝来自分埋沟渠，那有余谷活汝为。

明崇祯十五年壬午(1642)，三十二岁

道旁有群儿

道旁有群儿，啼声一何悲。问儿何为啼，寒冻饥无糜。阿婆厌糟糠，阿母啜豆粞。阿母持我来，置此行路歧。路人不复惜，早暮归黄泥。吾闻此儿言，叹息还迟迟。我躬尚不阅，安能惜群儿。勉强拂衣去，涕下交双颐。

舟中同言夏联句

客子戒长途，同行各见呼。言夏江横众木直，月朗一星孤。道威宿鸟自来去，浮云空有无。言夏时穷发浩叹，相对话乘桴。道威

望钟山

钟山东望翠如烟，王气依然似昔年。回首中原一惆怅，干戈满眼是谁愆。

秦淮河

秦淮河水碧澄澄，南北通流亘古今。江左原非兴一作争。王地，祖龙空自费雄心。

秦淮鼓吹

妙舞清歌尽日忙，画船无处不红妆。江南江北愁如许，不道都人乐未央。

闱中作

一万英髦试棘闱，人人意气欲骞飞。功名自尔丈夫志，富贵不淫谁与归。

龙江关风雨

乱云飞繖过江皋，顷刻波心喷雪涛。扬子江船千万只，一时和雨下篷篙。

泊燕子矶

长江日落浩无涯，一抹烟中万艇斜。燕子矶头秋夜月，六朝曾照旧繁华。

贺陈其丹将军平海

东海烽烟旦夕惊，将军神算压欃枪。千帆昼出鱼龙静，一骑宵驰飑蜴清。捷奏庙廊称伟绩，功成边邑庆销兵。处堂不识绸缪意，漫道天涯自太平。

苦寒行

冻云作寒威，雪花一作飞。大如黍。相逢歧路间，风咽不得语。

明崇祯十六年癸未(1643)，三十三岁

龙舟谣

五月斗龙舟，水嬉疾如虎。士女笑相乐，那知屈生苦。

汉阳黄赤子北上公车过娄谈道与予相得甚欢继闻寇入襄汉复回省家书以赠别

君家汉上我吴中，千里遥看姓未通。十载著书悲和寡，一朝论学快心同。方欣启迪符倾盖，底事风尘骇转蓬。握手河梁重惆怅，天涯相望思无穷。

赠别王端士

六月赴公车，驱车汗如雨。何不辞苦辛，时艰不堪语。戎马尚在郊，盗贼徧三辅。有君而无臣，何以称御侮。家世受国恩，簪缨累祖父。功名安足论，图报心独苦。行行经四方，岂敢惮征暑。挥手慷慨别，赤日正当午。

和圣传湛一亭诗二律

疏林落落竹森森，中有幽亭贮素琴。凭槛小花供杂绮，隔溪高树散轻阴。纵观万物皆生意，静对渊泉识道心。一室自饶千古乐，不知人世有升沈。

湛一亭前竹树森，主人终日坐鸣琴。清晨习静贪朝气，永夜焚膏惜寸阴。水到渠成看道力，崖枯木落见天心。此中旋转须教猛，不信神州竟陆沉。

答赠崇川宋子犹二首

夙昔志取友，于君实寡俦。十年怀道谊，一夕见纯修。予与子犹相遇闱中，一见不忘，今十年矣。子犹忽来相访，开心论道，契若符节。古行乡闾式，高文国邑求。时艰须绝学,幸与共绸缪。

大道自今古,惭予无所知。顾兹方晦蚀,敢不效驱驰。愧未加涵养,岂堪著辨思。时子犹读予《思辨录》有赠,故云。□□□邃学,何以教危疑。

卷　二

清顺治二年乙酉至四年丁亥(1645—1647),三十五岁至三十七岁

清顺治二年乙酉(1645),三十五岁

乙酉元旦后二日即席赋赠玉汝夏子时玉汝仗剑从戎孤身北侦归而为同学诸兄道其详同学壮之饮之酒而送之行时玉汝又将从史阁部于维扬也

君昔未束发,与我正同庚。少年盛意气,抵掌谈经纶。弯弓击剑槊,绝技妙入神。二十好道术,闭门各穷经。我宗朱晦庵,君学王文成。议论互往复,得意时自矜。无何世局变,盗贼纷如蚊。流毒偏楚豫,蔓延及两京。君忽奋衣起,策马驱风尘。三秋入虎窟,□□惨不惊。归来见天子,肘后悬黄金。黄金一何尊,壮士多苦辛。出门半载余,天下已四分。帝后耻未雪,骠姚安足论。所愿抒奇策,灭寇□□庭。收京整钟虡,四海一廓清。功成不受赏,长揖归山林。鹅湖旧经在,与尔伸前盟。

乙酉元夕娄城盛张灯火户皆悬彩有感而赋

塞北旌旗乱，江南采色多。敷天犹有泪，薄海但闻歌。游女拖珠袨，一作飞金爵。王孙曳玉珂。太平诚足乐，九世奈仇何。

澄江舟次次异公韵异公，一作德公。

湾头浅浅露平沙，一曲清溪杂野花。溪上青山山下树，树中茅屋是人家。

虞山竹枝词六首时舟行过虞山同异公登眺见士女如云戏为竹枝小词状其狂惑聊资采风一助

桃花如醉柳如颠，十里横山翠欲眠。何处游人喧一作欢。笑急，长松影里佛台前。

春风春日桃李浓，游女游人西复东。拂水岩前乍相失，半山寺下忽相逢。

郎乘骢马妾乘舆，宝相金钱贮后车。入殿莫教相去远，上香焚祝要通书。

今年香信好天缘，和暖偏一作颇。宜衫子鲜。微雨乍过云又散，趁晴还早到山巅。

百货山棚事事都，吹笙摇鼓杂花图。三年心愿今春满，买个泥孩赠小姑。

何处声声箫鼓催，前村迎赛社神回。大姑小妇争相唤，倒曳红裙急看来。

答友人见招

北望中原恨未休，南冠今日更蒙羞。何堪更向新亭饮，尽日相看作楚囚。

怀言夏

君阻湖村我阻城，相看咫尺尽戈兵。月明风静秋天暮，两地应闻浩叹声。

归任阳村舍

筑室为谋乱，翻从乱后来。田心飞白浪，屋角蔓青苔。邻叟攀墙话，村童拥树猜。相逢疑隔世，欲别重徘徊。

鉴明王先生来酌酒话乱

乱后知谁在，今兹幸再逢。先生惊发秃，小子愧头童。变态乡城异，愁心彼此同。别来无限泪，都寄一樽中。

感遇诗有序

乙酉之遇，天下古今所未有也。所遇为古今未有，则所感亦为古今未有，何诗之足云。然以不生不死之人，处倏安倏危之地，欲歌不能，欲哭不可，悲愁郁愤，发而为诗，固亦屈之情、陶之思也。幸生之余，与王子石隐、盛子圣传无聊唱和，自秋徂冬，凡得五言古诗三十首，汇为一编，名曰“感遇”，志所怀也。昔陈子昂为《感遇诗》，妙绝古今，晦庵先生喜而特效之。予之诗与二公之诗其工力不敌，固可知也，然晦翁之诗在并美前人，固无感遇之可言，子昂之诗洵有感矣，而考其所遇，乃在高宗、武后之世，以观今日，虽同为感遇，而所感所遇实有大不同者，是则可悲也夫。

潜鱼怀深渊，飞鸟慕青冥。志尚各有适，罗弋纷四陈。神龙失云雾，蝼伏同众鳞。哲士无势位，俯首齐凡民。仰叹发浩歌，悲来痛填膺。气数苟在天，匹夫岂能争。时予避地水村，土人乱，复入城。

冒辱既非易，杀身良独难。高堂有白发，稚子未知餐。揽衣起叹息，展转不能宽。思欲披缁衣，寄迹空门端。君臣义已废，弃亲殊未安。俛首混侪俗，流涕伤心肝。

仲雍避荆吴，断发文其身。殷箕遘昏乱，佯狂受奴髡。少连柳下惠，降辱称逸民。微服过宋都，去衣入倮人。在昔大圣喆，处困皆有伦。区区卑贱子，含垢安足嗔。

伏读《明夷卦》，悠然感我心。柔顺以蒙难，艰贞晦其明。卞和得良璞，再刖于楚廷。刖者成废弃，冒辱安惜身。此间有大宝，勿得轻死生。悠悠白马客，千载同斯情。

青青原上荄，发发水中鱼。荄生何闲闲，鱼游亦嘻嘻。北风忽振厉，海水群惊飞。狂飙折松楸，黑浪翻鲸鱼。天地方晦冥，微生安所依。

南国一佳人，绝世而独立。倾城令人妒，屏逐不遗力。艳去众丑欢，妖嫫斗颜色。穷巷有幽姿，闻之捧心泣。贤者见辱于时君，予为之痛心焉。

时有令兄弟，偶尔成析炊。大盗一入室，彼此生阻疑。兄或击其弟，弟亦奋刀锥。兄弟本同生，相疑徒尔为。大盗当门前，鼓掌方嘻嘻。时娄中乡城相疑杀，故云然。

白日中天行，皎皎未虞昃。阴雾忽障之，倾轮堕西北。素月出东岭，驱雾开昏塞。方欣微光动，谁念长夜极。复旦何时歌，怀情久伤曡。乱而复乱，波涛相推，不知所终，忧之而作是诗。

兰为王者香，无人生空阿。孔子过见之，援琴喟然歌。荣落随众草，不得比佳禾。九州无定所，逍遥将奈何。

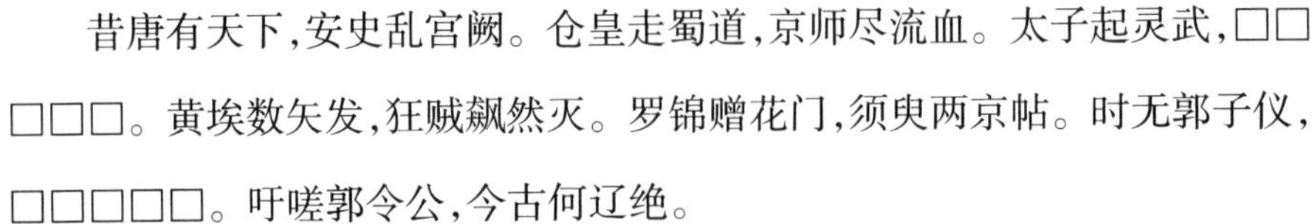
昔唐有天下，安史乱宫阙。仓皇走蜀道，京师尽流血。太子起灵武，□□□□□。黄埃数矢发，狂贼飙然灭。罗锦赠花门，须臾两京帖。时无郭子仪，□□□□□。吁嗟郭令公，今古何辽绝。

蹶马恒破车，恶妇恒破家。冠帻事攻劫，安能正奇邪。汉家四百载，党祸为萌芽。处士盛名节，朝廷非所嘉。名节尚不可，何况群骄奢。

睢阳四战地，孤立贼垒中。屹然障江淮，不与降丑同。茶纸鼠雀尽，身死城亦空。巡、远固足钦，斯民实奇忠。河北廿四郡，闻之宁愧衷。江南连城相抗，然能死战死守、力尽不屈者，惟江阴一邑而已。

世事方龙战，人情已雀跃。车骑何纷纭，屠门堪大嚼。区区陋巷子，蠖伏甘穷约。未能行采芝，聊复归种药。农圃安足辞，箪瓢有真乐。

南邻有嫠妇，颜色已枯槁。白首儿夫捐，驱车嫁燕赵。旁有处女子，独宿甘荼蓼。苦节何敢贞，伤心赋偕老。

小隐隐陵阿，大隐隐朝市。朝市我不能，陵阿亦殊赘。卜居东南隅，落落有爽气。左顾通人烟，右览接荷芰。平畴繁嘉蔬，古冢出高树。虽非山林间，亦有泉石致。一廛聊自息，治乱委人世。

丹穴有雏凤，乃在山之阴。青鸾白鹤侣，朝夕相和鸣。养此羽毛奇，翩然备仪庭。明王暗不作，海宇群沸惊。鸾鹤纷翻飞，鸱鸮互纵横。孤凤何所之，敛革避逡巡。岂无德辉著，时穷非炫珍。灵龟曳其尾，雄鸡惮为牲。祥麟出周季，将贻田父禽。

仲尼千载师，偃蹇生衰周。孟轲谈王道，七雄非其俦。濂洛关闽儒，学至君未求。晦翁振绝续，南渡时蒙羞。嗟嗟鲁斋公，仕元以为尤。岂天靳斯文，每出多遭遛。展卷仰前哲，浩然忘我忧。

古来贤达士，隐居多授书。时衰道义贱，谁能枉车舆。千金赠当路，一饭靡穷庐。弃置勿复道，耕渔聊自纾。

百里不贩樵，千里不贩籴。贾赢至三倍，君子岂能识。臣朔饥欲死，姑试未为失。尝读《货殖传》，哑然自思忆。行德非予事，聊用适吾力。

北山有高士，幽居在空岑。上有青云垂，下有朱草森。我欲从之游，雨雪方阴阴。何时共携手，相对弹鸣琴。

渔阳鼙鼓惊，征尘动地起。河北多郡县，一朝尽风靡。常山有太守，恸哭整军士。誓心匡社稷，志烈身竟死。长乐何如人，纡纡佩金紫。同为党人，同为名士，或生或死，忠佞顿殊。可为浩叹。

孤阳生东海，朝光正曈曈。时当沍寒节，凛烈来长风。常恐雨雪至，飞云蔽晴空。何时丽中天，为我开严冬。

生平寡交与，与世殊淡漠。天涯有数子，相知在寥廓。或如孔程交，或辨朱陆学。或闻声相思，曾未接酬酢。遥遥南北海，此心契如约。风尘暗天来，踪迹各飘泊。出处或可期，生死殊未卜。会晤当何时，六合庶开拓。

卧龙隐南阳，幽居志何适。交友不数人，颇能尽厥术。元直勤启诲，州平闻得失。更有水镜翁，时来入人室。汤饼辄相呼，主客了无择。予家东南偏，与虞九、石隐、圣传居相近，地颇幽寂，虽兵革日闻，而三兄时时相过，不减昔日南阳之乐，故志之。

仲冬霜雪降，寒月光逾凉。独夜起徘徊，矫首中庭望。三垣何暗汶，列宿纵横行。天狼射丸丸，舒光异平常。旄头当天明，弧矢弛不张。天道不可知，叹息徒傍徨。

龙潜不隐鳞，凤翔不藏羽。网罗森高张，去去将安所。东陵有故侯，种瓜日昫昫。西山虽云高，毋为过艰苦。

宁、原丁汉季，遭乱靡所入。公孙治辽海，同往依其域。宁语惟经典，世事了不及。邴原尚清议，格物性刚直。管宁谓邴原：非时宜慎默。神龙当深潜，不见乃成德。

闻古有至人，淳闷为其宅。入水能不濡，入火能不热。飘然御元气，与世相乘阅。学问非仲尼，谁能试磨涅。斤斤藉白茅，坚白永无缺。

圣人达天命，君子慎感遇。患难皆素位，胡然重忧惧。执玉夜行游，得不虞倾仆。兢兢慎冰渊，岂曰徒自顾。天意苟未丧，吾何为不豫。

十四学作诗，十五学击剑。十九穷经纶，屈节事铅椠。三十闻道术，始识孔颜面。同志八九人，齐一作斋。心共祛练。讲论垂数年，著书颇成卷。拟欲俟明王，绝学续如线。遭时当鞠凶，礼义尽攻战。□□谈诗书，得无圣贤贱。放言聊自晦，深情寄嵇阮。

对酒思人表人表，姓钱名墀，桓孙。

客路风尘里，家园蔬酒前。念君劳远涉，愧我但高眠。为欲谋偕隐，无辞赋独贤。何当整尊匕，与子寄一作计。林泉。

和石隐题画作

日落烟横欲暮天，渔郎打鼓卖新鲜。吾生卜隐无佳境，可向江头借一年。

答石隐赠端砚作

若个磨刀割紫云，感君惠我意殷勤。携归好向窗前护，日日题诗却寄君。

吊嘐城黄蕴生

与君未夙昔，遥闻始相慕。契合在道术，不同世趋附。君言会当来，事务每回互。我亦欲驱车，嵇生懒成惰。盈盈一水间，耿耿不得晤。风尘天地晦，珠玉委埃雾。君死我不知，我哭君不顾。呜呼一大儒，沟壑毕其遇。君死自君分，学者失恃怙。临风动长号，泪尽西州路，

乱后汉阳黄赤子过访夜饮有感

一别谁知竟陆沉，头颅无恙鬓毛森。相看面目何堪似，静对惟存一片心。

答王石隐见示庭梅八咏

君家一株梅，十咏九徘徊。予家两三树，弃置当墙隈。岂无孤山情，愧乏广平才。吾欲并赠君，为君壮尊罍。

过石隐斋赋赠

相马当以舆，相士当以居。入门动真气，岂非高隐庐。庭前静松竹，架上纷诗书。二三偕隐人，朝夕相与娱。游情侣万物，探道追皇初。兴至或吟诗，翩翩陶谢俱。鹿门今咫尺，谁能笑菰芦。

梦言夏述之以寄

昨梦扁舟过问津，君乘小艇遇湖滨。自言学得操舟法，湖上香秔贱莫伦。

桂 树

桂树生空阿，失土日憔悴。移植沃土旁，所居逼阛阓。枝叶敷清华，根株借生气。市井多轻薄，嚣凌竞喧戏。桂花淡无言，惕然自修厉。曾滋沃土恩，不敢恨芳秽。努力耸贞干，尘土视一切。

示虞九二绝句

兴废存亡代不同，纵横颠倒任天公。小儒孤愤成何事，遯世须开万古蒙。

风雨阴霾但一时，青天万古只如斯。好将日月归胸次，六合云开正有时。

怀宋子犹

痛哭中原万事非，掉头东海一身微。水深浪阔蛟龙恶，何处山巅学采薇。

无陋居十咏有序

予自丑、寅间知天下已乱，江南不能无事，即与友人辈历选山水，欲求避世而不可得。至癸未，乃结茅于城之西北水村，将终身焉。乙酉夏，居村仅一二月，以土人乱，复入城，遂病，不能去。今又历半岁，其间乱而定，定而复乱，态凡几变。以予所居甚僻，故戎马之迹亦不及。读书之暇，时与友人相过论诗，每每兴思山水，神情飞越，而困于力弱，不能自举，因喟然曰："孔子不云乎，'君子居之，何陋之有'？"因名所居为无陋，示不必去。爰成十咏，聊以解嘲。

谁谓此间陋，彬彬君子居。出门天自狭，入室地常舒。礼乐存三代，功名付太虚。乡邻有斗者，暂且闭吾庐。

谁谓此间陋，彬彬君子居。世人皆弋猎，贱子独耕渔。短笠坐垂钓，轻蓑行荷锄。屡空何足惜，吾道贵清虚。

谁谓此间陋，彬彬君子居。春秋犹汉腊，人物自皇初。短榻遥期客，匡床独著书。林间时一望，花外有来车。

谁谓此间陋，彬彬君子居。分畦常种药，引水自浇蔬。岁月秦时促，风光原上舒。墙东堪避世，何必问长沮。

谁谓此间陋，彬彬君子居。深潜无土室，长啸有茅庐。学字裁蕉叶，休粮种芋蕖。藜床双膝稳，不用驾安车。

谁谓此间陋，彬彬君子居。未随采药侣，且荷灌园锄。无地不栽竹，有庐惟贮书。兴来时独咏，自谓过皇初。

谁谓此间陋，彬彬君子居。斯人皆可与，天地总吾庐。道在乘桴乐，神全处困舒。但教忠信得，宁复畏沦胥。

谁谓此间陋，彬彬君子居。客来惟论道，独坐只看书。生意草间出，天心梅上舒。静中闻警语，郊外一声驴。

谁谓此间陋，彬彬君子居。菊松三径满，安乐一窝余。种菜常师圃，谈诗有启予。黄虞今在否，巢许且狂疏。

谁谓此间陋，彬彬君子居。种杉皆向路，树蕙更盈渠。放志逃诗酒，全身学散樗。家园风味足，不用忆鲈鱼。

清顺治三年丙戌（1646），三十六岁

二月二十六日滇南文介石先生同石隐圣传虞九人表人衷寅士诸兄过小斋论易

举世悲胥溺，中流幸有师。发《蒙》分《复》《姤》，安节处《明夷》。盛德古无敌，太和今在兹。春风周茂叔，觌面莫相疑。

三月十九日春尽步毛子晋韵

此日年来是何日，忽闻春尽更神伤。吴山吴水暗无色，江北江南竟改妆。恨乏斧柯条远树，惭为公子赋春阳。满怀骚屑谁堪似，牛背斜晖照眼光。

题　画

日暮天冥冥，归舟一何晚。帆影出江岸，去家应不远。

送文介石先生入中峰

底事伤心万念隳，漫从兰若寄栖迟。乾坤有限无穷恨，身世须臾不尽悲。千里音书孤枕梦，六时功课一编诗。放舟日暮山风急，松柏滩头读《楚词》。

春日田园杂兴有序

遭时不偶，避世墙东，春日伤心，无聊独叹。偶过异公斋，示我《春兴六首》已，又出《月泉吟社》一册，曰："此至元丙戌浦江吴潜翁所辑也。时元易宋已五载，翁隐石湖，集诸隐流吟咏寄志，一时属和几及三千。"嗟乎，屈、陶异世同情矣。虽时事尚未可知，而丙戌奇合，深用足叹，亦成六首，聊志鄙怀，不敢曰首山之吟，亦用代曲江之哭耳。

墙角春风吹棣棠，菜花香里豆花香。看鱼独立小池影，数笋闲行竹筱长。白眼望天非是醉，科头混俗若为狂。莫嫌世外人疏放，彭泽情深胜沅湘。

闻说山中好问津，桃花如梦水如尘。乍看幕燕成新垒，谁忆泥牛换早春。时新历先旧历二日。打鼓吹箫今岁社，更衣脱帽旧时人。门前柳色依然绿，陶令年来避葛巾。

一夜东风春雨赊，起看流水入沟斜。篱头未下丝瓜种，墙脚先开蚕豆花。稚子凿池浮乳鸭，老翁摊箔晒新虾。已知身世无余乐，聊尔徜徉未是差。

春社才过雨水中，灌园初学问山翁。新成芥辣旋栽苣，既落瓜壶不用葱。衣履已知非晋代，蚕桑聊自说《豳风》。高原小麦青青秀，不见歌声起故宫。

野水滩头长荻芽，池塘处处起鸣蛙。一春多雨占三白，二月无茶摘五加。寒食沓来惊汉腊，塞歌时起接边笳。春郊风景还如旧，添得伤心是短髽。

舍北村南雨又晴，倦抛书卷漫游行。山鸠逐妇每双唤，苍鼠窥人时独惊。种秫拟成千日酒，腌菘聊当一春羹。月泉甲子依稀是，读罢遗编泪暗倾。

过顽潭访确庵

何处能忘世，顽潭六月深。花多君子德，村是古人心。溷迹依僧社，怀情托素琴。中流堪痛哭，欲续楚骚吟。不道菰芦里，居然好避秦。风潭满菱芡，流水数乡邻。有酒能消夏，无溪可问津。翻嫌武陵洞，犹到一渔人。

题画八首

行脚归来暮，前村烟起迟。数声钟磬发，知是晚斋时。

黄莺啼何频，垂柳下及首。愧无双黄柑，下此一斗酒。

山前万竿竹，屋下双渔舟。但毕此中乐，悠然何所求。

朝看山色青，暮看山色紫。山色朝更暮，幽人只如此。

月出当湖心，湖气夜逾白。缥缈登楼人，临风岸巾帻。

夕阳下远渚，返照万山绿。隐隐见归帆，参差互相逐。

何事来沽酒，危桥风雪中。江心有钓者，烹鲤待吾翁。

日落天色黄，风高水痕起。无数归雁声，萧萧荻苇里。

再过确庵作

为惜经年别，难辞累日还。干戈四海急，风雨一村间。人事惊危乱，天心爱苦艰。好将休暇日，著述在名山。

同盛子圣传王子登善登虞山桃源涧值大雨骤至涧水四出极观览之胜薄暮雨不止乃冲雨而归

为爱看泉雨后来，泉声正沸雨声催。四山欲暝千峰合，万水争流一壑开。濯足已探西寺涧，避风暂借北陵台。同游不带登山屐，漫学林宗折角回。

有客看泉乘兴来，一天风雨忽相催。云移树底山俱动，水出峰头石骤开。野老听松窥陡壁，僧雏收菌历高台。武陵旧境今何处，不见桃花空自回。

浦青城薄游武林以扇索句步韵赠答

正拟幽居好卜邻，忽闻征棹向芳津。湖山犹剩旧游地，花鸟更添新主人。梦里诗篇常独得，天涯书卷自相亲。年来烽火君知否，只恐西泠尚未春。

王烟翁卜隐西田首夏为杂诗十首依韵奉和

柳叶参差竹叶稀，碧梧桐下见双扉。久疑辋口规模胜，转觉桃源径路微。小阜已添方丈阁，时筑小阜，有阁曰霞外。新溪又辟一重围。又辟新溪，筑围其外。尘氛满眼应须涤，且向高冈一振衣。

西庄五月麦田稀，小槛朝晴独启扉。西田有水槛，扁曰逢渠处。渠，一作原。野鹤斗群时戛戛，游鲦寄子自微微。一山当户青如点，四水环轩绿作围。除却读书无一事，钓矶闲坐弄鱼衣。

乱后应怜景物稀，深藏犹幸有山扉。北风南极倾华盖，东海西田隐少微。负郭止营五亩宅，危途已脱百重围。遥知冠冕今难问，亲种荷花拟制衣。

新榆疏柳夹门稀，小阁临流辟短扉。东坞乍看农事急，西塘忽听棹歌微。秧过谷雨争分种，水涨春田竞筑围。惟有儿童无别事，夕阳多处晒牛衣。

出郭已知尘事稀，诛茅况复构岩扉。山林旧拟王摩诘，松菊今归韦表微。药臼茶铛终日侍，竹洲花坞自相围。当途幸喜知交寡，送酒无劳过白衣。

吴塘湾里过船稀，尽日无人自掩扉。午睡正酣风乍稳，小花才种雨方微。浣溪近涨波三尺，彭泽行栽柳十围。竹叶床头春酿熟，少陵不用典春衣。

莫道村中好客稀，临一作沿。流随处款柴扉。溪翁偶语《鱼经》熟，野老浓谈《要术》微。邻叟有周华山，精农事，时与烟翁谈种植。为看秧苗行未倦，偶商晴雨坐成围。几回杖策归来晚，不觉凉生白袷衣。

锦镜亭前红未稀，鱼隈村外绿遮扉。锦镜、鱼隈，皆西田亭圃之名。事因人俗随方易，诗为伤时用意微。留客幸余冰一片，避人何必竹千围。水田畦畔分明在，摩诘新裁称体衣。

地僻舟车相过稀，兴酣落笔坐当扉。但教泼墨临图障，已自游神入翠微。老懒溪头秋色满，大痴集树晓山围。置身丘壑真能事，肯数曹家出水衣。

水面风生菱叶稀，野航疏敞不装扉。恐惊鱼队施篙缓，畏损菱丝拨棹微。港曲路穷思作坐，时拟作亭于水阴。圩旁芦长欲成围。江湖满地多愁思，杜老应伤未拂衣。

中秋夜诸同社泛舟莲渚为诸鼎甫举五十觞

蔚州古人村，村中有澄潭。澄潭七十二，处处种红莲。凉秋八月中，花萼正芬妍。同志四五六，泛艇共盘桓。皓月映素波，鲜葩拂轻舷。中有庞眉人，浩浩复轩轩。把酒发长啸，挥毫赋佳篇。高怀一何奇，云是古谪仙。我有万古怀，对君聊一宣。莲花为君衣，莲叶为君船。莲实为君粮，乘风入青天。遨游徧八极，俯视浊世巅。九州九万里，九点如云烟。谁安而谁危，谁洁而谁膻。谁为比干忠，谁慕夷齐贤。海中三神山，至今何茫然。归来语我侪，豁此万虑牵。共酿千日酒，岁岁莲花边。

清顺治四年丁亥(1647)，三十七岁

题慎独上人卷时慎独结蒲养母郡中诸公赠诗盈帙多以陈尊宿咏之

问师何号号慎独，结蒲养母供饘粥。一名一实尽吾儒，诸公错认陈尊宿。

陈子确庵读拙著赠五言古二首有身隐焉用文之句

嗟乎予文也乎哉又讽予以鲁壁及承天寺井嗟乎世无桓谭虽藏无益也漫赋四首以答

昊天生斯民，智愚各有职。或者劳其心，或者劳其力。劳心岂必仕，著述亦其一。一介苟存心，万物皆被泽。尝闻伊川言，岁月莫浪掷。缀辑圣贤书，庶几稍有益。

身进而立言，其志在行道。身退而立言，其志在明道。进退既已殊，所志宁草草。仲尼生衰周，岂不慕高蹈。接舆沮溺流，草木同腐槁。所以赞修业，矻矻在垂老。

昔闻杜征西，岘山勒碑铭。一置山之巅，一置水之滨。陵谷有变迁，斯文冀常存。呜呼好名甚，愚惑一何深。斯文苟不悖，护惜自有神。木石岂能永，永者在人心。与其藏名山，孰若传其人。其人不可得，叹息徒悲辛。

斯道在天地，期与世同臧。亵之固不可，秘之亦不祥。兀兀穷年岁，非欲炫其光。诚恐衰乱迫，此理或失亡。箕子演《九畴》，意不在武王。孟轲谈王道，不专为齐梁。鄙志存万古，目睫非所商。

寿鉴明王先生五十有序

先生，今之鹿门翁也。忆自丑、寅间，俯仰天人，即怀遯思，与予及言夏陈子操舟蹑屩，选幽山水，往返数百里间，冀遇所谓桃花源者而终不可得。晚乃卜居水村，荒僻简陋，老农不堪，而先生忻然若将终老。自谓有知人鉴，以予及言夏朴鄙可教，令子登善兄与予辈游处。时登善已登贤书，不令入都试，日与予辈相过讲学。不知者皆窃怪之，而先生不言，喟然而已。时际申、酉，窃怪者始骇叹，先生益复自晦，不欲居明哲之名。屏居田间，自比野老，时复出入城市，与世俗无敢苟异。嗟乎，世之所号为隐君子者，大约有隐名无隐心，惟恐人不知耳，先生则惟恐人知。不为皦皦之清，不为汶汶之污，古之所谓挫廉逃名者，殆其人欤。今年五十，盖已阅沧桑矣。抚今追昔，彼此不能已于怀，因为作《鹿门之吟》。先生之子善琴，其为我操，我将歌之以进酒。

昔闻大贤兮，鹿门之阳。夫耕妇馌兮，负耒徜徉。却轩车而采药兮，羌遁世而遗芳。翁有思兮在深山，履芒屩兮竭跻攀。怅桃源之不得，竟翩然而空还。流览兮泽国，栖迟兮水乡。被蒹葭以为衣兮，择菱芡而为粮。此中不知有汉兮，无论晋魏之沧桑。有客有客兮，一本无兮字。“白帽”下同。分体本有兮字。避世东墙。囚首白帽兮，诗书是将。公有子兮登贤良，薄世荣兮共翱翔。时汤饼兮相过，俨独拜兮下床。慨风尘之澒洞兮，冀天私此一方。岂神龙凤凰之无德兮，贵鳞羽之隐藏。援琴歌诗以自乐兮，时偕野老而进觞。虽无安期羡门之与游兮，亦庶几管宁陶潜之与颉颃。优哉游哉兮，惟以永康。

云间许安弦先生读拙草赠以序言愧不敢当敬赋此为谢

安公老名宿，才格世无偶。落笔肖五岳，开胸出二酉。所交不数人，往往尽山斗。薄游来吾娄，始得一握手。坐我以春风，饮我以淳酒。忘我以形骸，进我以小友。贱子夫何知，黄钟而瓦缶。惭愧当一顾，自念亦孔丑。不惜珠玉赠，惠我情良厚。鄙言虽无文，藉兹以不朽。

西湖云

西湖云，何轮囷。如曳彩，如城门。纷纷郁郁当空横，青天开镜不动尘。杭州城中春睡熟，苏公隄头车马簇。伧夫狂语惊欲死，掩耳疾走告妻子。君不见芒砀山、太原城，秭分体本作私。归有状皆明征。十二年来踰一纪，金陵堂堂被黄紫。

卷　三

清顺治五年戊子至六年己丑（1648—1649），三十八岁至三十九岁

清顺治五年戊子（1648），三十八岁

和盛子圣传寒溪八咏

寒　溪

寒溪一勺水，寒气何凛冽。愿借寒溪寒，荡涤天下热。

竹　林

此竹君所独，而我实共之。每来竹下坐，得意便题诗。

阅　耕

墙里人读书，墙外人种田。读罢一相阅，辛苦各自怜。

灌 蔬

学圃小人事，搰搰复何益。知君抱瓮心，聊以当运甓。

听 鸟

欲曙未曙天，鸟声动林渚。念君高枕时，乐意不可语。

钓 鱼

古来二钓翁，桐江與渭滨。出处各有道，君意将谁遵。

话 雨

天雨暗欲暮，客心殊未央。呼童更煮茗，高论正微茫。

眺 雪

十日风雪寒，积玉在高树。空庭有幽人，浩然方得句。

偶念熊芝冈有作

履霜自尔至坚冰，今日何须重叹惊。二十年前檀道济，中原已自坏长城。

三月廿九日过访确庵剧谈三夕赋此以赠步石隐韵

剧谈过夜半，醉眼欲生花。雷郁雨声积，烛阑人影斜。不知谁是客，适意便为家。抵掌商经济，同心未足夸。时确庵著《典礼会通》，与予乙酉所著略同。

同石隐寒溪确庵访诸接侯

四月已徂夏，村中犹薄寒。放船呼一作归。佃客，试浅借渔竿。微雨水波静，一作净。好风平野宽。僻居惊过艇，往往荷锄看。一本作幽居将在望，时起隔林看。

此是高人隐，萧萧竹树寒。门前系艇石，屋里钓鱼竿。天地忧方大，身心理自宽。相逢惟恐别，遽起索书看。时接侯有新著。

蔚村八咏有小序

戊子四月，同石隐、寒溪过蔚村访确庵，凡三夕。赋诗将别而风雨不已，石隐乃拈"蔚村八胜"题，各赋五言八绝，以击磬为限，迟者饮之以爵。皆操笔立成，不逾晷刻。时案头止一笔，争书不暇，未尝停几。虽工拙不伦，亦足见吾党一时之胜情矣。寒溪稍后成，罚依金谷。

尉迟庙蔚村有尉迟土地祠。

鄂公千载豪，未必辨稼穑。因知田野趣，英雄有同得。

古井在尉迟庙侧，土人云每有光怪。

村中好溪水，不识井泉香。寂寞古祠下，夜夜发神光。

七十二潭村中有七十二潭，土人皆种荷花。

何处放舟好，红莲四面开。澄潭七十二，尽日看花来。

杨氏宅即今确庵居，昔风林周芝山曾避倭于此。

昔贤避兵处，今日成古迹。遥知千载后，高风更逾昔。

龙窟嘴相传有龙下饮于此。

白龙已飞去，尚余龙窟嘴。惟有卧龙人，时来挹溪水。

郭母溇不知何许人，土人亦未之识。

止闻郭母名，不闻郭母事。溪头流水声，彷佛犹古意。

四堰村中环圩作四堰，水旱藉以蓄泄。

村中多水田，绕村作隄捍。春水白浮天，村流只半岸。

大　浜

侬家大浜南，种田大浜北。饭熟放船来，遥遥未能即。

江澄之家庭中有绣毬一株甚盛招予及石隐寒溪同饮有赋

春风吹雪上枝头，散作千花当酒筹。坐久话阑人尽醉，庭中冷浸水晶球。

四月戊辰过澜漕访黄子幼玉幼玉为续举莲社时同过者石隐寒溪确庵诸兄也席未半大雷震电雨雹如拳屋瓦尽振一作碎。同志皆错愕而起为之撤席赋此志异并赠幼玉

澜漕溪头水千尺，上有主人能爱客。买鱼沽酒续莲社，痛饮清吟话平昔。主人情重席未终，西北欻忽来长风。惊龙走蛟势惨恶，一作淡。天地翻覆须臾中。疾雷当空屡欲堕，一作落。积雪凝冰千万个。一作乱喷薄。大者击石小射丸，顷刻郊原尽如剉。一作斫。吾闻至人之所居，戾气不入其庭除。岂因俗客耐久坐，风雨不乐为之祛。只今海内无宁郡，一方清福天所靳。我辈安享或未知，毋乃上帝垂警训。愿我同志一作社。各励修，蓝田乡约古所求。和气感天天不怒，雨旸岁岁蒙天休。

鹿城黄幼玉李北村过访石隐石隐并拉予辈同过小酌再举莲社即席口占

青草湖头斗剑镡，莲花社里发清吟。野人自愧无才思，聊写讴歌一片心。

端午日确庵至鸿逸憩雪斋同诸友即席二首

细切菖蒲浸酒卮，觥筹互起笑参差。可怜益智无佳粽，四悔谁添续命丝。

潭上山人衣薜萝，陶巾新制样如何。时石隐新制陶巾。侬家久住桃源里，不向江头问汨罗。

同确庵诸兄过药园枫林书舍分韵得书字

水满田头树满庐，知君别构好安居。一江小隔尘初绝，数亩新耕食有余。莲社客来缘话旧，桴亭人至为论书。莫愁佐酒无佳味，剩有溪中自种鱼。

同确庵诸兄过药园枫林书舍分韵又得门字，代俊求。

数家篱落未成村，绿水青蒲绕薜门。醉里雄心消竹石，闲中幽事及鸡豚。赋诗饮酒多师友，读《礼》谈经有弟昆。荒僻久拚人事废，床头赖有一樽存。

暮虹联句有小序

戊子端阳后一日，与石隐、尊素、寒溪、确庵、鸿逸会于药园枫林书舍。午余小饮，时天半暮虹忽起，光映四座，乃共约联句为酒政，人占一句，以多寡为胜负。吟笑互发，顷刻而成。既成，罚皆如约。又令占胜句者得自举觞，诸友皆引满浮大白，莫敢不醉，可谓极游娱之情，穷啸歌之乐矣。次日予更为节其冗复，诠次成篇，得四十二韵。俊求出素卷，属予书之。

东南暮虹吸日光，石隐横亘天半浮金梁。寒溪恍兮惚兮混大荒，确庵赤白紫绿青红黄。桴亭谁持玉尺为度量，石隐九十一度三分强。确庵。三分，一作半差。或云楼阁蜃吐章，尊素。一作怪鱼腾涌翔扶桑。下注士起。映水半玦成圆光。确庵蛟鼍出波伸首望，寒溪翅张尾垂双凤皇。确庵天孙上祝供七襄，桴亭钧天出奏飘霓裳。药园绕身感孕诞前王，石隐秦皇复道走媵嫱。确庵甾上甾下占丰穰，确庵入井入釜来无方。桴亭刻画大文施丹黄，桴亭我欲携之袖中藏。确庵妖氛四罩一作照。蔽一作敌。太阳，石隐驳杂紊乱干穹苍。桴亭黄道赤道移其方，寒溪神龙敛威霖雨藏。寒溪月华氤氲当昼扬，桴亭□□□□□□□。石隐人莫敢指徒徬徨，确庵珊瑚木难七宝装。桴亭凿嵌堆垛神鬼忙，石隐醉晕重叠天徜徉。桴亭大眼五色迷文章，桴亭生而眇者恨目盲。确庵悬我绣赏天中央，桴亭吐我浩气天俱长。桴亭荆卿感此激日旁，鸿逸雷鼓砰击云旗飏。桴亭倚天长剑纷四张，尊素龙文五采占吉祥。桴亭委蛇蜿蜒何激昂，药园照耀屈曲森翱翔。桴亭沉埋宝物腾光芒，桴亭斗牛上射精气长。药园揉作彩棒威边疆，石隐化为庆云徧万方。桴亭

沙溪吕石英吾友尊素之高足昔曾问学于予乙酉兵难父子被执石英争死遂遇害其室龚氏断指誓守友人为之作传予读而悲为作五言一首并吊石英

石英古奇士，心与质俱静。论学珠树堂，一作莳药轩。于焉识介性。北风摧芝兰，根干一日尽。天心固难知，死孝亦正命。德配有贞媛，闺阁气弥劲。此身未可死，先以一指殉。只力营五丧，独居息众论。沙溪咫尺地，真气乃四映。

挽南郭张先生绝句十首有序

南郭先生名满天下，四方贤人君子出其门者无虑千数，而仪独以同里一小子，俨然与先生分庭抗礼，先生不以为迂狂，更器之爱之。先生知我，胜我自知也，然以学问未坚，多口可畏，生平所有拙著，与先生见者十之三，未及与见者十之七。丧乱略定，正拟倩人缮写，就正先生于溪深树密之间，而先生已高逝矣。徘徊秘惜，此予负先生，非先生负予也。闻讣之后，中心若焦，以病疟迟至今日，罪矣罪矣。绝句十首，聊以代哭，亦识平生相与之情耳。先生之德，固不烦揄扬也。呜呼，先生其尚知我耶，

其不知我耶。

杜老文章惊海内，李公车马溢门庭。邺侯未遂平生志，辜负当年张九龄。

公于予有小友之目。

直节清风自骇群，是非今古总纷纭。莫言海内皆知己，乡党谁人解识君。

娄中人独不知公。

犹记南中特寄辞，辛勤痛哭为忧时。只今天地风尘满，泉下何年更解颐。

甲申十月，南中归札有“言之落涕”之语。

江山宇宙浩无穷，寥落鹅湖不再逢。一自俭斋人去后，空堂夜夜起悲风。

乙酉春，先生招予与姚江史子虚论学于俭斋。

薄俗难将古道驯，识时明哲贵藏身。非关蜂螫偏能毒，止是龙潜未隐鳞。

予与先生有遯斋之约，因留情乡国，未能早决。

干戈草莽各睽离，相见无从每念兹。梦里不忘平日谊，殷勤犹是献箴规。

丙戌春，予梦与先生谈，有“越境乃免”之语，先生欣然诺之，宛如平日。

谈经相约在秋凉，正拟携书自裹粮。小艇平头竟何处，西风目断倍神伤。

先生拟于今秋遣舟迓予与文介石先生同往论学。

十年发愤学垂帷，每欲相商畏俗疑。故老云亡斯道丧，天涯何处哭钟期。

先生每索读《思辨录》，予恐流俗多议论，卒不果。

圣典何容更赘辞，知公雅志托江蓠。苍麟未见笔先绝，此道茫茫更属谁。

时先生方有事于《春秋》。

炙鸡絮酒寻常事，无物堪将表德馨。一陌纸钱都不用，两枝明烛照公心。

予拜先生止携瓣香、双烛，他不敢渎。

对桂花有感

丛桂花开绕敝庐，三年笑眼未曾舒。野人不是无情思，半为忧时半读书。

枫 叶

万木皆摇落，丹枫独赭然。亦知秋气改，聊以醉为天。

嘐中翼王陆兄黄蕴生高弟也邃于理学冬至日过访予留小酌与虞九共宿桴亭谈道竟夕喜而有赋

有此溪山有此亭，谁人亭上共谈经。会心不觉夜过半，风月一天霜满庭。

琉璃浑天唱和诗七绝二首有小序

冬至后十日，论学斯友堂，多谈浑天及黄赤九道，诸友未达。次日，药园兄同舜光、范先、男伟道、致位、初应、五复集桴亭，与纯儿共九人，重举前说。予乃以琉璃圆灯命舜光、纯儿画道分星，权为浑天，因指示日月出没状，诸友互相传观，宿疑尽解。时天色寒甚，团坐小亭中，笑语甚稠，殊不觉也。及启窗，风雪方乱，乃相与大噱，暖浊醪，各浮一大白，赋诗而散。诗以记事，不限体格，识所得也。今止记予诗及药园诗于后，其全者有别刻。

晚风轻雪小亭寒，团坐谈天兴未阑。欲识乾坤无别事，水晶毬里跳双丸。

此身久坐此图中，底事昏昏只阿蒙。今日与君同一笑，谁人能识太虚空。

附药园五言古一首

我昔未知天，此天此身外。我今既知天，此天此心载。天兮一何小，心兮一何大。乃知诚明通，万象总不碍。

题且了和尚像

题《且了和尚像赞》毕，确庵读而笑之曰："此真知己，然而不庄。"时方属药园，药园曰："我不复作，君当罚一诗谢过。"予乃更援笔书此，然益不复庄，奈何。

身似菩提肠似雪，心如明镜笔如锋。□□□□□□□，今日陶潜即远公。

打乖吟戏赠确庵

确庵于蔚村结四大会，大会之中又分四小会：一讲会，与同志讲《易》；一忏会，以合蔚村奉佛诸公；一乡约，以和村众；一莲社，以联诗文之友。戊子十二月朔，同人四集，时予徒舜光、范先皆在，二子不好佛，确庵恐其惑，作诗解之，有"莫怪先生也是禅"之句。次日，见舜光扇头有明道《和尧夫打乖吟》，因属予亦和一诗，即戏占一绝以赠。

昔日尧夫爱打乖，打乖到处绝安排。问君那得乖如许，莫被先生打下来。

打乖，叠乖戾以混世俗也。然世俗称和以处众者，亦谓之乖，盖言巧也，故戏语及此。

寿诸庄甫母夫人七十用确庵原韵

孝子慈亲何处来，人间此地即蓬莱。无穷七十余年事，尽在高堂酒一杯。当年孝伯伪陈情，此日澜溪只笔耕。试把古今相较看，定知谁辱竟谁荣。

赠侯子记原

记原以家难隐于荒僻，偶从友人斋得予《八阵发明》，读而爱之。至是邂逅于蔚村，握手如故交，不忍言别，于其行也，赠之以诗。

昔闻三珠树，乃在海东域。上枝摩青天，下枝照京国。可望不可攀，跂予令人瘠。风尘毁天阙，中干折其一。两枝尚飘摇，临崖屡频厄。阴雨霜雪雹，日夕恒飓飑。一作慄慄。天曰汝无惊，神物我所植。嗟予凡鄙人，幸得一披拂。挹其芬芳姿，睹其珠玉质。善气入胸懷，千日醉心骨。邂逅不可久，依徙徒叹息。何时当合并，慰我长相忆。

赠华子天御

与君久相别，君日在胸臆。今君咫尺间，亦复不可即。德容盎四座，道气照颜色。静对默无言，令我躁心释。按原稿卷二有《怀华天御》五言句云："御公真静者，咫尺住南邻。相过常谭道，相怜未是贫。"又七言句云："行游把袂情方畅，倏忽风尘惊蕙帐。飘渺孤鸿天外飞，枝头燕雀空惆怅。"以其首尾不具，特为删去，附志于此。

予入蔚村访确庵必舣舟晤幼玉黄子黄子辄持酒索诗今冬又过黄子复烹鱼出新酿痛饮因赋一绝以赠

每过君家一舣舟，相逢握手便相留。丈人鸡黍寻常事，惭愧频来鲁仲由。

又赠鼎甫诸子时鼎甫携酒肴就幼玉斋共酌

记得中秋酩酊时，今来又复醉君卮。床头新酿频分饮，且喜曾无非孟诗。

鹿城缄庵诸子缄庵分体本作白民过访予往海宁报谒更值次桓徐子次桓家禾水文笔妙天下予友默庵数向予道之邂逅相见不觉喜甚赋此以赠二君

为访昆山璧，还探赤水珠。白虹含气盛，明月照光殊。交以动中合，心从静里孚。一时逢二妙，吾道讵忧孤。

缄庵次桓过予谈道留桴亭小酌即席赋赠

途穷知己贵，岁俭菜根难。幸有一樽酒，聊为半日欢。源流通闽洛，枝叶鄙苏韩。身世何须问，幽人履道宽。

缄庵默庵次桓饮于桴亭在座者石隐鸿逸寒溪药园登善予甥舜光亦与焉时庭畔老梅数株次桓分韵各占一字为一联共赋七言排律诗成以迟速为殿最互浮大白相对尽欢

我爱孤山处士清，巡檐索笑酒杯倾。默庵寒心暗动随葭管，夜色轻分映玉衡。桴亭鹤舞空庭怜照影，笛吹孤塞远飞声。鸿逸高吟偏倚岩边石，细嚼浑忘屋里铛。寒溪东阁一枝残雪冷，西山十里暮云平。登善金茎露湿风前滴，玉板香浮月下烹。次桓倔强孤撑由骨瘦，瓢零四出为身轻。药园惭予苦涩酬双韵，怜汝清芬举一觥。石隐数点天心枝上见，十分春色陇头明。舜光自从梦到罗浮后，信得江南别有情。绒庵

默庵复唱韵效柏梁体人占一句各道古今一大乐事时纯儿亦出就席诗以次成饮皆如序

谢公屐折淮淝战，默庵夔龙拜飏明光殿。登善圣贤相对称一贯，桴亭太史上奏德星见。寒溪救民水火须十乱，药园新辞幼妇兼黄绢。次桓中原旗鼓雕龙擅，石隐乘桴浮海仲由忭。鸿逸吟风弄月归书院，绒庵暮春沂水偕童冠。舜光鸡黍留宾二子见。宗程

端士王子北上公车非其志也即席口占二律赠别

极知此志久成灰，俗累攻人万檄催。无可奈何今且去，不须计较自归来。君将痛哭为诗卷，我把狂歌当酒杯。无限《离骚》今日始，伤心聊与酌金罍。

短衣匹马上离亭，白日黄埃古道经。邹鲁新营兵气满，河淮旧战血痕腥。久拚笔墨藏眢井，那有文章入□庭。此去好将千尺泪，燕山台下哭冬青。

口占赠别默庵陆子时岁除解馆归疁也

陆子归舟将欲行，须臾已是隔年情。君乡最号多才地，□□相烦一吡名。

立春日五鼓梦驾巨舟泛大海波涛不惊水天一色觉而此心旷然有自得之乐成一绝句

十二年来浅水中，每嫌溪曲又多风。今朝忽得轻帆便，大海波涛一镜同。

鼎甫惠甫幼玉鸿逸皆予莲社友也每向予道鹤城许安公笔墨之妙予因向安公乞四幅惠之并人赠一绝句

赠鼎甫菊花水仙

菊花开到水仙花，一路幽香兴未赊。十月泉清新酒熟，送君朝夕对流霞。鼎老善饮。

赠惠甫兰梅

草有兰兮木有梅，芳心劲质两无猜。知君近作罗浮想，赠汝《猗兰操》一回。惠老近欲入山。

赠幼玉浮林艇子

溪云淰淰水风寒，独棹孤舟溯浅澜。有客到门何处去，买鱼沽酒在前滩。幼老好客，予辈每一过，辄留饮。

赠鸿逸丛林茅屋

丛阴灌木自萧萧，傍水临山置屋牢。此是君□行乐地，莲花诗社共逍遥。鸿老近欲于北郭构精舍，邀予辈共乐。

蔚村请学之会确庵尊人湄川先生在沙溪闻而乐之贻诗属诸友和依韵答赠

绝学久如线，今兹幸有传。人高彭泽菊，我爱蔚村莲。风雨联群彦，诗书集大贤。遥知东海上，一老避烽烟。沙溪滨海。

夜宿德隅与徐子承抵足依韵奉答

薄雪相逢欲暮天，知心久矣托忘年。深谈夜半清无寐，不觉晨钟落枕边。

赠友人作

懒拙年来止晏眠，救时匡济在高贤。只今处处思良吏，好为苍生猛着鞭。

和卞贞宪先生正气吟有序

先生字子厚，嘉善人。从高忠宪游，与归季思、吴子□同讲学东林。乙酉遇难，绝粒死舟中。赋《正气吟》云："千尺寒潭难写之，捐生慷慨有谁知。衔丹渺渺归天去，相见文山对赋诗。"

宇宙纲常独任之，但求一是不求知。莫言肤发寻常事，请读先生四句诗。

清顺治六年己丑(1649)，三十九岁

桴亭八咏

桴亭，予所居读书处也。世衰无徒，四方靡骋，聊乘此桴，当浮海尔。平居往还，惟石隐、寒溪、确庵数子，而石隐有《玉井轩八咏》，寒溪有《寒溪八咏》，确庵有《蔚村八咏》，人皆有诗，繄我独无。新岁无事，聊拈八题，以当语道，同志其属和焉。

小　亭

玲珑四面八窗开，独坐孤亭绝点埃。雪月风花供玩啸，帝皇王霸入铺排。

危　桥

直木三株不用丁，到来一径造斯亭。入门宾客休惊讶，朝夕侬家掉臂行。

清　池

下有澄潭上有天，天光水色两悠然。莫言此地无多子，鱼跃鸢飞在眼前。

瘦　石

石丈端然春复秋，与亭相对似相酬。吾家论道寻常事，慎勿惊人乱点头。

老　梅

阳和一气转重阴，老树新葩已暗寻。何必花开才着眼，虚空处处是天心。

古 桂

天上移来地下栽，一年一度一花开。老僧不用多饶舌，隔壁门庭未许猜。

修 竹

桴亭亭畔竹千竿，个个虚心个个端。凤鸟不来朱实老，渭滨聊与共盘桓。

新 荷

偶然撷取种家渠，转眼根生叶复舒。莫道莲花方结蕊，爱君已是十年余。

赠陈圣因北上

已绝风尘念，翩然故一行。世人皆□□，吾子独心明。李市神仙会，陈潭道学盟。遥看淮水北，徒侣正宵惊。

答徐次桓见赠即用元韵

世乱身常治，心同道不孤。高贤方凑辐，小子敢乘桴。松柏贵特立，蓬麻在共扶。真传惟好学，不必问殊途。

次桓兄枉过草宿桴亭谈心达曙口占赋赠

小亭宽窄仅如船，醉后从教着地眠。何必元龙楼百尺，吾家主客总无偏。

与友人论学

无隐无言信有之，而今且莫厌支离。圣人三十方能立，未是从心所欲时。

题　画

二老相逢坐翠微，避人终日语依依。应嫌世上皆周粟，共向山中说采薇。

周臣招饮德藻堂次异公韵时次桓将有桐江之行

携手重来德藻堂，更阑秉烛夜何长。河山旧恨频添泪，客座新闻屡佐觞。殷子陟明述州中诸琐事。身世久拚同悦悴，别离又复动悲凉。岁华今日非容易，好把愁肠作酒肠。

和停云四章赠陆翼王

《停云》，陶令之所以思亲友也。翼王归瞟中，久不见过。春正八日，风雨如晦，独坐桴亭思之而作是诗。

月正八日，停云霏雨。我怀伊人，道远且阻。有酒独酌，有书独抚。君何时来，慰我翘伫。

雨之祈祈，云之濛濛。我客维何，王盛徐江。开我桴亭，坐我南窗。惟子不来，叹息靡从。

睇彼草木，咸喜春荣。维彼鸟兽，亦各有情。海宇反覆，干戈交征。哀哉斯人，靡乐有生。

鸿飞冥冥，或得平柯。岂云久安，聊以暂和。同心无人，三五为多。学问不立，老将奈何。

送次桓之桐庐时在蔚村

吴山越水一轻舠，咫尺桐江未是遥。犹有羊裘人在否，为言今日莫辞劳。

短棹轻帆酒一壶，蔚村良叙不为孤。桐庐去后人千里，更有佳朋一作期。似此无。

十五日与诸同志过蔚村讲易并论儒释次确庵韵

穷途得伴即非穷，野赛孤村社火红。讲《易》天人期寡过，为仁物我见同功。时确庵方以《善过录》倡率村人。已知利往无良马，且息平柯学冥鸿。未达不须愁一间，两家相叩总空空。

入蔚村西堰

堰口恰容舟，春流碧似油。野人争社酒，稚子钓游鯈。蓄水肥田脚，翻泥罨草头。征徭如可避，吾亦欲相留。

赠鹿城诸合甫时在蔚村与予论易谈道凡三日夜

摇落深悲友道沦，相逢风雨一孤村。学穷二氏心逾约，交遍天涯气□温。睦族苦衷存谱牒，识时微论在乾坤。年来洙泗荒芜甚，好辟荆榛立孔门。

雪堂曹子种梅招饮不获与闻是日联句甚乐为追赋一律以赠

闻道君家已种梅，小庭一夜暗香催。赠来南国知同调，约到东邻是老才。索句奇思分好客，飞觞新影入清杯。雪堂此日花如雪，未见林逋且莫开。

怀徐次桓寄赠

灵物双飞自有神，无端憔悴困延津。别来莫怪相思甚，江北江南有几人。

海阳程士起避乱侨居沙溪有诗见示依韵赋赠士起知音律，善天文。

四海鱼龙战未休，一枝聊尔寄沙头。追思故国多成恨，漫谱新声自解愁。得意时吟《梁父》句，占星独上仲宣楼。春来风稳当相过，拟作平原十日留。

题士起行乐图

一帙图书七尺七，一作六。琴，知君雅志在山林。如今那有清闲地，展卷高歌只痛心。

赠友人移居

雨后遥寻处士家，幽栖小筑傍溪斜。叩扉一笑惊双客，闭户千言羡八叉。栗里宗传诗教远，金溪交谊道风遐。东门隙地年来少，又过西门学种瓜。

鹿城叶白泉赠确庵鲁国图并北雍圣像鲁国图旧有谢皋羽原唱诸同志依韵追和亦勉成一律

鲁碣相传旧，燕碑寄赠新。恍疑阙里宅，忽到蔚溪滨。海内无文教，天涯有圣人。荒村乏俎豆，规矩答先民。

己丑春正为允三允三，一作南村姊丈。举五十觞时庭前梅花正开与廷一九日诸君痛饮花下

我昔方童稚，君时亦妙年。韶华惊暗度，烽火幸粗全。短发春风里，清歌浊酒前。庭梅开正好，莫负看花缘。

齐女门行为古吴袁重其节孝作

齐女门，河水深。霜清月白啼幽魂，平生有志含未伸。一解

手书在笥，幼妻在闺。风饥雨寒，二雏茕茕谁与成。二解

阿母谓儿：汝慎勿嗔。床头有敝笔，箧中有故纸，可以朝夕供饔飧。三解

供饔飧，出门佣书，入奉匜尊。上怡老亲，下怡弟昆。四解

嗟哉袁生，汝弗贫，谁能学汝娱亲心。嗟哉袁生，汝弗贫，谁能学汝娱亲心。五解

乡党闻其贤，粟帛进王孙。县官闻其贤，金书赫赫旌市门。四方闻其贤，长歌短谣锡嘉吟。六解

玉为轴，锦为文，灿然篇什垂星云。出入怀袖，贻亲令名。吁唴袁生可久存。七解

病起犹未能坐时时卧榻上旁粘禾中陈用亶南湖曲口占和之

十里湖光九里莲，采莲儿女并舟还。偶逢何必问居处，总在南湖勺水边。

来时藏得钓鱼针，女伴相瞒不用寻。采罢归来矜独钓，白蘋花里堕轻簪。

南湖积雨气如蒸，深种荷花浅种菱。但愿今年水头好，浅深聊得应输征。

湖北湖南莲子垂，红裙荡桨互争驰。采莲自是侬家计，狂杀江南轻薄儿。

病起次日曝书兼标写舆地图觉劳甚伏枕口占

昨日劳心，今日劳力。所劳不同，爱书则一。圣人之言，上帝之则。悖之则凶，修之则吉。是式是遵，是钦是翼。白首其中，乐复何极。

畷中陈子义扶过访剧谈竟日赋诗赠之率成一百韵

久不出庭户，芳草覆阶额。忽闻叩门声，云有远方客。呼童出问客，客来自何邑。客来自畷水，名姓钦在昔。开扉各一笑，相视殊莫逆。启我桴亭窗，展我桴亭席。乍对无寒暄，深谈便促膝。座中有郑子，陈子久所识。我友药园氏，倾盖亦乍炙。纵论及古今，开诚略形迹。纵横西川图，排荡东山弈。主客话正浓，日驭忽已直。命妇亟治餐，客远应未食。瓮中出黄粱，池头剖乌鲫。葵藿何足甘，野人所亲摘。薄酒无厚味，为君佐谈液。人生天地间，飙忽驹过隙。吾侪适不偶，值此运鼎革。风影惊鼓鼙，梦寐厌戈戟。山川忽破碎，人物亦狼籍。或幽而为鬼，或奸而成蜮。或柔如脂韦，或毒如虺蜴。或为虫沙埋，或为猿鹤泣。寥寥数君子，朝野称砥石。风尘一夕尽，四海静兀兀。吾闻君畷中，风士茂而质。自昔多贤豪，往往相丽泽。结社名直言，期以共勉策。北风摧丛兰，根干几尽擘。吾娄蠢弱地，风节夙所咥。群宗著风流，正直犹痛疾。南郭一被创，声势遂倒易。君子修元黄，小人秉符檄。吾属四五人，雅志在修饬。粤维丁丑岁，予实始和辑。倡为格致学，朝夕共乾惕。考德兼课业，旬会而月集。上继孔孟心，下系程朱籍。岂曰狂与僭，生人此常职。更以圣贤学，体用本合一。念兹经济事，用世所尤急。躬行有余暇，研究穷日力。高探象纬原，广览九州域。河渠及兵法，博综恣所适。杯酒习射御，风雨肄琴瑟。彼此共告语，心得靡所匿。宏才既兼长，专家亦各择。惟兹药园氏，所精尤赋役。辛勤及数载，胸腹渐充实。所赖区宇存，乾坤未震拆。或堪为斯世，黾勉效寸尺。一朝日月改，万类皆荡汩。吾亦群其中，安能自飞翀。豫章在萌芽，蓓蕾未甲坼。手可搔而绝，足可蹋而抑。龙螭未得志，势亦等虮虱。混逐鱼虾中，泥首自滑滑。惟时诸同学，飞沉各散逸。确庵羽毛足，遐举振六翮。寒溪在陋巷，自隐于钓弋。药园困家累，书岩逃水国。深柳学荷耡，面目日黧黑。天涯有数子，隔绝旷消息。江汉卓荦才，顷闻在锋镝。广陵曾闵徒，授书里门侧。哀哉崇川子，恸哭海水碧。贱子鄙朴者，墙东学种植。运甓志已衰，抱瓮徒搰搰。床头书册在，时复一玩绎。无聊二三子，相与讲旧帙。时穷岂不知，舍此靡所立。顾维同志鲜，时亦遭谤坚。避人深自晦，跬步常虢虢。问字斯友堂，谈心竹亭北。幽人互相过，聊以自怡怿。去年秋冬间，忽与陆子值。予最钦瞑贤，至此得其悉。十月蔚村社，邂逅更奇特。把臂得侯子，快论彻肝膈。是时君姓名，吞吐在我臆。自念非晨风，焉得生羽翼。拟欲买舟楫，造君破幽寂。何期惠然来，先此贲蓬荜。君子当乱世，所贵得其术。苟非同室斗，缨冠亦殊迫。昔年湖海中，旌旗蔽天赤。须臾自贼杀，野水葬白骨。今年江上头，飞矢暗白日。城郭摧破后，妇孺饱屠伯。生灵半荡尽，宗社亦无益。念兹心骨悲，遵养亦非惑。废兴自有天，民生一何戚。读书种子尽，毋得更浪掷。圣贤之所争，不在旦与夕。民彝苟未泯，否泰亦顷刻。嗟予未强仕，筋骨已衰涩。著书何所用，断烂糊四壁。睹君英雄姿，使我心气溢。横经吐奇谈，神采纷四射。努力穷经纶，六合藉开辟。

答殷陟明见赠作兼步来韵

生平雅志在衡庐，尺蠖无才只寸墟。结客雄心悲晚岁，忧时绪论寄残书。风流予自违时好，懒拙人因诮我疏。惭愧故交能破寂，满林风雨闭门余。

读陟明诗稿赋赠

妙丽应刘集，雄才独老瞒。陟明亦姓曹。鲸铿碧海底，凤翥青云端。八月荆江急，三冬浙水寒。知君游览胜，尽向笔中看。

有　雉

有雉有雉，在山之巅。以饮以啄，亦曰自然。家鸡野鹜，群飞相连。呜呼告警，谓雉狂颠。雉兮雉兮，何匪之遭。不见鸾凤，乃见鹪鹩。鹪鹩巢林，一发悬条。不识树大，焉知天高。

同德璋兆飞至七都舟入斜塘作

挽舟入斜塘，月出斜塘口。薄雾如轻烟，空濛袭榆柳。袒衣坐船舷，滴露时及首。路僻水道窄，似虱裈裆走。迟迟避罾网，戛戛过篰罶。簌簌惊栖鸟，殷殷吠村狗。短桥碍人面，枯枝每掣肘。荻苇何其多，纷纷如乱帚。暗水滋蚊蚋，时复一螫手。屏息伏船底，覆压相杂揉。有时亦开豁，忽若启户牖。平畴左右列，种植自亩亩。星微云气薄，露湿稻香厚。榜人发长歌，清风起飗飗。披襟当清风，欣快得未有。人生天地间，所值良不偶。遭逢半荆棘，况乃多尘垢。日出月复没，阴翳亦不久。何当一开朗，使我胸腹剖。

短歌行

独行登山，徒侣孤单。风雨侵衣，溪谷艰难。扶老在梁，鸩离在树。鹝行避株，恐触其嗉。高高者天，日月出没。东西漻泬，不见万物。江河滔滔，舟楫飘飘。欲渡无人，日拙心劳。彼唐与虞，胡遽而微。我欲从之，世不我俱。世不我俱，我其奈何。巢许曾闵，与之为徒。

七　都

娄中土已瘠，此地尚差强。风俗犹余朴，人家半小康。七了通海市，六尺起花庄。但得一廛隐，何妨老是乡。

中夜闻桔槔有感

东村夜夜桔槔声，月落星横尚未停。鼓角高衙眠正稳，天明飞檄下严城。

晓　起

晓起散发树下坐，蝙蝠冲蚊掠衣过。当头忽下露两点，背月独见星一个。村边烟高竹篠齐，海上日出车轮大。隔岸遥闻相唤声，人家趁凉下田作。

久旱得微雨

万物方困顿，泽竭一何久。飞雨忽而集，一望润南亩。譬如远行人，邂逅得淳酒。虽无酣足味，涓滴亦不偶。天恩非昔日，慎勿过求取。

雨后晚步

我方出门行，飞鸟已倦还。行止虽不同，各自娱其天。昨夜雨初足，田畴媚娟娟。牧子抱犊卧，今日聊息肩。

夏日怀郁子仪臣

夏日忽忆君，忆君池上竹。竹边有流泉，清泠浸寒玉。君独居其中，解衣恣盘礴。坐卧北窗下，皤然坦其腹。澄心发高言，兴至理亦足。远胜陶与谢，读者肌骨肃。我居荒村间，感目多所触。惭无笔墨乐，累此章句俗。时诵相诒篇，联以慰幽独。

秋　雨

入秋连夜雨，恰恰起新寒。海日晓犹湿，溪云朝未干。带泥扶稻穑，和水看花盘。莫道田家乐，躬耕迩正难。

夜　渔

空村秋歇雨，独港夜回潮。岸迴瓦灯暗，波深水树摇。风鸣知叶堕，人语识鱼跳。赢得儿童喜，喧哗竟一宵。

病中偶吟

天地迥无极，吾生殊有涯。难将一寸土，种尽人间花。春气一以滋，万物皆萌芽。大哉阳和功，博达非浮夸。

确庵将移居湖头村赴子晋毛子之约予徒范先邀至诸泾井约予及石隐圣传翼王同往话别剧谈四五夕或至达曙无非义理往复遂拈渊明斜川游诗为韵各赋五言一首

凉秋方卧疴，书卷亦暂休。陈子有远行，怅然为兹游。贤主集嘉宾，道侣挈英流。举网得巨鳞，开轩见轻鸥。遥心写鸣磬，幽情寄遐丘。谈经论奇字，此乐无与俦。聚首四五夕，高言日唱酬。未识天壤间，亦复有此否。至理各在兹，聚散奚足忧。俯仰苟不愧，浩浩夫何求。

次韵赠别确庵

一宵灯火十年情，促膝更阑月色横。我暂东来无几日，君今西去更多程。蔚洲村里曾开社，汲古斋中近著声。自愧屡违秋蟹约，定期湖畔听春莺。

北步再别确庵

高城风急昼氤氲，挥手河干又送君。舟子漫随秋树转，野航恰向夕阳分。池塘有梦惊春草，樽酒无情怅暮云。翘首蒹葭烟水阔，天南鸿雁不堪闻。

题延麻表兄行乐图

短笠芒鞋犊鼻衣，心闲无事饭牛肥。前溪雨涨新苗绿，更喜公家税檄稀。

寄怀禾中徐次桓

记得春风携手时，梅花香里共持卮。扁舟忽下严陵濑，四壁空余谢朓诗。海内文章连璧重，天涯沦落寸心知。鸳鸯湖水盈如盎，不见征帆只自悲。

傲骨惊人诮未休，南州高士迥难俦。伯鸾自不因人热，叔夜安能与俗谋。府署笙歌酣吊马，江湘一作潮。风雨冷潜虬。小园丛桂方堪赋，耐可君无乘兴舟。

龚母王夫人妇德之纯而母仪之备者也其幼子兆飞从予游得闻其详今年五十同人进觞咸献诗歌予因作节孝贤能寿五颂其词曰

何以颂母节，颂以鲁陶婴。陶婴赋黄鹄，哀吟感人心。惟母独不然，守志忘其名。贞者妇之常，笔墨毋乃矜。

何以颂母孝，颂以范宜春。刲膊疗姑疾，割骨名其村。惟母独不然，圣人慎伤生。三时进甘旨，康乐称天伦。

何以颂母贤，颂以陶侃母。结客成子名，截发不复顾。惟母独不然，毁容礼所恶。盘飧有余力，奚为襟肘露。

何以颂母能，颂以女怀清。丹穴擅奇资，用财能卫身。惟母独不然，黩货戒满盈。秦人虽有台，不欲污其名。

何以颂母寿，颂以西王母。骖驾青鸾车，嘉言一作乘之。锡汉武。惟母独不然，神仙多谬误。令德自寿恺，百年如旦暮。

璜水客邸述之王子见访即携新诗过读并以瑶篇见赠依韵赋答

风霜客邸忽逢君，更读新诗齿颊芬。子美乱离占胜句，东坡岭海老雄文。惭予独处得无得，念子何由闻所闻。珍重清吟意稠叠，相思常望北来云。

旅次答龚向辰时向辰获稻海上予买木棉璜水适然相值读予思辨录有赠赋此以答

耕获非谋食，经营亦偶然。故一作欲。为读书地，聊以治生先。机息尘无累，身安道乃全。君看群动者，亦自若一作乐。其天。

虞山盛益明索赠自言其家小楼溪树之胜因走笔为赋

闻说君家有画楼，楼前竹树绕溪流。读书欲罢凭高望，海上奇光在斗牛。

饮张子威家漫赋子威曾从学先君飒忽三十年矣为之怅然

忆来三十载，相对忽成愁。人世谁青眼，知交已白头。风尘余短鬓，天地寄浮沤。樽酒平生意，扁舟一作为君。尽日留。

确庵移居隐湖以湖村晚兴十首见贻即韵遥和

返照穿林映碧潭，人家一半在湖南。晚来湖上轻烟起，飞向山头作晓岚。

日落胭脂射眼红，明朝非雨即多风。钓船一向无心系，且自牵藏小港中。

卖鱼船到鼓频挝，八字湖头日脚斜。笑简青蚨添数尾，明朝戽水唤工车。

荒荒水月上前陂，竹树丛深暗曲池。自起支门看场角，鸡雏将母宿东篱。

娄江沙满海无潮，汲古秋镫暗自挑。几度九龙湾上望，不知何处七星桥。

一日思君一百回，新诗忽到睹清裁。何时买个平头艇，棹向湖南村里来。

小船撇白制轻松，溪水秋干仅没胸。闻道种鱼多畏獭，岸头多植木芙蓉。

村头处处起炊烟，白酒新笃色味鲜。湖上人家多断水，门前个个系湖船。

移家潭上又湖头，总是烟波到处愁。白露苍茫天水接，道人谁道不悲秋。

短棹轻帆暮霭前，平湖一片迴相连。直从周市过唐市，恰似斜川到辋川。

寿王范先尊人五十

青榆绿柳夹高门，五十年来德誉尊。原上桑麻天地力，床头书剑祖宗恩。向平已自完婚嫁，陶令何妨对酒樽。更愿太平人事好，春风鼓腹哺雏孙。

赠王紫霞表兄

王生好武更能文，束发相看便不群。勇略向推班定远，丹青近识李将军。床头剑槊关门雪，笔底山川粤国云。底事封侯何足羡，相期斗酒醉斜曛。

卷　四

清顺治七年庚寅至十年癸巳(1650—1653),四十岁至四十三岁

清顺治七年庚寅(1650),四十岁

春日同石隐药园雪堂过鸿逸春星草堂寻旧约也
适确庵自虞山来剧谈浃夕石隐倡韵为诗
予与诸友各赋一律以纪良晤

幽人小筑傍清溪,翠竹红桃罨户低。兴到偶来仍旧约,诗成即事不分题。经论治地同倾耳,时确庵谈蔚村筑圩事宜。字画开天一识脐。时石隐携所著《说文论正》共观,因言"齐"字即古"脐"字。聚散人生浑未易,孤舟明发又东西。

苇庵开士携徐虞求吏部二偈索和

直下披襟对箭锋,了然生死是真宗。煌煌数语原非偈,大寐丛中一杵钟。

人人头上有青天,何处还寻五味禅。一片丹心归白社,千年碧血长青莲。

毛子五行乐图

长身落落气如虹，杖履飘然致不同。莫道此君无片语，《离骚》一部在胸中。

答禾中陈用亶

战伐中原未即休，书生憔悴老江头。全身自分同蒙叟，求友何心接太丘。岂有玄言耽寂寞，漫劳白雪慰离愁。秋风有便还相寄，莫负征鸿羽翼修。

采芝歌

予家桴亭之畔，小池之滨，忽生灵芝一株，隐伏众草。时方课童扫除竹径，正儿见之，采置盆中。纯儿识其为芝，以告予。予归视之，则诚芝也。闻之土气和则生芝，腐儒自放，履运多艰，和云乎哉。昔孔子见幽谷丛兰，以兰为王者香而芜没众草，喟然作操。芝之为物，非兰俦也，亦将与商山诸君子结世外之知耳。漫为作歌，聊以见志。

维彼神芝兮，烨烨其光。《汉旧仪》称芝草夜生，有光。先一月前，儿辈夜戏池塘之侧，辄见光怪，正产芝处。载滋载荣兮，于池之阳。谓兰何为兮，不匿其芳。庶草虽繁兮，并生奚伤。缅怀商山兮，维古之狂。采之疗饥兮，以徜以徉。驷马高盖兮，非予所望。贫贱肆志兮，夫何敢当。

题清胜堂步确庵韵

薰风帘幕动高堂，花满晴檐书满床。觅句偶从闲处得，斋心时向静中忘。

清忠自乐传家胜，日月谁沾化国长。咫尺尘嚣终不染，众芜丛里一孤芳。

赠苇庵上人上人为禾中屠氏望族国变隐于僧

孤云无定所，瓢笠恣幽寻。佥曰家声旧，畴知国恨深。禅心通大道，上人独好与理学诸君游。骚思入清吟。上人能诗。珍重无穷意，西方俟好音。

今岁庚寅值予四十吴敬修以诗见赠依韵奉答

四十无闻谢管城，感君犹念旧同盟。诗坛昔拟分前席，此道今当让后生。阙里有心还自愧，赵州无眼为谁明。前途正远休疑讶，大器从来属晚成。

和顾麟士瓶中落梅诗

折向晴窗借日烘，轻寒一夜胆瓶空。似将劲质标南国，不是冰心畏北风。憔悴已将春意减，飘零犹有暗香通。溪边桃李无穷媚，消得枝头半晌红。

纸窗木榻坐吟思，正是残花将坠时。片片乍沾和靖酒，纷纷欲上寿阳眉。无根一任春风恼，有恨频教夜月窥。飘泊轻盈谁得似，五湖烟水泛西施。

冰肌原自不沾尘，况复华轩贮此身。已分不通千里梦，为谁减却一番春。清樽欲尽频惊眼，羌笛无端暗损神。弃掷甘心委百草，傲然孤骨是天真。

天心已谢未能回，零乱随风点翠苔。幸得移藏云母幌，那堪吹落单于台。相将诗思翻书帙，挈带春愁上酒杯。闻道岭南消息好，可能重寄一枝来。

过毛子晋湖庄流连浃日复赠予和古人诗一册中有过李氏园和杜少陵游何将军山林五首即用其韵以咏湖庄诸胜

载德堂

为入南湖社，来寻北斗桥。藏书高出栋，连屋迥干霄。泌水方成隐，淮山未可招。前人名德远，奕世讵云遥。

汲古阁

深阁图书满，登临气倍清。此中能养豹，何用更闻莺。汲古传修绠，遗经见太羹。十年酬宿愿，不负剡溪行。

宝晋斋

众言归《七略》，博智出三支。草叶书成带，鹅群墨作池。精英天地秘，光气鬼神知。何幸高斋里，斯文得共披。

此静坐

萧然清绝处，随意一轩开。曲径容芳杜，疏栏约小梅。无人成独坐，有客亦孤来。未许寻幽屐，经过损绿苔。

宝月堂

高堂临敞地，一片藕花香。月色窗窗满，池光夜夜凉。贞明众所睹，大宝我何藏。恨乏惊人句，挥杯问老苍。

温如先生七十诸同人咸往觞祝欢声浃日先生赋七言一章依韵奉和

载酒携樽趁菊时，隐湖佳气正离奇。西方讵曰无文考，东海犹能养伯夷。杜子诗篇新赁屋，陶家风物旧编篱。百年强健应非谀，痛饮还堪作我师。先生善饮，连宵达曙不倦。

确庵以圣像见贻并赠以诗盖北雍碑也北雍昔日为人才首善之地今胡为来哉对此不胜慨然依韵和答

仰止宫墙久，披图忽又新。昔年雍北地，今日海东滨。道在师天下，时穷淑野人。念君遥寄赠，感我旧遗民。

读顾麟士先生纤帘居诗稿赋赠

自昔推风雅，于今见典型。取材非藉选，下语欲成经。高躅依山桂，微心寄隰苓。西河殊未远，坛坫顾门泾。

赠殷介平马人伯两社长子晋西宾也

已识青门隐，还逢绛帐贤。人师称二郭，腹笥见双边。游刃成新制，安心证上禅。介平好禅。图书清闳满，木榻坐应穿。

湖东钓隐诗

短笠轻簑理钓丝，斜风细两下钩迟。酒徒一半封侯去，憔悴烟波君自知。

吴门杨曰补同袁重其过访集端士斋看菊即事

华轩烧烛夜窗红，百里朋来此座中。觞急诗成灯影里，月明人醉菊花丛。园林好景谁家在，樽酒清狂几处同。相对莫教辞痛饮，秋英零落正随风。

又步曰补韵

仰止高名已数秋，扁舟忽作剡溪游。西田近结三间隐，北海先为十日留。坐久诗怀缘酒壮，夜寒花气入樽浮。吟成四座欢无极，遮莫中天素月流。

寿王立臣母夫人五十

江城九月动秋风，黄菊花开处处同。锦帨乍悬珠作珮，瑶池初宴玉为宫。闺中伏腊貂仍黑，庭下斑衣彩自红。有子天衢翔步久，伫看即日赋维熊。

睡鹦鹉

绣幄香酣欲午天，金笼气暖倦翎偏。只应诵得唐人句，风雨春深学小眠。

佛桑番鸟图

佛桑花开红窈窕，香兰吹气芙蓉小。嶂雨盘烟态不禁，新妆艳质宜清晓。有鸟有鸟来岭表，独立漫矜颜色好。春风得意傲鸾凤，惭愧当年秦吉了。

桂之树行

桂之树，桂之树，桂生天上。乃在山之幽，涧之阿。日月出复没，照临不及株下土。青鸾白鹤朝夕游戏树下，桂树无言，淡然相与为太古。桂之树，桂之树，何当吐奇姿，扬芬葩。寿考固金石，天地与尔同光华。

听落叶

八月天高气乍分，遥空风急净无云。寂寥孤馆黄昏后，一叶秋声不可闻。

挽王述之

孤村落日海云黄，痛念人琴黯自伤。记得去年深巷里，小窗谈《易》坐匡床。

边生腹笥迥无俦，轻薄纷纷哂未休。为问操觚诸雅彦，几人书卷肯埋头。

无端朱紫总由天，何独于君吝一毡。寄语九原休怅恨，儒冠今日最堪怜。

酒杯诗卷日陶情，正是多君善养生。奄忽恍随云气散，海天何处学骑鲸。

顾雅俦移居教子索赠

草堂方卜隐，顾子先筑学稼草堂，隐于乡。梓里复依仁。今复归沙溪市，以择师故。稼穑从吾好，诗书淑后人。德因邻自善，器以琢弥珍。年少无虚掷，天心望正频。

菊　影

九月寒花已怯霜，主人珍重贮高堂。忽随明月来书案，更逐孤灯上粉墙。浓淡恍疑新泼墨，参差翻讶欲生香。由来晚节如君少，相对秋宵兴倍长。

瞥尔相逢欲暮时，西窗翦烛夜何其。挥杯对汝成三友，映月怜伊更一枝。屈子将餐迟作赋，陶公欲采漫停卮。满城风雨重阳近，屋底高眠知未知。

予与记原别三年矣岁暮拏舟至娄拟过予为浃日谈忽风雪大作竟日迟迟不至因诵鸣皋积雪之诗口占一绝

三年别绪梦魂劳，积雨寒塘过小舠。风雪无端愁咫尺，思君欲为赋鸣皋。

次日雪晴邀记原过谈

雪晴风定朔云遮，踏冻休嫌道路赊。料得贫寒无别味，陶家清供只烹茶。

清顺治八年辛卯(1651)，四十一岁

春夜读次桓识大编

斗室春寒薄，垂帷读异书。竹声山雨急，灯晕夜窗虚。志托千秋外，功成万卷余。虞卿穷易老，渺渺欲愁予。

同记原仙与仪臣登支硎

二月支硎路，山桃已笑迎。钟鸣僧寺寂，花雨梵天晴。瘦石撑高势，幽泉落细声。风烟薄暮起，渺渺阖闾城。

寄确庵时方归蔚村予不得过晤也

海门风雨暗江关，九十春光一瞬还。念子高翔双凤里，怜予独卧九龙湾。时穷弥识浮生薄，世乱方知道义艰。同学少年今渐老，感怀不觉泪潸潸。

再过吴门赠费仲雪

三月春光此重寻，吴阊杨柳正森森。五陵公子方连辔，穷巷佳人自捧心。湖海乾坤春梦杳，山川风雨客愁深。苍黄日色城头暮，把袂聊为泽畔吟。

寿王仲光六十分体本光作先

昔从梓里识高风，君是忘机海上翁。若使瑶池逢曼倩，未知谁是滑稽雄。

种竹浇花数十年，无人知是地行仙。醉余往往方瞳见，阆苑风前学放颠。

同仙与分体本作舆人眉记原过西津唔姚文初夜谈赋赠

春风一棹扣岩扃，握手西津眼乍青。车马无心求旧句，江山有恨寄新亭。高斋月出宵如昼，永夜谈深醉亦醒。岭海烽烟犹在眼，不堪鬓发欲星星。

夜雨宿吴门即事有感兼呈李灌溪先生

胥江夜雨涨痕高，震泽长风起壮涛。海上有人占蜃气，桥边无客问龙韬。十年庑下凭谁识，百尺楼头未是豪。时与灌翁同宿准提庵小楼，予卧床上，灌翁即宿床下。独往独来成底事，棹歌声里读《离骚》。

次韵酬长水屠暗伯

方共斯人处，山林讵敢深。有怀方独往，无意忽知音。风节钦高义，文章契夙心。秋期殊不远，注望渼陂岑。时暗伯约秋期过娄。

次韵酬徐楮崖

择术嗟违俗，资生暂养蒙。人情方载鬼，众口欲烹翁。吾道原非异，君心那竟同。世氛如可却，好与论时中。

西田八章章八句集葩经寿王烟客有序

《西田》，招隐也。大夫有耄而逊于荒者，君子为之览古以志焉。

西田何有，榛楛济济。作之屏之，爰居爰处。率时农夫，侯亚侯旅。既安且宁，黄发儿齿。

西田何有，芃芃黍苗。或耘或耔，以永今朝。我田既臧，我歌且谣。采薇采薇，于焉逍遥。

西田何有，河水洋洋。桧楫松舟，河上乎翱翔。岂无他人，毋逝我梁。人涉卬否，我姑酌彼兕觥。

西田何有，绿竹猗猗。在彼中阿，雨雪霏霏。无冬无夏，猗傩其枝。允兮君子，寿考维祺。

西田何有，有蒲与荷。在水一方，洵美且都。月出皎兮，且往观乎。悠哉悠哉，其啸也歌。

西田何有，园有桃。灼灼其华，曾不崇朝。归哉归哉，适彼乐郊。有酒湑我，嘉宾式燕以敖。

西田何有，有菀者柳。睍睆黄鸟，好言自口。为此春酒，酌以大斗。携手同行，卬须我友。

西田何有，鱼在于沼。泳之游之，洵美且好。谁能烹鱼，薄采其藻。酒醴维醹，永锡难老。

归　村

闻道归村好，归村胜分体本作竟。若何。大都尘事少，只是水田多。汉腊存农社，《离骚》入棹歌。吾生方卜隐，策杖拟相过。

白　丹

吴中有草花，名曰沃丹，其色正朱，此贵品也。近复有白丹，形似沃丹，色白而香，更为殊绝。

结体全依素，传名尚借丹。种犹疑百合，香欲胜丛兰。弱蒂分还并，芳心湿未干。醉醒吾与汝，秉烛夜深看。

过昙阳观

背城丛竹里，小径一溪斜。久雨露石骨，新晴开草花。磬沉僧入定，竹密鸟成家。殿角凉阴好，无劳畏日车。

和侯掌亭旧庄杂感八首

五载家门事业殚，惊飞无处息征翰。乱余水国仍兵气，定后荒村渐改观。久客身轻归亦易，屡空瓶罄住犹难。先人剩有清风在，老屋江湾且自安。

避赋频迁未是闲，买山无地暂时还。支门久拙平生计，扫室先悬二老颜。箕尾精灵图画里，陶唐日月梦魂间。门庭杨柳今摇落，愁对枝条不忍攀。

浩漭乾坤付劫灰，一枝犹复重徘徊。神龙蜕骨方能化，樗散全身贵不材。

江上归舟帆影乱，城头落日鼓声催。卜居正欲谋詹尹，五柳门前莫漫栽。

黄帽青鞵挂短筇，万方多难我何从。秋风丛菊荒三径，春草空堂剩四松。岭海衣冠犹在眼，园陵霜露漫沾胸。伯通去矣无来者，莫道梁鸿不赁舂。

野老相过好坐商，家园芋栗未全荒。遗金无复存先世，赐额犹传出上方。赋就归来今栗里，不求闻达古南阳。行吟仅可消愁日，憔悴江潭莫过伤。

客里风霜阅历深，萧萧两鬓岁华侵。蕲王垒下千秋恨，江湾有蕲王点兵台。奉使槎边八月心。其地又名槎头。蜀道屡歌《相和曲》，草堂重作《喜归吟》。南飞乌鹊知多少，明月疏星泪满襟。

谁云世界法身中，身逐惊飙似转蓬。刊落家声依佛日，破除国恨唱宗风。浮沤未灭尘偏扰，劫火方消色已空。伯道无儿缘底事，几回搔首问天公。原唱怀智含，时智含又殁于灵隐，故依韵吊之。

经权存殁总飞烟，原唱有"存殁经权各自贤"之句。忠孝家声尔独贤。万国蒙羞垂八载，九原藏血自千年。心期不动常依寂，学到知雄但守玄。掌亭究心禅玄之学。今古茫茫尽如此，凭高瞻眺一凄然。

禾水屠暗伯俞右吉张白方陆冰修潘美含挐舟过娄相访坐小亭谈道竟日已复篝灯商榷古今长枕大被纵论达曙因赋五言古四十韵记其事

秋风生微凉，吹我庭际松。有客来远方，系艇垂杨中。巾服何逍遥，琴书亦从容。入门登吾堂，再拜言辞恭。自云避世士，禄仕非所荣。结契在物表，匪效征逐工。鸳湖接娄江，烟波渺重重。中经巨区险，咫尺天溟濛。风涛忽相触，樯帆骇飞蓬。危坐学正叔，利涉竟有功。岂徒鬼神佑，亦以精诚通。屠子述舟过太湖尾，值大风，几覆者数四，因举似诸友此行颇悔否，诸友言为道相访，死且无悔。从容谈笑，都无惧色。贱子鄙朴者，澹泊无所营。终日乘吾桴，逌然任西东。宁无风波忧，机息境乃融。诸子相顾笑，彼此将毋同。开樽整杯盘，鸡黍聊作供。倾倒谈诗书，纵横吐心胸。白方圣贤徒，上继洛闽宗。暗伯志忠孝，卓荦称儒宗。谁为八面才，右吉文章雄。冰修如椽笔，拟匹王与钟。经济推美含，艰难历兵戎。昂昂鸡群鹤，矫矫云中龙。邂逅集斯亭，户牖真气充。上穷黄虞际，下逮周秦终。汉唐及宋元，络绎资谈锋。或探元奥窟，或入精微宫。或独竖妙义，坚峻如城墉。或群起攻辨，尽锐相击冲。高情忘主客，快论欣儿童。须臾日西夕，论说意转浓。翦烛掩西窗，促膝更披衷。岂无绮罗筵，庖厨洁且丰。岂无当时彦，揽祛愿相从。志尚各有适，萧兰自成丛。皎皎风露白，煜煜镫花红。四座默不言，冰心耿无穷。呼童整茵席，拥被听晨钟。一笑天已曙，高歌怀冥鸿。

答嘉禾屠昭仲见赠

遭时偶尔避墙东，名姓天涯总未通。抱瓮自甘同汉叟，移山不觉类愚公。终南雪霁千峰出，冀北风高万马空。闻道君才正龙跃，何年霖雨慰寰中。

浩莽乾坤暗欲秋，狂澜谁与障中流。十年闭户双蓬鬓，五月行歌一敝裘。东海波涛天外渺，南湖烟雨望中浮。知君千里能同调，翘首山阴兴转悠。

答大涤山人见赠之作

斯道缘知未可行，乘桴聊尔纵遐征。素书浊酒浑无赖，绿树青山剩有情。静里天心常自得，悟来蜗角又何争。茫茫万顷吾安适，欲向高山借一楹。

遥哭希声钱公

公，娄旧令也。申酉之难，间关岭海，卒死王事，葬海中之琅琪山。其弟肇一、兼三负遗书至娄，因赋二律以志慕思。

中原倾覆事如何，穷海孤臣强负戈。利钝由天非所计，鞠躬自我更无他。流离尚欲书章句，疾革犹闻唤渡河。正气如公那可灭，涛声隐隐似悲歌。

营头夜陨海涛奔，真宰茫茫未可论。绝岛君臣留正朔，瘴天风雨葬忠魂。谁将心事传龙比，赖有遗书属弟昆。千古崖山成恨事，临风遥恸一倾樽。

薄暮观梅

小阁春阴里，梅花欲暮天。寒香停宿雨，曙色上轻烟。寂寞谁能赏，芬芳我独怜。明朝风日好，为尔赋新篇。花色正无赖，忽然忽然，分体本作忽来。风满天。禁寒未吐萼，和雨欲成烟。骨瘦宁堪妒，心香未肯怜。孤山有真契，千古著吟篇。

天寒有鹤守梅花毛子晋社约

一天冰雪冻云垂，老树花开有鹤知。疏影乍横矜独立，飞英忽下喜频窥。似将素质怜芳质，欲以仙姿伴野姿。几度夜深清唳发，却疑羌笛月中吹。

梅有芳兮鹤有音，岁寒相守更相钦。云霄久谢风尘志，冰雪初看天地心。羽客自寻高士伴，飞仙如挟美人临。林逋旧事君知否，回首孤山月色深。

次桓移居胥山之麓滨江结庐自名胥江草堂索赠

越国春深槜李城，胥山山下一江横。南州高士新开径，吴市英雄旧驻兵。帆影落窗晴欲暝，涛声入簟夜还惊。浣溪莫漫夸名胜，此地沧浪眼倍明。

梦中作

梦至幕府，一大将军命作《春猎词》，援笔立就，觉犹忆之，喜其有太平之象，亟为录出。

雪尽天山雕羽轻，将军春猎凤凰城。十千粗练分营出，夜半犹看野烧明。

赠孙铭常画兰诗

闻道幽人笔，居然王者香。数花轻点染，一叶几回翔。欲共商山隐，宁同金谷芳。不须滋九畹，尺素是潇湘。

赠袁孝子重其四十诗次姚文初韵

举世纷纷说伪真，谁能养母更持身。家庭燕衎几三乐，笔墨经营尽五伦。四十慕亲同孺子，一生求友得高人。如君正可风侪类，来往舟车莫厌频。

送闽中林衡者游中原长歌

石斋先生天下师，君能弱冠长揖之。著书如风腕欲脱，吐论凿凿称雄奇。石斋为君亦拱手，略尽形骸呼小友。赠君药言送君诗，直欲与君分半亩。石斋赠诗有“应分半亩与君居”之句。天公天公何不仁，忠臣饿死英雄贫。岭云如山战骨白，至今闽海飞征尘。男儿致身苦不早，双鬓蹉跎浑欲老。安能局促辕下驹，凤凰翱翔在苍昊。束书蹑屩作壮游，志气直欲凌九州。扁舟千里入吴会，上书论古惊同侪。腐儒如予那足道，感君意气为倾倒。挥豪赠我琅玕辞，愧乏琼瑶无以报。君今策蹇问中原，山川漫漫道路昏。胡琴欲碎向何处，夜半起舞心烦冤。

金陵城中王气尽，蒋山断树生芝菌。日落江潮惨不波，维扬明月歌春蚓。君不见昔日江东祖士雅，击楫中流泪盈把。又不见辽东皂帽翁，语维经典甘孤穷。丈夫处世只两途，吾子坎壈将安终。中原人才颇不恶，风尘往往倾然诺。昂藏七尺未长贫，暗中定可相摸索。归来好复过桴亭，西窗翦烛开短屏。交知四海见吾子，相对使人双眼青。

秦雨歌

君不见去年五月天河翻，波涛平地生。千村艨艟扬帆走阡陌，蛟龙窟穴鼋鼍奔。又不见今年五月麦初熟，秧叶如针土焦秃。江湖转眼成沟渠，野老停耕仰天哭。去年水荒尚可支，鱼虾作脯荇作糜。卖男拆屋当官税，且留骨在还生皮。今年性命存呼吸，露宿田头望田泣。白眼呼天天不灵，草根无汁饥喉涩。县官符檄疾如火，里胥持符入门坐。田庐荡析儿女空，拚掷残躯横道左。昔时岂无水旱年，赖有借贷堪周旋。子母什倍非所计，医创剜肉图眼前。近日民生殊逼仄，弱肉尽为强所食。千金之子毙囹圄，谁能升斗相怜惜。怨气郁积干苍穹，皇天如焚雨泽穷。狐狸吹烟鬼啸火，虐焰远播三吴空。三吴之民尔何苦，脂膏强半供豺虎。此辈凶威怒上天，上天降割仍编户。幸有辽东御史来，天门久闭为公开。晴空无云雨忽注，万井腾溢欢如雷。吁嗟吴民，尔勿以此为祥瑞，尔生已分成捐弃。此时何处得甘霖，点点秦公眼中泪。行看绣斧渐回柯，商羊无权旱魃多。丰年有歌尔自许，石壕夜呼将奈何。吴民吴民奈若何。

喜宋子犹从海上归赋赠

十年蹈海一身轻，故国重回代已更。梦里鲸波如昨日，尊前鲑菜只平生。乾坤何处容孤往，丘壑吾侪且耦耕。遁世工夫正无限，可能相助一经营。

毛子晋枉过桴亭见赠赋答即步原韵

检点春光又二年，平池荷叶正田田。花间客到侵衣湿，雨后泉来试茗鲜。海内交知凭道眼，樽前风月在诗肩。小亭倘得传修绠，汲古谁云各一天。

屠昭仲见访不遇有诗投赠依韵赋答

几度怀人咏断金，相思南国有知音。一门词赋机云社，千里风流嵇吕心。月满故山逢旧侣，梦回孤棹得佳吟。天涯处处歌行路，蜀道崎岖底用寻。

万卷楼同扶九甫草夜饮

万卷楼开暮霭天，披襟此夕对高贤。一时人物云中鹤，千里交情雪后船。震泽长风吹剑气，庐山秋色在吟篇。却怜寂寞江亭下，剩有畸人独草玄。

既庭右之畴三三宋见枉顾赋赠

蓬蒿三径久蒙茸，惭愧高轩远过从。剑佩清光摇薜荔，文章佳气照芙蓉。鹏骞共羡河东凤，蠖伏谁为柱下龙。闭户虞卿穷已久，相逢遮莫笑疏慵。

赠费省公步金孝章韵

词场文苑旧登坛，辛苦冰霜老岁寒。弥望惊尘连北极，伤心清泪滴南冠。凤凰亦自称凡鸟，苏合何尝笑粪丸。短棹轻舟溪水上，高歌一曲起微澜。

岩上云为起莘老人双寿作起莘懒云主人也

岩上云，何郁郁，朝朝暮暮岩头宿。岩头松柏高菁葱，双柯亭亭擎向空。

深山无人白日苦，终日随云待雷雨。一朝云起腾青冥，岩头松柏皆龙形。

清顺治十年癸巳(1653)，四十三岁

新蒲绿

新蒲绿，新蒲绿，韶华满眼纷成触。伤心又是十年余，转盼沧桑几翻覆。燕子飞飞高下逐，衔泥依旧巢华屋。杜鹃何处不归来，月上三更啼未足。

新蒲绿，新蒲绿，嫩柳夭桃斗妍馥。独有凄凄芳草痕，天涯望断王孙目。秦宫汉苑游麋鹿，楚水吴山栽苜蓿。日落苍梧帝子愁，纷纭泪满潇湘竹。

赠庄铭父侠士铭父有子殉国难今隐于医

在昔勇侠士，首羡荆与聂。飞剑摘侯王，千人自撇捩。意气岂不雄，椎劫非盛节。朱家郭解徒，见鄙于圣哲。铭父古侠流，志亦取义烈。用之一以正，遂乃称殊绝。有子报国恩，肥遁情匪惄。君看赤松侣，□□曾胆裂。

题龚立吾卷

龚氏世节后，其人多挺直。负气不肯下，玉碎非所惜。布衣何足羞，所重在道术。遥遥十载余，高风犹可识。

次韵答归玄恭

侧身天地此何时，忽漫相逢得子期。我辈有心常自合，世人无胆辄称奇。义熙日月柴桑老，景定诗篇铁匣知。闻道昆明池正好，眼中犹见汉旌旗。

登虞山门城楼

百尺危楼压岫开，振衣独上气雄哉。湖从树杪层层见，山向城头宛宛来。扬子风烟连海峤，钱塘云物接蓬莱。东南日出知何处，不见神仙首重回。

贞松四章章十句寿陈瀛寰母夫人

亭亭贞松，冬春并荣。母有令德，协于初终。纯孝不匮，锡类靡穷。允矣文庄，刑于化隆。琴瑟遗音，穆如清风。

冉冉修竹，雪霜弥绿。母有亮节，险夷胥淑。承明胡荣，艽野匪辱。从尔君子，大义攸勖。多难既平，复我邦族。

竹之苞矣，其比如栉。母有子矣，令闻翼翼。绍厥弓裘，兰台石室。眷念庭闱，恩斯迪斯。曰母而父，曰父而师。

松之乔矣，以岁以年。母之寿矣，馨闻于天。自今以始，靡有后艰。彤史聿著，千祀无极。为女之宗，为邦之式。

直水四章赠费省公

直之水，其流汤汤。先生居之，以徜以徉。匪徜匪徉，君子之光。

直之水，其流湜湜。先生居之，以宴以息。匪宴匪息，晦处之德。

直之水，其流沄沄。先生居之，以咏以吟。匪咏匪吟，羲皇之音。

直之水，其流浏浏。先生居之，以教以友。匪教匪友，德化孔阜。

同葛瑞五游吾谷

湖山久绝剡溪舟，忽漫相逢续旧游。树里波光高出屋，松间日色冷于秋。

软舆素舸芳春乐，石马穹碑故国愁。惟有丹枫如血泪，年年和雨滴荒丘。

哀侯武功武功雍瞻先生孙也

吁嗟豫章兮，生于深山。山崩谷陁兮，伤其本根。庶几再荣兮，枝叶以繁。奈何摧绝兮，不如苕兰。吁嗟豫章兮，不如苕兰。

五君咏送吴梅村太史北赴征车

汉桓荣

桓公富经术，遭逢作储辅。投戈息马时，讲论佐公府。金玉陈庭阶，车马充牖户。诸生毋惊讶，得力在稽古。

唐王维

右丞本静者，偶为时所噪。诗文走诸王，画理入神妙。竹洲花邬间，弹琴复咏啸。荣名非我期，富贵岂所好。

宋宋祁

子京天下士，风流自标举。对策魁大廷，声名动人主。湖山消半臂，秘院修前史。烛光帘影中，飘渺神仙侣。

元刘因

静修清介儒，处世特从容。当其拜命时，亦与鲁斋同。驱车京洛道，脱屣明光宫。岂必箕颍侧，乃征高尚风。

明杨维桢

铁崖旷代才，众情所共频。虽当鼎革际，光采独照耀。使臣日边来，征车勉赴召。前王在史策，藉手以上报。

四十三生日偶读象山年谱是岁象山于白鹿洞讲义利章不胜慨然感而有赋

五亩荒园叹索居，秋风丛桂一编书。生非岳降逢辰薄，运值天移与世疏。袁宏《与范曾书》：天轡将移。研北身心偕木石，墙东名姓老樵渔。最怜白发人同岁，惭愧皋比此日余。

题虞山陈鸿文钓隐图小像

东海高人冰雪姿，一竿潇洒此何时。子牙未老严陵健，独对塞江有所思。

白华篇赠高汇旃学宪

昔人美孝子，爰有《白华》篇。白华何取尔，洁白以自宣。高公大贤后，忠孝夙所坚。辞荣奉庭闱，解组娱林泉。养亲极滋味，不慕浊世膻。捧檄岂无心，周粟未敢沾。粲粲白华英，表德侔古贤。

送懒云师归云南师本鹿城令今寓浙中

鹿城兵气黯然消，鹫岭宗风暂挂瓢。老衲生涯灵洞雪，孤臣心事海门潮。致身谊毕应无恨，罔极恩深岂惮遥。漠漠滇云何处是，乱山丛水一轻桡。

秋深风雨夜猿惊，零落孤臣万感生。天目云高连玉案，钱塘月出照昆明。

干戈满眼家何处，忠孝繇心愿竟成。况是同行有仁者，时师将与文介石先生同归。双节安稳问归程。

挽顾麟士太学

杨顾文章天下知，尊经重注是吾师。子常已老先生死，法派相承更属谁。

《大全》注疏前王令，轻薄为文未肯窥。反约工夫由博学，半生辛苦一书垂。

风雅沦亡六义隳，郑笺毛传总纷歧。伯淳指点凭心悟，绝胜匡衡但解颐。

廿年名重党人碑，白首诸生叹数奇。未死陈东能报国，布衣投老北山隈。

早发吴閶

一夜冰霜迥不眠，榜人敲火雨如烟。石尤风紧河流急，却似三巴上濑船。

大风舟触石损停舟鹿城

风急船横百丈斜，官塘崩石锐如牙。布帆幸喜都无恙，赢得儿童半日哗。

寿海上老人

海门日出霞气红，照耀五色珠光融。《黄庭》夜读月朗朗，青鸟昼下云濛濛。已结商山采芝老，更烦天禄吹藜翁。蓬莱清浅水波稳，会□仙人来碧空。

次桓别二载过娄阻风雪不得速晤有怀寄赠

别久不得晤，忽来惊好音。如何咫尺地，又似隔山阴。风雪经旬念，冰霜历岁心。遥知相忆处，愁绝只清吟。

除夕偶忆白沙诗喜其相似戏和一绝白沙诗云今夕人间度小年五男四女共炊烟且看满席斓斑舞莫问明朝婚嫁钱

除夕今年是大年，四男四女共炊烟。算来似少先生一，却有孙儿更值钱。

卷　五

清顺治十一年甲午至十三年丙申(1654—1656),四十四岁至四十六岁

清顺治十一年甲午(1654),四十四岁

春正十四日同滇南文介石禾中徐次桓暨石隐仪臣圣传虞九赴确庵约至西堰舟不得过从土人借舟而入

借得轻舟似野凫,船头荡桨笑相扶。晚风斗水小成浪,春涨吞田半作湖。树影人家迷远近,波光烟霭入虚无。年年洞口忘津处,落日渔歌起荻芦。

元夕村人祈赛鄂公祠确庵请介石先生登座为村人讲孝弟力田为善三约

胜日邀朋澜水滨,薄寒梅柳正含春。一方沟洫歌村叟,十载江潭老逸民。确庵隐蔚村已十年,比年为村人筑圩防水旱,村人德之。鄂国祈年风俗古,蔚村约法讲坛新。蓝田盛事通王道,惭愧躬耕郑子真。

讲约后与诸友夜饮确庵斋

促席相看尽隐流，矮窗茅屋坐深幽。夜寒月直酒杯急，曲乱灯红笑语稠。时有馈确庵以虞山纸灯者，确庵张之以娱客。忽鄂祠乐工来供应新声叠奏，一时幽寂之地顿变繁华。海角烽烟劳梦寐，比闾征赋动离忧。无穷身世频搔首，片刻羲皇也破愁。时海上多警，当事议间出三人供海上之役。

赠钱梅仙确庵高足也读书嗜古不乐仕进诗以嘉之

世态方轻诡，君才独老成。师门敦矩矱，同学励声名。抗志希先轨，冥心薄世荣。素怀良可挹，拟结鹭鸥盟。

过双凤吊顾麟士哀其遇作诗代哭

盛年名誉冠人伦，皓首研经愿未伸。七十穷愁赍志死，更怜无子有尊亲。麟士尊人八十五，恸哭求死而不死。

答归玄恭悔过诗兼见寄即次原韵

斯文绝续理将回，担荷于君何有哉。丧乱饱经皆实学，浮华尽敛是真才。声名未免儿曹妒，气运应为我辈开。悟彻百源颇忆否，十年冰雪静中来。

过龚无竞心违亭步石隐韵

城隅临曲水，野况入窗多。风袅竹千个，春肥菜一窝。客因谈道至，邻许折花过。胜集兹亭好，吾怀晋永和。

城之北乡自薛家湾至蔡家湾一路皆种梅入春如雪予心乐之将卜居于此焉

河势连冈曲，人家一径斜。夹溪栽竹树，十里尽梅花。香雪春风满，冰壶夜月赊。吾生堪卜隐，何必问烟霞。

种慈孝竹

有竹名慈孝，丛生一撮繁。节疏堪作杖，根密可为樽。孝竹跟最密，岁久如石，野人或锯以为几，或凿以为樽。凉燠分冬夏，孝竹，冬笋从外出以卫霜雪，夏笋内出以护凉风，故土人谓之慈孝。稀稠见祖孙。凡笋一岁一孕，独孝竹再孕，一岁中祖孙相见。野人钦令德，相借伴柴门。

春雨闲居

湿雨细如尘，林塘百草新。轻寒频试酒，薄醉自宜人。柳色闲看好，梅香静嗅真。田园滋味别，似接古风淳。

半泾道中

半泾春水涨，小港一帆通。雨色沧江外，人家暮霭中。蟪蛄鸣麦陇，凫鸭乱葭丛。农务村村急，无心理钓筒。

寿陆丽京母夫人袁氏袁，一作裘。

廿年名教久尘昏，耆旧凋残未可论。赖有天心矜丧乱，尚留母德训乾坤。文章子姓当时冠，忠孝门闾异代尊。夫人子丽京、梯霞、左城皆名士，鲲庭进士，乙酉殉节。

我欲登堂修古礼，西泠秋色幸相存。

清　明

二月轻寒又禁烟，郊原祭扫正纷然。桃花欲放莺初语，杨柳新垂燕可怜。杜甫春衣频自典，汉宫蜡烛有谁传。十年樵牧冬青老，寥落东风怨纸钱。

确庵见过同圣传虞九夜宿小亭即事

小饮不觉暮，落霞天已冥。清谈有余闲，薄醉无全醒。远俗匪高洁，息机自孤迥。相对拥布衾，忘情付瓯茗。

过宝带桥

澹台湖水碧如油，宝带桥平疋练浮。好种碧桃三万树，年年花里作春游。

再过禾中访屠暗伯俞右吉不遇作

三月春阴久不开，孤舟驿路雨频催。高高江岸迎潮一作湖。转，臬臬征帆贴水回。问字喜过杨子宅，怀人空上伯牙台。别来筋骨应无恙，遮莫秋风两鬓衰。

访徐次桓不值

故人一别三月余，偶尔相过又索居。怅望胥江烟水阔，落帆亭下独踌躇。

春暮同玄恭跨驴至嵺嵺中侯记原金沼一作治文诸同人酌酒相乐座中邂逅值湘中汪魏美率尔有作

春暮天色佳，浓绿起新媚。轻风吹游人，我亦动游思。联翩策双蹇，忽过嵺水次。良朋久契阔，相讶怪我至。招邀罗酒浆，八簋俄陈馈。清言穷日夕，雅饮不知醉。座中有远客，乃是夙所契。去我五百里，邂逅得把臂。譬如风中云，偶尔正相值。真乐良在兹，聚散何足计。

寒溪书屋歌为盛子圣传赋

寒溪先生趣超俗，闭门自住深巷曲。绕溪种竹千百个，终日无人弄寒玉。舍北旧有古祠庙，东风三月春窈窕。游人联臂踏青来，君亦时时恣舒啸。今年僧去祠庙空，庙前石砌野花红。长溪淼淼静如练，琉璃一片光无穷。先生为爱此溪好，自笑向来溪水小。更移书屋祠庙旁，坐挹清溪日倾倒。编篱伐棘远嚣尘，乞竹寻花问四邻。笔床书架参差置，药臼茶铛次第陈。况有从游多雅士，负书挟册轻千里。北海还家吾道东，西河受业如归市。朝吟不厌溪上雪，暮吟不厌溪上月。朝朝暮暮读书声，人影溪光两清绝。同心老友三五人，暇日相过惬隐沦。即事诗成常满壁，应时酒熟每留宾。人生所贵在适意，富贵浮云何足计。长安卿相天上人，反覆须臾尽委弃。虞渊日落天昏昏，蝇蚋群飞各自尊。草头露湿生羽翼，笑傲北溟无鹏鲲。丞相车前堪炙手，五侯门第浓如酒。竞附城南尺五天，争夸牖下千金帚。花落花开亘古今，繁华俄顷易消沉。不如溪上垂纶叟，静对寒流自洗心。

次韵挽瞿稼轩归葬

稼轩名式耜，字起田，常熟人，文懿公景淳之孙。为桂林留守，死难，赠临桂伯。其孙扶柩归葬。

半壁崎岖独护持，神州戮力更同谁。死生在我终须尽，成败由天讵可知。高密汾阳嗟异代，崖山燕市痛今时。煌煌遗表垂千古，伯仲之间见《出师》。稼轩被拘时有《遗表》。砥柱乾坤赖老谋，那堪宰相尽风流。横江已断千寻锁，筹国谁开万里楼。南粤兵戈行殿恨，东皋花木故园愁。稼轩思故乡，于桂林作别墅，名小东皋。渡河只有宗留守，恸哭相从地下游。

兴亡自古恨难平，独委孤臣坐废城。二祖山河犹破碎，两朝门户尚纷争。偷安列爵多勋镇，粤中勋镇甚多，兵至皆委城而走。共难无人剩友生。司马张别山，稼轩门人，泅水入桂林，与稼轩共不屈死。殉节捐躯吾立命，岂将一死浪求名。稼轩临难诗有“死岂求名地，吾当立命观”之句。

累叶君恩世泽长，男儿终不负堂堂。四年绝域延宗祏，丁亥定策，至庚寅凡四年。万死危疆奉御床。浩气成吟诗不朽，临难诗名“浩气吟”。天风吹榇骨犹香。精忠率土人人敬，化碧苌弘底用藏。

和程杓石悼亡诗

古来贤媛比良臣，辛苦相从有几人。黔蜀山南吴市北，伤心多少泪沾巾。杓石少君史氏为建文时从亡臣史仲彬学士之后。

鹿车荆布古风姿，偕隐衡门赋乐饥。一自齐眉人去后，凭谁画纸共敲棋。

钱础日两尊人双寿次米堆山韵

百道清泉落幔坡，太湖风软绿生波。星从南极祥光迴，春到衡门乐事多。贝叶经文颇展玩，青灵竹杖自摩挲。大烹鼎养非吾好，采得商芝漫作歌。

白头相对老田庐，偕隐风高乐有余。举案殷勤双岁庆，授经辛苦一窗虚。山南日永承欢燕，堂北风微慰起居。尹母从来甘善养，问安无事佩金鱼。

答赠海上一作上海张公调

海中有长鲸，鬐鬣如青山。东来喷云雷，海水直上惊天关。天关虎豹骇，奔逐下走人间食人肉。海滨先生避角毒，束书远向城村宿。城村不入三十年，旧交零落非从前。朱门华屋半新主，风尘按剑谁相怜。君不见杜陵老叟文章伯，蹭蹬长安人不识。英雄往往泣途穷，弹铗归来三叹息。

赠风鉴诸远之

世人龌龊好皮相，斗探海水轻相量。朱门酒肉尽公卿，瓮牖绳枢色惆怅。君不见何晏邓飏晋名士，富贵风流人莫比。鬼幽鬼躁非遐福，公明片语窥神髓。又不见孔子周公百世师，面如蒙倛形断菑。开辟宇宙定六籍，千秋俎豆神明之。古人论相重心术，俗眼岂得分妍媸。武陵诸君古道侣，术艺直欲陵唐许。双眸炯炯射着人，议论如风入心腑。薄游四海观人才，王侯倒屣争相推。有时独吸五斗酒，眼前万物都尘埃。形不胜心心在术，术正心从形相出。荀卿非相乃善相，此事岂许凡人识。吾闻古有单襄公，往往威仪占吉凶。至诚前知理不爽，推测影响谁能穷。吁嗟人才天所命，人才所在关风运。安得置君铨衡间，鉴貌论心识邪正。

晚入惠山寺用壁间韵

江皋初落木，小艇泛幽清。暝色全依树，秋容半入城。泉根穿石细，云缕出山平。对此惬真赏，都忘世上名。

惠　泉

潭石何清幽，勺水不及瓿。万古无盈涸，千秋供给取。颇疑蛟龙宅，似有神灵聚。咫尺具深源，时哉德施普。

炼石阁邹氏故园

苍凉高阁对林峦，帘箔秋风落照残。闻道昔年歌舞处，美人红袖倚阑干。土人言此阁为教歌姬之所。

听　泉邹氏亭名

惠山山下惠泉香，散入名园衍派长。咫尺源流分彼此，只堪清耳不堪尝。

句曲晓行过朱家巷

城头画角晓寒生，驴背秋风一笠轻。白露苍茫前路杳，几回搔首问昭陵。

游报恩寺登塔有感

上方禅塔古城壕，闻道经营倍费劳。百宝光摇千世界，九州云领疑"锁"字之误。一秋毫。直开辇道金绳迴，细引清渠绀树高。靖难恩深酬一发，锱铢讵敢惜民膏。

报恩高塔耸千寻，登眺凭虚感慨侵。帝子苍梧湘水阔，神仙蓬岛海云深。钟山树尽诸峰出，京国秋深万户阴。独有皇灵依佛力，尚留名迹到于今。

题一鉴赠逆旅主人秦献之

新秋深院静，平阁小池方。宛转桥三曲，萧疏柳数行。读书山鸟集，说剑夜灯长。主人有子系武闱，往往谈京邸事。即次逢贤主，乘车暂不忘。

登雨花台

岂有神僧座，曾来武帝车。遂令天欲雨，顿使石皆花。江入林峦窄，城连塔寺斜。登临殊未倦，落日照明霞。

文德桥望钟山

钟山形胜古龙蟠，绛帐珠宫天半看。风雨神灵依五柞，春秋坛祀拜千官。冈峦势集云霞迥，禁卫威尊草木安。今日暮烟萧瑟里，石桥慷慨漫凭阑。

江宁谣十首

王侯第宅旧威仪，开国功高道路知。今日门庐一作庭。尚如昔，上头扁额是三司。

三吴割据此专居，一统经营定鼎初。门阙犹存宫寝废，野翁担粪自浇蔬。

天坛享殿迥成荒，牧竖樵童上下狂。拾得殿头黄瓦子，夏天权作枕头凉。

酒肆茶坊处处开，迎宾馆客巧安排。不愁风雨柴薪少，自有钟陵杂树来。

九千英俊尽时髦，虎脊龙文各自豪。帖括经书都不用，满街齐唱《郁轮袍》。

一霎云雷风雨过，三场巨浸竟成河。龙门未必皆烧尾，赢得双双浸碧波。

短袴胡缨结束真，踏歌连臂更吹唇。三山街口非林麓，白昼探丸劫贵人。

轧轧牛车出市门，市中相顾但惊奔。大中桥上人如蚁，今日西风欲断魂。

负戴轻趋疾若风，白铜环子响丁东。闲来夫婿同骑马，焠火烧烟细引筒。

名都地脉重于珍，三百年来禁令申。已怪人烟方凑集，更添马矢作氤氲。

大　江

南北冲开巨堑翻，唐虞四渎此为尊。地从众水来巫峡，山夹洪流入海门。

三国纷争余泡影，六朝兴废一波痕。古来涉险存明训，极目滔滔感慨繁。

寿祁忠毅夫人节孝

乾坤须砥柱，天道本人伦。铁石危时著，冰霜定后尊。精忠传奕世，先矩在贤昆。千里难觞祝，临风颂德门。

郁至臣五十

五十如公百事宜，嘉辰恰是称怀时。春风绮席开金谷，夜雨芳庭长玉芝。倚槛泉流生屋底，卷帘山色在檐楣。长安卿相多如簇，宠辱无惊定有谁。

和归玄恭生日诗

生日虽殊感慨同，渐看两个白头翁。向平久负遨游志，康节还亏习静功。愧我乘桴浮海上，闻君奋锡向山中。等闲倔强休相讶，此道谁甘拜下风。闻玄恭与灵岩继起和尚争论儒释。

诗文道德本难同，才力谁能跨数公。量以兼收常见博，志须专静始为功。精神有限流年内，学问无穷去日中。寄语三江归钓叟，好教着力向东风。

题瀛寰陈子问月图

一轮明月片云扶，独坐中天影不孤。试把酒杯相问讯，古来曾有个人无。

寄圣传昆仲乞竹诗

羡他紫竹好丰姿，墙角临风独笑时。为问君家三玉笋，可能人惠两三枝。

和陈定斋怀友诗次韵

满目风尘久倦游，小亭深竹对清秋。道书慵读睡初醒，黄菊正开人易愁。欲向高阳拚一醉，拟从陶岘具三舟。天涯相望多知己，索笔题诗一唱酬。

衡茅抱膝足欢娱，更有朋侪兴不孤。海内诗书皆草莽，江南人物在菰芦。四明自昔多狂客，严濑于今几钓徒。吾郡伯通能好士，相将谱作《五湖图》。

晨起见积雪

积雪明残夜，曙光惊晓眠。琳琅看玉树，浩荡踏琼田。旭日照还好，轻飙吹更旋。劳生逢瑞景，引领祝丰年。

冬至后七日天寒甚冰坚及尺祖义八公处成冲寒负笈过小斋读书次日雪作即同小酌喜而有赋

仲冬寒始至，凛烈一何频。高风振长空，元气结重阴。通川渺逶迤，峩峩起层冰。猗嗟二三子，岁晏来相亲。挟策负诗书，徒步趋我门。开我溪上窗，坐我溪上亭。深情永日夕，雄辩开古今。晨兴理栉沐，寒光动窗棂。一笑天色曙，林端积空明。乌鹊冻不飞，溪流泯无声。对此万虑豁，奚止心目清。忆昔少年时，时世正和宁。阴阳无愆伏，气序得其平。盈尺时表瑞，冲冲纳凌阴。自从启、祯来，旱潦已不均。今兹十年间，寒燠更无凭。陨霜不杀草，梅李复冬荣。天运岂有常，燮理由君臣。今时此何时，忽睹景物新。父老既叹嗟，儿童亦欢欣。迩者风俗恶，感召或未能。静思致此理，邑有贤使君。呼童煖浊醪，聊慰隔岁心。并招二三子，相与谈经纶。读书贵弘毅，此任非异人。无为守佔毕，小儒徒苦辛。

清顺治十二年乙未(1655)，四十五岁

乙未改岁漫兴和陆彦修

蓬莱清浅水扬尘，十二年前是甲申。怪底春风能转换，眼中几个旧时人。

乘桴偶泊未为家，曲曲春流逐岸斜。检点芳溪闲草木，数株犹是古梅花。

忘机何必住深山，白叟黄童任往还。珍重浮生莫相负，个中能有几时闲。

邻曲相过话昔年，室庐荒尽愧烹鲜。依稀记得先王俗，五亩之居百亩田。

赐帽君恩尚未遥，御寒新典出前朝。坚冰也积兴亡恨，十日春风不肯消。

杜陵哀曲忆王孙，蜀道春生望帝魂。原上冬青青几许，夜深风雨暗荒村。

莫笑村庄野老家，春深也种一庭花。颠狂最是溪边柳，逐日随风到处斜。

不用寻春不恨春，春光往复互相因。天公自有循环理，一度重来一度新。

梅花歌赠梅花主人曹伯英

杨林河头河水曲，迤逦冈峦势相属。夹岸人家一种梅，千树万树纷断续。别有花丛更不同，短篱曲径小桥通。白云堆空三万树，彷佛疑似罗浮中。阳春二月花初放，十里平铺银作帐。画舫笙歌尽日闻，雅流挈榼时相傍。主人高拥梅花眠，日析梅花当酒钱。举觞白眼时对客，傲视一切如云烟。君不闻吴阊之西有玄墓，处处梅花种成圃。游人杂沓看花来，载酒牵舟勤道路。年年岁岁问花期，雨雨风风无定时。百年那值花好处，仓卒未尽花之奇。岂若君家花在户，雪月风晴总相睹。落实园林更取材，从容常作梅花主。快乐如君有几人，风流实实冠群伦。我生久有卜居意，愿借五亩为西邻。

吾友石隐王子营生圹于北郊树梅花数百株题曰香雪藏自为文以记之并作诗求和友人和者甚众予亦赋此

司空作生圹，宾朋饮其下。旷达固高节，朴鄙亦殊野。吾友古之人，达生兼大雅。种梅三百树，崇丘成广厦。于梅亦何取，爱其似我者。春风花开时，香雪自飘洒。此身既有托，万事总宽假。何当冰雪中，共结鸡豚社。岁岁复年年，芳樽聊共把。

旧岁大风竹尽偃今新笋又成林矣感而有赋

莫言直节本来坚，荡析离披也可怜。寄语罡风休嫉妒，新枝已自拂云烟。

东海宋子犹奉亲避兵移居娄中作移居诗见示为赋二首以赠

劫风翻地轴，海水亦震荡。志士惜伦纪，迈身独孤往。六年栖绝岛，草木共生长。天空鱼龙现，日月照逾朗。归来鬓发斑，如鱼在盆盎。岂无抟风翼，乌鸟犹颐养。衔芦东海飞，缯缴漫劳攘。

斯人不可绝，大隐多在市。君平与韩康，等一遁世耳。垂帘读诗书，卖药奉甘旨。劳劳者何为，毕身愿足矣。门前叩门声，相过二三子。所谈无俗语，往往尽名理。时屯岂不惜，乐事付流水。

晋陵汤公纶过访有诗见赠依韵赋答

自笑平生懒更迂，无才安分老江湖。聊陈俎豆为嬉戏，不羡风云起壮图。世上黄农那可俟，眼前童冠足相娱。古人幸有遗编在，樗散宁堪作楷模。

答张公调再过见赠

与君一别隔风尘，此日重来谊倍亲。海上谈兵应有客，山中学道定何人。纷纭战伐功安在，寂寞身心理自真。闻道仙槎朝夕返，乘风来过莫辞频。

吾娄学博调甫汤公公纶之诸父也以诗见赠依韵奉答

辞荣盛世一何迂，贺监无心乞鉴湖。删后诗篇难再和，调甫次公纶韵，予凡再和矣。画前易理不须图。功名过眼凭谁问，书卷随身且自娱。闻道胡公能教士，儿曹欣得就规模。时纯儿在学舍。

不学人间羡饱温，拟探月窟与天根。澹台鲁邑非由径，时邑侯刊予《论学书》成。端木宫墙喜得门。幸有师资堪就正，愧无齿德欲称尊。治安事业皆庠序，愿共先生一细论。

答云间沈友圣见赠作

别君逾二载，愁绪隔三江。昨雨顿成旧，碧山无那长。交情悬白日，诗思在秋光。海澨方兵甲，何时过草堂。

确庵周臣以予论学书示邑侯林九白公公为之序而付梓诗以谢之

古道久不作，下士风杳然。武城得澹台，美谈在遗编。寥寥数千祀，此义谁复宣。猗嗟贤使君，吐握何其专。下车未二载，所交尽英贤。蔚村枉车驾，滇南馈盘飧。滇南文介石学博隐于娄，闻使君欲行养老之礼。衡文得所托，珠玑缀联翩。水利任上才，高原起清川。搜罗尽幽隐，聘访穷林泉。贱子何所知，困约自终年。读书颇自好，养蒙以为田。同志四五人，往复互周旋。敢云继前哲，聊用娱其天。使君发高义，谬谓书可传。片纸付剞劂，更锡佳语弁。意欲广斯道，与世相勉旃。缅维斯道灵，日在天壤间。古人即今人，相去何其悬。盛衰匪异任，君相司其权。仪也东海氓，甘心老渔田。三亩不能治，岂能胜仔肩。愿我贤使君，致理得其全。修己安百姓，时时念民艰。一邑有王道，荡荡复平平。

读调甫学博近刻三笺赋赠即用来韵

北上燕齐道路迂，黄河水决似重湖。偶笺诗句皆堪谱，直献文章欲绘图。心事如灯人共识，逆流未济我还娱。调甫诗有“心事如悬日月灯”及“逆流未济且悬瓢”之句。功名温饱成何用，教育英才是楷模。

古来诗教本柔温，月露风云尽失根。六义真传开正始，三笺大雅得宗门。无师妄意钟谭好，小学谁知李杜尊。渭北江南殊未远，何时樽酒共评论。

寿叶白泉七十即次白泉韵

江南耆旧半凋零，天末犹存一岁星。沧海鱼虾堪作侣，湖山梅鹤总成丁。渠中活水心同白，家园有泉，色白，因以为号。世外高人眼共青。七十园林余乐在，端居深自念皇灵。

夏至前二日公纶公调石隐冲雨过小阁谈道竟日二子别去公纶留宿复挑灯快论次日成咏书呈公纶兼寄马伯河先生

昼雨人事寂，小阁慵未开。故人昨相期，不辞冲雨来。一揖无寒暄，坐对抒所怀。倾筐出诗书，拂席整樽罍。深情忘日夕，欲别不忍回。竹声何萧疏，溪声自喧豗。促膝更秉烛，高谈正崔嵬。昔我有良友，远居河水限。闻声谬信爱，扁舟浪如雷。醉我桴亭中，纵横卧莓苔。又有归钓叟，磊落称长才。每过必信宿，议论穷九垓。此地一何幸，高贤屡追陪。侧闻马先生，特立诚奇哉。天道有往复，《姤》《复》互胚胎。斯文幸相勖，无为叹虺隤。

谈道次日公纶有书见寄公调石隐亦次第赋成复依韵奉答

古今有真乐，素心共欣赏。夙昔志取友，竟尔得吾丈。英姿既开拓，神解复洞朗。公调石隐子，继之更成两。理义互悦心，经纶同抵掌。所谈匪殊绝，自非人世想。溪流杂灌木，和雨成众响。不谓天壤间，乃复有吾党。羲皇画卦理，皆自下而上。草野有儒术，始可议安攘。地厚人共载，天高众咸仰。谁无斯道责，而乃任榛莽。今兹有传人，令我手加颡。表正影常直，源流深渐广。至善本各具，岂云互相仿。

和许南村新成书屋

新成小筑傍溪湾，一径斜穿竹色斑。子美草堂原两地，放翁老屋只三间。桔槔人散村流静，机杼声高月影闲。随意田园风景好，避秦何用觅深山。

主人家住赤泾湾，六十躬耕鬓未斑。习静结茅临水畔，课孙抱犊老田间。无心求足自常足，随处得闲方是闲。莫道孤村无好景，朝来爽气有西山。

仲夏二十四日公纶石隐晖吉过小阁谈易语及易数漫成二绝

莫将易数认希奇，认作希奇反失之。太极下来惟两画，乾坤易简是吾师。

莫言两画不希奇，千万咸从两画推。大抵有形皆对待，从中出者是根基。

又论大小方圆横图

大小圆图直与方，流行对待总相当。四千九百浑闲事，识得阴阳只两行。

识得阴阳只两行，纵横变化在中央。直从有画窥无画，须认虚腔与实腔。

和许南村南村八咏

得闲庐

闲来天地间，人苦不自识。身心能晏如，得亦无所得。

曲　池

平池折而方，恰是绿玉磬。骤雨激冲波，琅琅动清听。

修　竹

修竹净如拭，西冈一带斜。几回看落照，隙里见明霞。

高　柳

种柳不计株，参差自成浪。春风朝夕来，尽日相骀宕。

老　梅

老圃梅无几，疏株尚兀奇。新来有佳况，添得主人诗。

古　桂

桂树何芬馥，丛生向小阿。不须解作赋，高隐自来过。

梵　钟

远寺一声钟，千门动机杼。残月下林梢，露湿行人语。

田　歌

插时正逢雨，农讴动午晴。无穷辛苦意，翻作笑歌声。

怀公纶

故人西去时，天气正秋初。相订在旬日，忽复一月余。池荷零落尽，桂树花已舒。嗟予久负疴，伏枕意踌躇。同心渺天末，时公纶以予《论学书》质正晋陵诸君子。会合未可期。时因秋风生，念子抱区区。

挽嘉定汪昭兹

汪子神太清，往昔吾固疑。独以宅心厚，仁者或寿之。造物竟不然，芳兰多萎枝。在昔子渊氏，亦以中道摧。好学敝心血，夭折固其宜。何怪鄙俗子，肉食而痴肥。良朋难再得，三叹使人悲。

题许南村行乐图

少年结客广知交，老向南村小结茅。端坐吟思古梅下，应为新句费推敲。

娄城北杨林有古桂相传三百年物矣数百年始闻于人每花时观者如市九月望前一日予同公纶及确庵父子门人李秋孙儿子纯同往观焉未至前一夕宿门人王范先有筠斋即席联吟博采为次顷刻而成各引满浮大白命童子录之以当纪事

秋风一棹溯湖川，公纶水淡霞明欲暮天。宗程老桂花开香正远，桴亭衡门客到月初圆。范先雄谈四座烧红烛，硕肤好句联珠斗彩笺。确庵只恐聚星惊太史，秋孙几回高望不成眠。公纶

次日移船看桂次确庵韵

一溪红日散晴烟，正是看花九月天。残醉未醒重载酒，漫携诗卷笑登船。

至桂树下有作树大可合围纵横荫及三丈虬枝匝地中方广可容四席亦奇观也予与公纶确庵坐卧其下次第成诗聊以志胜

看花何用主人迎，邂逅相过乐此生。黄锦帐移眠坐影，绿香屏隐笑歌声。折花互插巾为垫，得句争夸眼倍明。醉倒浊醪君莫笑，古来金谷尽榛荆。

对古桂有感

黄金筑就九层台，三百余年养得来。无数游人争叹羡，那知当日卧蒿莱。

桂花原是旧时花，一旦喧传众口夸。世上群情皆耳食，谁人解识是天葩。

叠公纶句再赋

此行不是看花来，乔木参天故国材。寂寞秋风自开落，一回瞻眺一徘徊。

集皇士菊下分韵得佳字

一棹冲寒过水涯，山城风雨湿芒鞋。忽逢知己一樽好，更值秋花满座佳。天汉星文惊此夕，人伦风雅属吾侪。良朋会合非徒尔，矫首长歌有所怀。

答尹又王西归武昌次韵

乱余人物半菰芦，更有先生兴不孤。自昔久钦梁伯子，只今谁是范纯夫。时又王扶榇，不无麦舟之望。极知东海方归养，只恐西江未润枯。握手临歧重致语，武昌一水即东吴。

寄李映碧廷尉时当道有以公名上启事公拒之

谏草消沉鬓发疏,闭门删述老耕耡。吾生自爱陶元亮,此事宁烦华子鱼。牢落乾坤悲剑蒯,苍茫身世混蓬庐。鸿飞久在冥冥外,尚父谁云载后车。

题赠陆翼王菊隐诗四律

沅湘人去已千年,彭泽高风更杳然。久谢俗流成绝调,独留吾子嗣前贤。朝餐江上赋千首,夕采篱头诗百篇。零落易生迟暮恨,可能移傍绀溪莲。

渐觉秋深百草萎,一枝犹自傲东篱。少年曾逐宾王赋,老去还随陶令诗。纵有满头堪插处,应无开口笑归时。西风寂寞园林晚,独抱孤芳对夕曦。

何来风雨忽萧森,时近重阳朝气侵。兰畹凋残伤白露,桂丛零落感秋阴。天随有赋心常苦,陶令无钱酒罕斟。谁道寒花徒晚节,幕中作檄旧知音。

纷纷萧艾满东墙,兰芷年来亦变芳。枝叶春深宁谢苦,心茎秋老愈生香。北村冰雪冬青苦,南陌风烟桃李狂。安得郦中甘谷地,与君同住傲羲皇。\

晋陵王云九国龙同陈介夫世祉刘汉扶子渊百里索舟冒雨过访谈道一宿云九自述旧岁过娄拟见访不果赋诗一章因出以见示依韵答之

心通即是耳根通,吾道年来尚未穷。宗慤雄才正英发,愿偕三子破长风。

云九有武力,试武科,为卫守备,以时世多故,恚而耳聋。顾独好书史,问道于予,予告以平心之法,故诗中云然。

答陈介夫时介夫即步云九韵见赠也

吾道原从一贯通，眼前名理总无穷。扶摇九万非难事，大翼须凭积厚风。

清顺治十三年丙申(1656)，四十六岁

二月八日大会诸同学于静观楼修岁会也昆常嘉三邑之贤皆集会者近百人习礼谈经雍雍终日从来未有之盛也会中同志各分韵赋诗予得十一真韵

岁岁春风岁岁人，物华常与岁华新。心通彼我欣无隔，会合乾坤妙一真。滇海精诚开六宇，蔚村风月见全身。不才惭愧知何极，也向传人助一薪。

题静观楼

楼为郁子仪臣读书处，高敞雄丽，邑中罕有其匹，四方隐君子过娄多就斯楼宿焉。今春岁会，郁子复饰而新之，属予题曰“静观”，太常王烟客书其额，蔚村陈确庵为之记。

层楼高耸势崔嵬，窗槛玲珑八面开。海气朝升春旭满，星文夜聚故人来。澄心今古书千卷，放眼乾坤酒一杯。百尺元龙成底事，空中天构绝尘埃。

调甫学博过访留绀溪小饮即事共赋得十五删

柴门无事昼常关，忽到篮舆破藓斑。溪阁雨余人语静，竹林风细鸟声闲。未能酿酒供开社，敢荷携钱助买山。调甫携钱助修小阁。小饮莫嫌成久坐，月明相送抱琴还。调甫善琴。

过吴鲁冈山园小饮即事共赋步鲁冈韵

池外轻雷殷作声，一樽相对两忘情。雨中秋色真堪画，醉后荷香更解酲。自愧菲材人易嫉，莫嗟直道势难行。时守公欲行坐关法，或谓本予《思辨录》者，付之一笑。乾坤何处容高卧，拟向商山结素盟。

空心亭诗得影字

常熟兴福破山寺涧旧有空心亭，盖取常建“潭影空人心”之句也。亭之旁有碑，刻名人诗二十首，即以常建“清晨入古寺”诗为韵，韵各一首。岁久亭废，碑亦漫灭。隐湖毛子晋葺亭而新之，且欲复碑之旧，遍征诸名人诗，亦滥及予，为赋一首。

寒潭日夜清，万古此潭影。碑亭漫兴废，山水自长永。我来坐亭上，下瞰毛发冷。每契虚明心，洞然发深省。

次韵陈皇士闭关诗四首

一室端居好，萧然绝世情。琴樽聊散诞，几簟自疏清。独酌凉风起，孤吟皓月生。谁家褦襶子，流汗逐浮名。

闭户绝人事，冥心造化通。乾坤看倚盖，身世任飞蓬。谁解陵虚景，吾当御远风。周游八极表，俯视此寰中。

坦腹当轩坐，高松正落阴。钩帘双鹤舞，欹枕一蝉吟。图史先人志，山河故国心。浩歌清泪滴，窗草闭门深。

远俗非违俗，离群更乐群。感时歌雨雪，怀友寄《停云》。户有烟霞入，窗凭水竹分。晚凉无一事，倚槛待南薰。

叹先秋落叶

庭际疏桐美荫垂，凌晨一叶下高枝。未应秋早先憔悴，知是西风着意吹。

园　桂

苍苍园中桂，枝叶何扶苏。花开清露滴，黄金饰明珠。

秋霁同南村季服山斋小饮次季服韵

丛竹秋风里，柴门小巷深。新晴开乍爽，旧约惬幽寻。坐对人如玉，行看菊似金。醉归溪路黑，明月动前林。

走笔题赠邓肯堂节母六十绝句时正七夕

天上天孙鹊驾回，人间节母□筵开。拟裁云锦为霞帔，□□□□□酒杯。

秋日同鲁冈先生过眉照禅房登半楼赋赠

时近重阳景愈妍，丹枫黄叶乱晴川。客来远寺秋如画，人在半楼风满天。有菊正开宜对酒，忘机不用更逃禅。远公吟兴知方剧，莫惜诗筒咫尺传。

寿毛子晋五十

高阁藏书拥百城，主人匡坐校雠精。名传海外鸡林识，学重都门虎观惊。卷幔湖光浮几案，凭栏山色照檐楹。沧桑世界何须问，缑岭吹笙月正明。

九月朔日鲁冈先生约予及殷重虞九同往观刘河水势时雨盛溢予谓非决坝不可故有是行往返凡三日夜卒从予策坝决水乃大减

一河开禹道，众水积尧年。百谷自奔赴，微沙犹互延。凿崖穿蜀峡，决溜泻秦川。震泽波涛减，湖陂万顷田。

重阳后一日含绿堂吟社雅集分韵得七虞

茱萸插罢酒还沽，余兴龙山尚未孤。万古乾坤皆草莽，一时人物在菰芦。月泉开社天星聚，铁匣缄诗井水枯。宇内谁成三不朽，壮心空老北山愚。

和王烟客太常西田泛月作

月满青天水满陂，明珠光映碧琉璃。已添的烁星环照，更有空濛露四垂。清极小亭浑不寐，兴来孤棹欲频移。霜螯九月初肥美，独酌新醅手自持。

九月望水田泛月步黄摄六韵

万顷寒波浸水田，一天风气静娟娟。偶移艇子弄珠玉，何处棹歌如管弦。未办灵槎随汉使，且凭明月挟飞仙。夜深泛久不归去，黄叶丹枫落满船。

积雨如湖未损禾，秋成犹喜八分多。小船和月载佳客，衰柳拂舷生素波。浩荡光中人影静，空濛界里雁声过。世间万虑应消尽，岂有雄心未耗磨。

月落清波影有无，恰如银蜡碧纱糊。青天倒开星斗湿，古木下映虬龙枯。近沙纷纷起宿鹭，隔林哑哑啼曙乌。辋川午桥那足数，天成绘出西田图。

水田谣十首

水田农夫胜水军，九月下水无衣裙。腰镰三尺长于剑，草屧还拖四十斤。水乡割稻，人结草为屧，高二三尺，蹑以入水。

水乡别无晒禾地，插竹水中禾倒垂。幸有数株高柳树，多年水烂只枯枝。水乡晒稻皆竹杆间，有树枝晒禾皆满。

今年米贱好丰年，每石收来价七钱。上田二石一两四，下田五斗也堪怜。谷贱伤农，今始验之。

牵砻才过剩空田，稻草无多总算钱。莫怪催租有底急，官粮不似往年前。

水村儿女不妆乔，十二年来会弄篙。今岁连船准仓米，田头坐看浪滔滔。

湖乡出米海乡棉，粜米装棉过冷天。今岁无衣难度腊，稻柴窝里日高眠。

低乡生路胜高乡，下簖牵罾也办粮。秋水不如春水好，空田鱼蟹总成荒。

水浸青芒落穗多，借船养鸭办粮科。生来鸭子刚还债，又被区催打鸭婆。土人谓生子鸭为鸭婆。

万历年时世界宽，米粮虽贱不艰难。私租易了无私债，更是官粮最好完。

二十年前江水通，低田禾稻长芃芃。早间水涨晚间退，烂贱鱼虾好雇工。

初冬十一日新刘河将谋建闸鲁冈与州大夫同行并约予及文介石学博顾子般重偕往相度舟中相对凡二日夜杯酒忘形叙谈甚乐因分韵即事共赋

平地长河百里开，楼船同泛鼓声催。风回五两雨初定，月在中天潮正来。烧烛雄谈惊午夜，忘情快饮罄春醅。时守公谈赋役事，甚乐，平昔饮不过升，此夕不觉竟醉，已漏下三鼓矣。禹功明德今重见，酾酒临江酹一杯。

王虹友善学斋夜饮同翼王抵足即事共赋

高斋秉明烛，相对引杯长。主客了无别，形骸浑欲忘。谈诗楼吐月，占斗树凝霜。时与翼王共观天象。湖海雄心在，联衾卧大床。

交情吾与汝，始觉淡而长。别久只如此，相看亦两忘。话深天欲曙，寒透月如霜。卧听晨钟发，微吟共倚床。

仲冬十三日同翼王石隐子犹于仪臣静观楼小集即事分韵时翼王将归也

岁晏残阳景易斜，故人旅馆正思家。登楼欲赋离情迥，酌酒频过去路赊。暝雪乍来添暮冷，寒梅未放逗轻花。夜阑秉烛重相对，点笔题诗共试茶。

送别翼王

冰雪相逢叹耦耕，十年江馆订心盟。匡时自愧汉三杰，学道人称鲁两生。予与翼王，人有二陆之目。风月溪山同笑傲，酒杯诗卷共邀迎。平生未惯伤离别，此日于君亦动情。

贞妇叹

妇为吴江集贤里人，吴氏女也。年十八，字同邑前姚里桂生。生病羸，术者云："当婚而愈。"妇乃请于父而往就婚，生不能起拜，妇独谒舅姑。侍汤药二十许日，生遂逝，舅姑欲夺其节，妇闭户自经，乃听之。生之仲弟生子，甫晬，妇即乞以为嗣。未几，子死。仲复举子，妇又嗣之，则又死。妇泣曰："天乎，终不使我有后于桂氏耶。"遂郁悒成疾，而舅姑与仲妇复重苦之，竟以疾卒。

夫妇恩，生于情，情所不及为至恩。夫妇义，生于礼，礼所不责成至义。吁嗟桂贞妇，恩义诚莫媲。未尝一日同锦衾，何由遂矢同穴心。二十许日侍汤药，天长地久从兹分。黾勉奉舅姑，舅姑翻不欲。劬劳嗣两儿，两儿俱不育。人心天意皆可知，一死黄泉免遭辱。人生何必重身名，身名念多情不真。君看冠佩金闺客，半是当年易节人。

黄摄六县尹征三吴诸隐同寿白林九使君书四绝句应之

生平不作《舆人诵》，今日聊为野老言。半载琴书清梦稳，分明尽出使君恩。

亭畔春风生紫芝，紫芝肥茁长新枝。予家亭畔三年产芝，大如盆盎。应知娄土多和气，自此吾侪可疗饥。

学道于今二十年，孳孳常恐愧前贤。从来豪杰多天授，始信生才不偶然。

读尽从来旧史编，古今循吏几人传。龚黄卓鲁如春梦，不道浮生尚有天。

卷　六

清顺治十四年丁酉至十七庚子(1657—1660),四十七岁至五十岁

清顺治十四年丁酉(1657),四十七岁

初春十四日鲁冈先生招同石隐子久殷重圣传家园看梅

春风庭院早梅开,胜友同过亦快哉。问字只应携酒至,谈心恰为看花来。住山雅羡林逋兴,时公买梅花别墅于杨林塘北,将卜居焉。得句深惭何逊才。乐事只今殊未易,岁寒相遇且衔杯。

同傅须弥过陆退庵村居

中原勋业竟蹉跎,十载田园两鬓皤。聚米山川成幻梦,封狼心事付悲歌。樵童渔父徜徉老,酒盏诗篇感慨多。剩有床头双剑在,夜深风雨自挲摩。

送王子怿民同令师虞九赴北雍作

晚春天气正新晴，言子河梁事远征。小苑莺声迎马细，长隄柳色拂船轻。老年师弟如昆仲，新识云山胜友生。好记杏花时节在，明年此际是归程。

题范氏五贤祠

范氏家声海内知，瞻依更识五贤祠。簪缨奕叶来唐宋，范氏五太师，自唐宋迄明。灵哲渊源在本支。五太师俱为大贤，萃于一门。忠节世传原有自，文贞公死节，其先祖平章公在武后时亦以忠谏死。甲兵家学递相师。文正胸有数万甲兵。明正德中，沈溪公在边亦以大司马著声。无穷福泽由明德，静对前徽有所思。

题金孝章春草闲房

小筑幽人室，空阶碧草生。春风吹雨过，一夜满前汀。

和袁景文白燕诗从高岩培之请也

故垒雕梁事总非，空巢林木亦应稀。闲心已逐眠鸥住，素羽还随化鹤归。拟向山中依白社，羞从巷口傍乌衣。春风尽入昭阳殿，秋老湘南独自飞。

寿胡彦远尊人静庵先生六十长歌

静观楼头秋社毕，归向衡庐卧蓬荜。黄昏平头来扣门，云有山中远行客。山中之客来迢迢，葛巾野服何逍遥。自云樵李有同调，得识姓字称神交。干戈未平声气急，杯酒文章纷似织。素心落落比晨星，讵忍相逢不相惜。楼头饮酒楼下卧，抵掌三人道平素。独怜亲老更家贫，坐对欷歔愁岁暮。短衣窄袖缦胡缨，挟册辞家事远行。傍人争笑长安客，万里谁怜负米情。当路千金如外府，买得胡姬年十五。漫道风流学长卿，似续先人承妣祖。知君有父正耆年，抱道不仕全其天。六十林泉好文墨，欲向海内征长篇。贱子今年四十七，环堵萧然家四壁。有母饔飧愧未能，井蛙局处心滋戚。先生有子如神龙，泥蟠天飞不可穷。箧中自有千古业，如在杂部鸣钟镛。纷纷众响何足贵，珠玉在前形自秽。何况僬侥尺寸长，欲与时贤争项背。吾闻彦远学道者，万事观前如土苴。得亲顺亲久有道，岂必区区藉风雅。越江淮水流汤汤，往来孔道当吴阊。枉驾至娄才百里，何不过我徒相望。

和白林九使君开刘河作

汉庭都水属司农，廿载刘河竟未通。浅草平沙荒碛雨，断苇衰柳暮江风。两朝聚讼终无绪，百职焦劳鲜奏功。何幸重逢刘夏绩，即看歌颂海天东。

又和白使君仲春历刘河夜宿金粟庵

百年功业一身担，半榻清风古佛庵。月出行云天欲阔，分体本阔作黯。烟分落照草拖蓝。僧徒入座威仪肃，父老圜桥笑语喃。指日沧江成巨观，穹碑屹立可能函。

和白使君督工刘河雨归

已自餐风宿，何堪冒雨归。公夜布帐，雨不张盖。官厨薇蕨饭，襆被芰荷衣。公自给饮食，自携襆被，一毫不以累民。布衣蔬食，有贫士所不能堪者。只觉三农病，焉知百姓肥。千秋公论在，宁问是耶非。时嫉公之功者甚多。

端午日白使君招同殷重确庵周臣云间董少楹寄余亭宴集即步使君韵

新绿浓阴日正长，天中佳节剩风光。庭无纤讼蒲觞静，民有余闲竞渡忙。墙角风生油幕软，竹林人醉小亭方。一作芳。使君好客能忘分，秉烛谈诗一作心。解更扬。

仲夏十二日白使君林九约往王太常东郊看荷周臣端士异公布席揖山楼略去苛礼杂坐凭栏清风徐来香满四座少焉月出移席临流露气花香山容树色疑非人间境也使君乐甚即集分韵人赋一首时同集者武陵吴兴公正宗维扬陆无文朝阳羡任文素雄云间董得仲黄子少楹枬及予与顾子殷重陈子确庵也

楼头开宴午风轻，楼下移樽晚更清。花自若耶分众妙，饮如河朔集群英。红葩映月纷纷白，暗叶倾珠颗颗明。最是香山能好士，新诗容得野人赓。

白使君招饮衙斋即事

木落虚庭露气侵，琴堂相对共披襟。微云疏雨高秋思，绛烛清樽永夜心。世事真堪成浩叹，深情只合付长吟。小亭新筑多黄菊，取次花开拟再临。

过嵺水道经新开刘河有感作

娄江故道久扬尘，无米成炊剧苦辛。时役费俱不动官帑，悉从民间措办。三邑趋风民似子，四旬兴作役如神。昆邑乡绅虽间有不欲，庶民则仍子来。儿童联袂夸新涨，父老开眉说旧津。二十余年忧旱潦，功成应未许人嗔。

犹记辽东御史来，秦公曙寰。浚河兴作檄如雷。司农握算嗟无策，郡国持筹虑乏财。时议费七十余万。一纸刘公书忽下，千年神禹绩重开。御史李每事以尺幅遗公，故河事不劳而成。奇功未遂身先退，泪雨成江恨不回。

九月二十二日白使君新筑初成闻予有远行同曹子尊素邀入看菊即事一律即用使君征科诗韵

新成小筑乍登临，接席开樽一解襟。满座无诗非白璧，时壁间多使君新作。四知有菊胜黄金。室中惟菊数本，他无长物。烧残绛烛三更雨，话彻冰壶一片心。坐对甚久，无一语及私。静对焚香清似水，丽谯钟鼓自深深。

和使君征科诗盖壁间新作也

旧赋犹存现赋临，乡城相顾泪盈襟。锄禾有汗频沾土，点铁无丹可化金。忍死久拚原宪骨，回生还仗使君心。壁间读罢新裁句，始识催科抚字深。

辟疆园澄怀社集即席分韵

举目青山是处愁，桃源渔父路悠悠。峨眉风雪林峦迴，海峤云霞岛屿浮。意共向平栖五岳，谁从陶岘借三舟。不如坦腹长松下，欹枕看图作卧游。

登君山望大江有感兼示言夏

犹记春风共濯缨，披襟长啸大江横。樯帆万里来滇蜀，楼殿三山见岛瀛。谁使金陵收王气，遂令铁马碎孤城。苍茫独立松杉晚，愁对寒涛百感生。

赠睢阳马功蜚萧县蒋伯昌两明经时将过娄见访适江上相值乃订约明秋且出二扇索书即赋一律并寄呈宝应卢儋石

闻道君将到海东，偶来江上恰相逢。立谈便叩先王典，坐对真成太古风。讵有浮云遮白日，却如雕鹗纵秋空。宫墙咫尺明师在，遮莫春风坐此中。

和毗陵杨驭初见赠作即留别马伯河汤公纶刘旭采蒋寅伯诸同学

东来海上片帆轻，秋尽寒江万木清。瓢笠偶然乘兴会，山川何处不精英。远峰沐雨依稀绿，孤月侵霜特地明。吾道未穷犹有和，羲皇一曲定谁赓。

周存梧孝廉行略题赠周孝子孝逸即志哀挽

古人重乞言，今人以为例。望门驰片纸，兹事等儿戏。乞者固不诚，赠者亦无味。吾友周孝逸，至性良可喟。英姿本倜傥，似太露奇气。乃于人伦间，孝友独真挚。父志郁未伸，生平以为愧。四十居父丧，哀慕若童孺。见人拙言辞，往往头抢地。手持先人状，未读先陨涕。谓我不善誉，终恳一言惠。感此诚意笃，三复读长跪。首言先世德，积厚生伟器。次言举南国，公车屡不第。终言公数奇，动辄与祸会。献玉既被刖，请缨复遭系。言之摧肺肝，语语流血泪。读罢长叹息，相对复歔欷。古来英雄人，会亦有颠沛。始虽垂翅归，终能奋翼去。奈何君先人，一蹶遂永踬。苍天高寥寥，仰视但一气。报施不可知，或者在后嗣。贱子托交末，无以共勖励。愿君崇令德，努力表先志。继述古何人，有为亦若是。

过梁溪东林书院旧址

东林书舍旧城隈，闻道当年海内推。乡里程朱聊自淑，朝廷洛蜀已相猜。忠良既逐奸邪尽，宗社旋随党锢灰。自古人亡邦国瘁，夕阳衰草有余哀。

答璧水陆秋玉见赠作

有鸟羽翮异，云自丹丘来。嗈嗈将九雏，山泽何悠哉。亦知饮啄难，十步九徘徊。偶然天风生，飘飘游九垓。众鸟与之俱，飞鸣起尘埃。岂能不食宿，中心非所谐。惭谢同林侣，殷勤歌德衰。

清顺治十五年戊戌(1658)，四十八岁

新正六日约及门诸子辑宋五子书夜饮抱经堂

溪头春回春意迫，梅萼如珠柳芽白。茅堂列几陈素书，笔砚精良纷四壁。及门诸贤何累累，清晨共集草堂里。校雠翻阅各尽诚，顷刻分诒数千纸。是时春寒犹未退，砚蹙轻冰珠玉碎。含毫呵冻心力疲，斗酒欢娱聊共对。少年英妙各负奇，有酒便欲吟新诗。挥毫刻烛俄顷成，句中往往多精思。诗成酒阑旋布席，旗鼓重开论平昔。功名道义两相持，四座波澜推未息。嗟予颓老更善病，短榻垂帘一灯映。几回推枕起复眠，卧听雄谈纷四竞。诸贤诸贤勿复然，吾生与尔命在天。读书穷理吾所得，眼前富贵如云烟。君不见百源山中邵康节，深夜寒山坐寒雪。匹夫名誉走公卿，千古高风动称说。又不见巍科鼎甲何代无，势焰炙手如红炉。一朝倾跌遂赤族，自恨不得为屠沽。诸贤诸贤慎勿尔，德业千秋在经史。应念当时五大儒，师弟相成亦如此。

舟中听徐成初鼓琴

画舫烟波里，悠然响素琴。人同一鹤瘦，水与数峰深。古道久不作，希声何处寻。曲中余静对，四座淡无心。

紫玉骢答沙生介臣

紫玉骢，才何雄。产自渥洼间，不与凡马同。一鸣堕地赤光满，汗血千里追长风。平生不愿受羁勒，绝漠荒沙纵奔逸。朝发扶桑夜西极，虎豹见者皆屏息。紫玉骢，真雄才。尔家本龙种，何用随驽骀。不见天马行空御云气，神龙为伴蛟为侣。震雷砰砰电如矢，腾踏九天作霖雨。

初夏七日入澄江公署时学宪张公聘修五子书成也

官署高楼鼓角徐，五更睡醒梦魂舒。才非司马偏多病，穷类虞卿亦著书。海国夜寒闻雨急，江城春尽得花疏。家园樱笋应新熟，何日扁舟返故庐。

署中见芍药

桃花初放去庭闱，芍药花开尚未归。慈母不知游子意，倚门应自盼斜晖。

答四明姜桐侯见赠作

石上惊看倒薤书，更贻篇什慰离居。何能每事皆称绝，自是君才独有余。

天意未教开俊杰，世情安用问迂疏。昨宵曾订看山约，拟共扁舟纵所如。

越嵊姚代人读予乘桴传有赠依韵奉答

何物狂生学著书，纵怀直以海为居。非逃人世情偏恝，为抱遗经意有余。自信乾坤容放诞，不愁时俗笑迂疏。剡溪闻道多名胜，便欲乘桴恣所如。嵊地，即旧剡溪。

王太常东园芍药盛开邀白使君及群公谯赏赋诗予在澄江不得与归索补作即次白使君韵

春暮名花艳满枝，殷勤更值晓风吹。平池万顷非溱洧，上客频来傲别离。小折香分荀令席，醉吟清入使君诗。病余江上多乡思，梦到芳园月上时。

次韵和诚之

问道岂辞远，携舟一跻攀。漆经藏鲁壁，遗献在商山。白发才逾壮，玄心老更闲。东来多紫气，吾欲往函关。

同诚之夜集汇旃养中堂即次前韵

相思非一载，此夕得追攀。乐意樽前菊，秋怀湖上山。时约同游青山石屋。交深底用醉，心旷自能闲。何日东城畔，同君学闭关。

高汇旃学宪新成石室即事二律

惠山东畔一峰幽，峰下鸣泉日夜流。地秘灵奇存太古，天留风月待清修。松楸屺岵先茔暮，汇旃先茔在山之南，其为石屋，盖明发之思也。薇蕨烟霞古国秋。谁讶袁闳居土室，达人端合老林丘。

忽从幽处辟榛荆，石室悬崖似削成。蹊路不通人世迹，涧流犹带旧时声。山间树色层层翠，槛外湖光隐隐明。随意读书兼习静，百源重见邵先生。先生为忠宪后人，盖理学之传也。

同吕诚之陈介夫游高汇旃青山石屋

新成石屋傍山隈，翠壁如屏涧道回。城市相看原咫尺，几人能向此间来。

惠　泉

不盈不竭几千年，一掬渟泓海内传。恰是至人方寸地，涵濡万古只渊然。

滴露泉

惠泉万斛供人求，此水惟凭一滴流。彼亦不多兹不少，无加无损总千秋。

点易台

天产名泉如滴露，先生点易筑成台。台空人去泉还滴，更有何人点易来。

二泉书院废址

废院空山古木平，游人还识旧堂名。只今坏道哀湍里，犹带当时弦诵声。

拜二泉先生遗像

破院秋风蔓草芜，空庭荒柏窜鼪鼯。遗容俯仰增三叹，谁识当年真士夫。

游秦园

山畔为山小筑奇，回廊曲槛跨清漪。谁云点染无佳致，一着人工便远而。

谒高忠宪祠

绝学孤忠一代希，虽膺国恤尚余悲。祠堂寂寞溪山畔，惟有行人口似碑。

与介夫同游诸胜归饮高汇旃芳草堂抵足谈道介夫以诗见赠赋此答之

好风晴日山川丽，明月青灯笑语深。是处天机君自领，不须境外别求心。

汤襄武点将台

点将台空月色明，古祠高迥静无声。城头万树寒鸦急，犹似将军夜勒兵。

宿惠山寺白衣殿

栖息来禅寺，幽窗惬我心。暗泉流细响，古树落高阴。一枕鸟声近，数峰山雨深。呼童敲石火，试茗助清吟。

试　茗

独坐成幽况，山窗试茗鲜。好风轻逗火，细雨薄添泉。爽气新晴后，孤怀落照前。一椽如可借，不惜住经年。

同高汇旃季远张公调吕诚之饮秦园卧云堂听公调鼓琴时园有二鹤

老树高堂下，清泉白石间。幸逢琴绝调，况有鹤双闲。杯酒希怀葛，诗书述孔颜。翛然成太古，何处更深山。

秦园听琴小集予已有作诚之复有诗见贻依韵答之

秦家石园风日清，故人移榼山舣轻。谈诗说乐古时趣，唳鹤鸣琴世外声。愧我少壮每止酒，羡君老健常千觥。何日陶潜能痛饮，东亭却载酒船行。

谒道南祠祠祀龟山先生以下凡十九人

城上西风夕照催，我来瞻拜道南祠。空庭古木神灵肃，老屋残碑姓氏隳。屈指宋明还得几，伤心今昔漫成悲。渊源一线谁能嗣，独立虚堂有所思。

读友人诗赋赠

止酒过半载，今夕忽持卮。散发高松阴，读子诒我诗。词旨何清新，泠然沁心脾。邺侯有仙骨，庾鲍非所期。时俗竞新妆，嫫母结巾褵。盈盈江汉女，皎皎双娥眉。但理嫁衣裳，不耻无良媒。如何穷巷中，尚有绝代姿。美玉不求售，祥麟不受羁。行行慎千里，愿子坚自持。

贺邵当伯生子时正修二泉书院

吾到惠山久，深钦当伯贤。立心常处厚，当伯居长，让其弟为奉祀。任事必居先。祖业方期振，孙枝已报添。天心应有为，慎勿负家传。

赠陈尔彦介侍母夫人五十寿

闻道筠塘多大节，至今遗范在闺闱。月明桂海珠双耀，雷动龙门鲤一飞。鹤发尚看玄发好，舞衣还着锦衣归。名贤有后人争羡，善教终当诵母徽。

客　睡

枕簟新凉野寺空，疏星残月下帘栊。客窗清极浑无寐，一夜秋声络纬中。

宿山寺有叹

吾爱惠山好，来游岂偶然。闭门几两月，禁足似经年。企息窥林表，闲眠弄水泉。所居寺即在山麓，槛外有泉。平生看山兴，选胜竟无缘。

旅夜新寒

高窗数点雨，不觉动秋声。客枕添衾薄，吟虫入梦轻。著书悲短发，多病怯虚名。俯仰怀先哲，蹉跎愧此生。

山中闻秋雨

松风飒然至，山雨霏微集。此景谁不闻，妙领在心得。

戊戌秋吴郡人家秋海棠开花至半忽发一枝如芙蓉约数朵后复如海棠其家异之绘图乞诗四方予曰此花妖也因为作二绝句

已是妖娆绝世姿，奇葩幻出更何如。只应天上求殊色，不觉人间草木知。

从来殊色在春和，已叹红颜薄命多。异种秋生谁不爱，西风一夜奈愁何。

山居值诞汇旃学宪移樽同吕诚之至山小集次日诚之以诗见贻即韵奉答并柬汇旃

七月三十天气清，空山久住沉疴轻。把书忽见松子坠，欹枕但闻流水声。自嗟落拓已忘岁，安用郑重来移觥。所恨足弱喜坐卧，不得相共山中行。

诚之尊人年九十学使者西山张公以礼旌之是日悬额予病不得往作诗以赠即用前韵

君家有水当门清，君家有亲杖屦轻。黄庭灯前读细字，彩服堂上啼儿声。世荣那足重园绮，草具聊尔当罍觥。予不能往，遗以野蔌。料得双双两白发，诚之亦古稀矣。送客河梁扶醉行。

西山张文宗修二泉书院成述事一百韵

我昔过青山，本为石屋耳。汇旃构石屋于青山，予同友人往观。行行历惠山，汲水漱其齿。徘徊古殿上，宛转花园里。闻有旧时松，千尺挺奇伟。经过左山麓，傍有老屋圮。友人顾谓予，此是讲堂址。予问讲堂谁，二泉邵公是。邵公在当年，声名动寰宇。愿为真士夫，千载传斯语。胡为弦诵区，今昔遂如此。怆然抠衣入，荒草没人股。亭台半倾坏，蛇虺盘础柱。杈枒老树偃，踯躅鼪鼯舞。登堂见公像，再拜复瞻睹。衣冠已剥落，榱桷复颓毁。四顾三叹息，悲风起庭户。旁有读书者，人言此邵氏。一寒如范叔，尘土生甑釜。提携既无人，衰落亦应尔。邵氏子名大桢。还探滴露泉，泉源已久徙。邵公作讲堂，泉乃来。今讲堂久荒，泉亦不复至。旋登点易台，乱石徒累累。忽见藤萝中，穹碑卧涧涘。拂拭碑文读，骇拜难仰视。碑图子在川，在昔肃瞻礼。何年竟偃仆，樵牧供步履。予时神魂悚，心口遂自矢。兹行若得闲，此非他人事。时予奉文宗辑书之聘。先贤有灵爽，后贤遂心启。契合在冥漠，不烦人置喙。偶尔读诗章，忾焉念先矩。予游惠山，有《吊古诗》数首，中有《讲堂》诸作，文宗读而有修葺书院之举。符檄下县官，旦夕疾如驶。履勘先贤迹，刻期修废坠。维时方经营，二贤任其始。学宪高汇旃、学博孙介岩。心力虽靡惜，恒虑工弗底。张公曰无庸，我俸尚堪予。百金忽然颁，撤餐及壶簋。俸不足，以杯壶继之。一时城邑间，欢声满人耳。贫贱愿助力，贤智效心膂。时任董率之劳者为邑生施公烈、杨善嘉。衰老扶杖观，幼稚牵衣喜。鸠工复庀材，远近闻邪许。踊跃来赴命，鼛鼓兴百堵。旧者一以新，废者一以举。秽者一以除，仆者一以起。功成真不日，疑有神灵辅。公来谒祠庙，周览及台圃。兼为俎豆谋，低回思继武。维时诸贤达，咸称栋兄弟。即读书院中者，有兄名大梁。公询栋能文，遂以奉祀许。梁、栋共见公于点易台，梁谓弟栋能文，遂许奉祀。百年衰替局，一日成噢咻。旁观皆叹息，甚者为出涕。咸谓西山德，几与二泉比。公论起学校，遂乃谋报祀。卓哉横渠派，文宗为横渠裔。远及梁溪渚。巍巍古贤祠，秩秩新贤庑。山高水复长，拟与共千古。公知曰无庸，望报古所耻。闻有忠定祠，李忠定纲。文庄旧所庀。咫尺讲堂前，嗟哉蔽风雨。将无移此像，于彼新庑处。善继必继志，应非灵所拒。遂乃檄县官，县官急佩组。呼集众父老，府史及徒胥。将移忠定像，新庑陈豆俎。父老牵衣啼，侬辈所不与。我家有子弟，张公所训砥。我架有诗书，张公所新梓。敦之以孝弟，深之以义理。方愧无所报，以为吾邑耻。幸藉文庄灵，区区尽诚鄙。何乃易初念，遂至废前轨。维时诸子弟，咸执父老旨。喧阗日将夕，谕者莫能止。旁有邵氏子，痛哭诉原委：昔我先文庄，年老艰子嗣。身殁尚未几，讲堂生棘楚。讵曰无所司，纷纭互为市。否极泰复来，遭我祁御史。御史讳彪佳。以邵复还邵，独畀先君子。讳澄。祁始王继之，王讳一鹗。前后两直指。苦心妙斡旋，赖我陈太府。太府讳瑄。又有诸贤达，西曹曹公銓。及驾部。钱公振光。考功徐公石麒。孙孝廉，讳敷华。比部薛公寀。郭侍御。讳维经。众力共支撑，乃得留此土。我意祠张公，俟功稍有绪。兼祀昔有功，祁陈两公祖。此事若中辍，我生又何倚。观者咸叹息，议论莫适主。旁有白首翁，一杖当头拄。上前三致辞：老拙恕莽卤。使君骨肉恩，衔结尚难补。况此一椽微，渺末小香火。但官所执义，煌煌诚大体。兹宜勉完工，虚其中以俟。后来有同志，庶几续前美。众论方归一，听者咸唯唯。予时方抱痾，习静山之址。披襟看山色，散发弄溪水。日夕闻遥颂，不觉动心腑。夙怀既已遂，往事岂忘谱。援笔赋五言，聊以述细琐。

赠楚黄程岁霖孝廉

秋老空山水木清，相逢握手惬平生。元龙气盛非湖海，司马才高薄宠荣。说剑每怀家国痛，筹时深悉古今情。天心未肯闲豪俊，岁月隆中莫漫轻。

答汇旃学宪见赠作

秋期讲约竟蹉跎，先时学宪曾有约，八月十七日会讲东林。偶趁江涛买棹过。黄菊傲霜花尚健，清樽寒月酒偏多。吾生自合凭元造，世道谁为挽逝波。幸有东林乔木在，愿依高荫息岩阿。

和高南旃护兰诗时方谈动静之功也

护兰期护花，护花先护叶。培养在本根，贞元自相接。兰之香在花，花之原在叶。慎于未发前，天心乃可接。

燕居庙谒圣闻木主系东林之旧因瞻仰太息

见说当年先圣主，劫灰不动俨然存。荒城鲁殿瞻依旧，孔壁藏书扃护尊。吾道人心原日月，斯文终古自乾坤。可怜白露秋风里，何处园陵欲断魂。

题再得堂堂为主人高汇旃学宪所建取龟山诗此日不再得意也

此日从来难再得，况于今日倍为难。秋风战伐乾坤小，旧雨荆榛礼义残。东海精诚衔木石，西山涕泪感衣冠。谁能不负相成意，堂构还令复旧观。

王母篇寿松陵吴赤溟母夫人六十有小序

乐府一途自汉魏而后惟李杜两公为得其意，李能即古以见今，杜能即今以入古。在明则刘文成、李长沙，余子模拟剽窃，不足复论。松陵吴子赤溟与其友潘力田同唱和为今乐府，与予所论意殊合，予读而敬爱之。又闻二子明习国家典故，将以耕读余闲续成一代之史，益以不获把臂为恨。戊戌秋，吴子之母黄太孺人六袠，同人争以诗为寿。吴子驰书予友确庵，征予一言。予，学宋儒者也，诗家故以宋为忌，予乌能诗？然而景仰之私，则又不可不一言也，为作《王母篇》以寄吴子，聊当一觞，并以示潘子，质其可否。至于言辞之不文，则故以其宋儒而忽之可也。

天门扃，阊阖闭，仙人纷纷下平地。骖驾鸾鹤鞭青虬，御我王母游戏人间世。世人氛浊何茫茫，长鲸吞九州，海水襄八荒。山川澒洞不可识，日月暗淡无晶光。方平麻姑相告语，眼底沧桑一何苦。劫灰冥冥不可极，谁能拯之叩天姥。天姥悯下土，铿钟訇天鼓会召群仙。真辉煌，聚瑶府。下土毒积何由深，乃在是非变乱，纪载失真。麒麟遭弹凤被射，蚊虻鼓翼虾蛆灵。三百年来黑白混，上帝赫怒，遂使一气颠倒神区倾。何以补救之？别白人兽培其天。何以昭明之？洗发光气开其先。驱走龙门役班范，欧阳司马流汗奔走如邮传。书成仙子献王母，王母一笑拂拭玉宇开琼筵。文章照耀二仪朗，愿我王母寿万年，领群仙。

清顺治十六年己亥(1659)，四十九岁

仲春九日同高汇旃学宪陪西山张文宗登二泉书院小憩海天亭夜饮

二月春阴上布袍，东风吹雨作松涛。楼船夜过江潮急，讲院宵开海月高。宇内只今犹战伐，山中何幸得干旄。著书不朽吾侪事，指授深烦使者劳。时又辑《经史一贯遗札》，共商凡例。

次日又泛舟惠山陪饮

积雨暗山麓，放舟波浪间。酒杯幽兴足，烟水白鸥闲。今古双睁眼，诗书一破颜。野人无忌讳，容易说时艰。

客中梅信逢雨念家园作

久订山头看梅约，不道客中梅信伤。恶风十日卧小艇，急雨一夕过吴阊。疏林昼吹石壁净，古道夜坠苍苔香。速归沽酒拉吾友，墙角数株犹未央。

仲春十五日登江上偕曹子颂嘉南楼看梅

入春将半四十日，三十九日风雨频。一日乍晴见梅树，却如乱余逢故人。倾欹委顿不自得，飘摇零落沾泥尘。幸留数朵好颜色，亦觉惨淡伤精神。只今海国尚戎马，登楼抚景何为者。极目关山总不堪，酾酒长歌泪盈把。君不见岭南五岭梅花天，杀人如麻愁万千。

十九日再过吴阊遇梁溪钱础日昆山归玄恭于袁重其斋同约西山看梅并舟至西津风雨大作宿徐子能寓时在僧舍周子佩子洁亦携酒过访次日风雨更剧子能倡韵诸君皆继作焉

小艇西来趁夕曛，相逢萍水恰同群。吴山坐对看风雨，萧寺闲眠弄水云。吾辈何方能选胜，天公有意欲征文。时乞诗文者颇众，苦无暇，雨中一日皆遍应之。剡溪兴尽还归去，邓尉余香却让君。

听鹂轩诗为李肤公作肤公为江阴李忠毅公长子公尽节时诒子诗有且将耕读听黄鹂之句

覆巢完卵古今悲，一线犹存君宥之。岂料廿年天步改，九州无土可耕犁。

戏题归玄恭僧服小像

吃酒狂歌十五年，鬖鬖赢得发齐肩。高睁双目参公案，不学人间闭目禅。

瘦胜肥兮狂胜痴，放言野服自诙奇。即看抱膝蒲团上，却似吟成《梁父》时。

雪月风花对酒樽，帝皇王霸气腾轩。知君近爱程朱理，终是龙川与百源。

鲁公书法东山弈，韩愈文章杜甫诗。幻相更为僧道衍，个中不是好男儿。

陈皇士入山探梅得八物以归因出手卷一命予为咏物诗成八绝句仓卒命笔不能工也

芝石芝长二尺许，生石上，并石取之。

芝生何连蜷，托根在石上。采芝复凿石，山灵亦惆怅。

树　根

老树如奇石，嵌空复灵怪。若遇米南宫，应须下阶拜。

王文恪笔

闻公在当年，此笔曾画日。画日今安在，对笔空叹息。

蜂房厚四尺，大如五斗米瓮。

昔读《阿房赋》，知爱蜂房窅。今睹蜂房奇，转讶阿房小。

方竹杖

竹本虚心者，杖乃吾所赖。为嫌世俗圆，所以方其外。

樱　团

樱团来山中，云在得悟后。试问樱团上，还有悟迹否。

白　拂

麈尾今何多,清言不可得。攫取出山来,老僧应失色。

葫芦磁瓶高四五尺。

磁瓶大如瓮,上有四仙人。应是古壶公,跳身玩青春。

季春四日同玄恭石隐确庵小集仪臣静观楼即事共赋

三月初过上巳,一春几见晴明。着屐正逢急雨,卷帘忽睹飞英。
暇日良朋胜友,画楼酒盏棋枰。烛跋雄谈未倦,夜深奇句犹赓。

又步玄恭韵

天末轻雷阁雨,花丛好客登楼。阳春恰当三月,乐事人占一筹。
阶前小山如揖,门外清溪自流。花落雨声未已,诗成钵韵初收。

郁林石为吴锦雯司理赋

郁林石,何巃嵸。其来乃自大海南,追随廉吏扬清风。汉兴迄今二千载,何为至此尚尔埋没莓苔中。吾闻廉吏不可得,垂橐而入,梱载而出。锱铢不肯留,何独置此石。此石饥不可食,寒不可衣。达官两眼如贾胡,岂能垂盼一顾之。惟我吴公有奇癖,不爱黄金,只爱顽石。一日三摩挲,再拜加翦拂。石兮石兮,汝来本是大海南。陆公涉海忧风波,取尔相载共一船。今日吴公所历皆康庄,无藉尔力,于尔何有焉。殷勤为尔歌,短篇俾尔声名籍籍天下传。后来人宦此土者,读公之诗睹公石。知公之心良独苦,当与戒石共千古。

梅花时予舟过吴门至再欲登山看花辄为雨阻读程翼沧学博同金陵余澹心雨中探梅十绝慨然念之舟行无事濡笔为和以寄翼沧

晴雪春山廿里开，谁人不爱看花来。生憎无赖风和雨，十日颠狂送早梅。

春风欺人作春雨，梅花雨中吹满山。赢得三旬游屐少，谁人却似两公闲。

日日看花日日忙，扁舟竟滞水云乡。却怜野寺平桥下，犹有疏枝对夕阳。

每到花开便惜春，频来终是看花人。不如买屋好山里，与尔年年作比邻。

万树花开万树香，一天明月一天霜。广平不赋清新句，海内谁知铁石肠。

花信逢寒花发迟，踏花冲雨也成痴。即看庾岭风中落，犹胜龙城笛里吹。

玄墓家家花满家，依山傍水整还斜。仅教旧雨兼新雨，看尽千花与万花。

雨雨风风绕树枝，开花直至落花时。幽香似怪游人杂，寄语游人知不知。

花发寒深花也愁，荒村难典鹔鹴裘。千峰寂寂无人至，风雨孤山一叶舟。

花里看山山欲无，花边一片是明湖。我知花好花知我，日日天涯总不孤。

赠黄冈杜于皇于皇时寓金陵客游娄中值有海警不获唱酬于其别也赠以二律

宇宙亦不小，寥寥何乏人。即看词赋客，谁识李唐真。播越蜀中老，疏狂谪后身。文章光焰在，金尽未为贫。岂不快知己，其如丧乱过。酒杯徒潦倒，诗句亦蹉跎。天意欲成劫，民生将奈何。匆匆一握手，抚剑发悲歌。

晦山愿云和尚予旧同学也国变弃儒为僧驻锡云居便道归里过予斋剧谈并言匡庐之胜赋此以赠

一别廿年久，归逢非偶然。头颅悲各异，肝胆喜同怜。劫火未应熄，浮生宁苟全。何时上庐岳，携手白云颠。

过太平庵舆愿公谈道

谁谓分流异，探源彼此同。花拈窗外草，杯度舞雩风。大地任成坏，吾心无始终。相看各一笑，明月正当空。

留别江上诸子时滨海多警江阴竹塘地远湖海有村名梧塍里为孔氏子孙世居不下千丁其中之秀则皆予之及门也往相形势兼谋卜居予之归也各赋诗言别赋此诒之

忆昔游江上，西风又一年。烽烟惊四野，吾道赖群贤。拟卜南村地，还操剡曲船。何时老夫妇，来种鹿门田。

南村菊集诗南村老人手自种菊数十本终日吟玩九月望后邀予及陆退庵王石隐觞咏其下酒酣捉笔各自成篇不限体格聊识一时之胜

南村景物幽，况乃清秋时。天寒白露降，场圃筑参差。主人有佳怀，渊明以为师。种菊当前轩，灌溉手自滋。移置草堂中，光采纷陆离。一日三摩挲，剧于十五姬。飞书招我来，取酒斟酌之。自云五六月，烽火正惊危。老人如不闻，裸跣护新枝。晨兴去蝨蠹，辛苦忘渴饥。岂不畏多事，此乐性所怡。时时著新篇,聊复寄所思。倾笥出示我,意致何新奇。人生天地间,理乱不可知。行乐贵及时,扰扰欲何为。有花复有酒,有酒复有诗。相过但痛饮,世运随平陂。

旧官谣四首赠白林九使君时使君已去任以事复至娄东娄城内外夹道讴吟担酒米奉使君者流汗相属感而有赋

接官亭下鼓逢逢,报道贤侯鹢首东。腊月严寒冰雪里,娄城一夜起春风。

贤侯在昔莅娄时,凿井耕田总不知。今日满城歌哭遍,始知六载被恩私。

天际穷阴暗不开,河头车马闹如雷。放生堤上人无数,尽为贤侯载酒来。

公道年来不可知,人间处处起生祠。试看今日娄城下,此是人心没字碑。

和许南村除夕移梅

律穷岁晚逼除天,移植何争一夕先。为爱古人诗句好,梅花开日是新年。

清顺治十七年庚子(1660),五十岁

正月十一日同诸友集仪臣静观楼子弟皆从

初春协风至,淑气动林圃。梅花如高人,含意犹未吐。良辰触佳怀,主客自相聚。尊行卑者从,子弟亦成伍。登楼散书帙,开箧论今古。情真气为爽,樽酒聊共抚。清言弥可乐,戏动皆入矩。岂无世俗欢,僊僊成屡舞。伐德古有戒,毋为出童羖。

双寿篇赠许南村姊丈先己亥春初梅花时为南村六十今年庚子花开又当家姊花甲之期虽相去一载而一唱一随可同寿也作此赠南村即寿家姊

南村老梅三十树，一年一度花无数。去年主人正六十，酌酒花间赋诗句。今年花开花更妍，寿酒又复张华筵。主人之妪我老姊，六十再庆春风前。小弟今年已五十，双鬓髭须竟微白。老年姊弟来上寿，擎杯相共梅花立。忆昔少小儿童时，翁年弱冠姊次之。梅花香中贺新岁，剪灯爆竹为儿嬉。日月如丸亦何有，相对忽焉成老丑。自念童心尚未除，未知翁姊如吾否。天地冰霜久凝积，岁寒万物皆同厄。龙蛇郁地不得奋，使我自顾无颜色。有客遗我桐花笺，挥毫勉作《双寿篇》。夫妇花甲人所羡，齐眉恰是齐眉年。古来贤哲多高尚，夫耕妇馌常相傍。庞公共种鹿门田，冀缺如宾来陌上。君住南村廿载余，桑麻鸡犬足安居。墙外种瓜墙下豆，更有梅花覆草庐。梅花岁岁如人意，一岁花开一回醉。十年又是古稀时，依旧皤然成一对。是时老弟亦六十，三老称觞相向揖。未知酒力定何如，诗律年高应细入。君学乐天才颇近，十载竿头当更进。相邀再赋《双寿篇》，赌酒看花君勿吝。

雨后同南村访陆退庵

退庵书屋隔南村，一曲清溪带小园。春雨不沾芳径软，野梅香里叩柴门。

退庵以诗邀饮并观剑槊不及赴书以代谢

闻道床头长剑在，更兼江路野梅香。高怀正美却归去，辜负春风酒一觞。

送翼微读书澄江寄示江上诸子

江上春风长绿波，琴囊诗卷一帆过。别来吾党多狂简，遥听铿然鼓瑟歌。

晓坐见落梅

小窗春暖晓光融，百舌声高树影重。庭院微风人独坐，梅花如雪下帘栊。

花朝端士昆仲移酒同圣传孝逸过东园作

春光催客动春怜，乘兴移樽荡小船。出郭市桥犹巷陌，到门平地忽山川。花当晴日欣逢岁，人坐芳园别有天。行乐及时君忆否，为君引满赋新篇。

二月十六日集斯友堂分韵得八庚

残梅飞雪下檐楹，白李红桃又吐荣。九十日春刚过半，两三杯酒莫辞盈。宾朋有礼如皇古，烽火初安即太平。里巷未须嘲野老，朱门宠辱正多惊。

二月二十五日同确庵圣传茂长素朴赴南村看桃之约不遇归至映江门饮田父家即事同用灰麻韵

春郊风日绽桃花，乘兴来过野老家。有酒莫教辞痛饮，武陵何处说桑麻。

纸窗木榻小茅斋，弱柳夭桃倚槛开。斜日照人穿竹隙，菜花黄入酒杯来。

次日述事寄南村

夙约在南村，扁舟问花柳。所居远市廛，自挟脯脍走。徐徐过郊郭，行行历渡口。主人竟他出，隔溪空吠狗。怅然停舟回，舟行迷左右。舍舟穿林麓，放足信所扣。有花即主人，何必问吾友。沿溪得数家，桃李皆覆首。菜花黄如金，远映几百亩。中有小茅屋，结构殊不丑。舍西环溪流，舍北启窗牖。当轩坐短榻，低枝及我肘。呼童布肴核，田父为煖酒。清谈杂雅谑，小饮时战拇。映林窥妇孺，隔岸走童叟。客醉日色低，晚风起飗飗。行吟赋归欤，折花复盈手。人生行乐处，所值不必偶。刘阮经天台，不闻坐相守。桃源至今传，乃在迷路后。乍遘期足奇，久习反成狃。寄语南村翁，此理君知否。

毗陵蔡仲全过访谈律吕皇极之学诸友皆集绀溪讲论竟日有作赋赠

律吕精微久失传，卓哉皇极更渊玄。聪明忽睹西山嗣，静悟真成邵子贤。百里神交今乍合，千年绝学此重宣。寄言同志须珍重，吾党相逢不偶然。

仲全宿于桴亭池荷一枝正开有作奉和

独立寒塘浸碧波，晓风清露奈愁何。人间此种原应少，赢得年来日渐多。

初秋怀曹尊素时在宁武幕中

极天关塞接医闾，有客莲花幕里居。闻道秋来多去雁，无由却寄一行书。

宁武去雁门咫尺。

滇南文介石先生得家信虞九楚归圣传有西河之痛同志置酒静观楼小饮即席共赋

人生天地间，弱草集轻尘。聚散固无定，生死亦无因。理至气乃从，气盛理亦乘。介翁滇之南，胡为海东滨。隔绝万里外，身安道弥尊。干戈止复作，骨肉终见存。药园偶楚游，飙忽动兵氛。江波天地阔，自分越与秦。须臾复宁帖，相对共此樽。寒溪饮溪头，父子乐晨昏。读书山寺中，朝夕共论文。衰时憎圣贤，魑魅窃生人。以兹不测理，反覆难名论。吾侪学道者，欣戚慎勿撄。同在大化中，主持固默凭。愿言勉厥德，祸福任冥冥。

寄怀尊素二首

一身挟策跨征鞍，老去雄心尚未阑。惟有故人知子意，秋风关塞客衣单。

塞上秋风苜蓿肥，漠原钞本作幕。南无警羽书稀。故乡亦有鲈蓴美，张掾思家归未归。

过寒溪有触赋呈圣传

七月寒潭溪水深，绕溪徐步惬幽寻。避人小筑门常闭，隔院高松势欲临。驹豹有徒能变俗，沅湘无侣只行吟。只余世外清狂客，寂寞相过一赏心。

答吕诚之用来韵

君住山头我水涯，相看百里不争差。向平累在辜游屐，沈约愁多负酒家。石屋近知云作构，东亭遮莫桂为花。何当一棹龙山寺，共汲清泉坐煮茶。

八月十二夜集高南旃斋同诚之汇旃坐月共赋

薄暮开筵暑乍收，冰轮西映碧云头。即看此夕清光满，已觉人间海宇秋。门内雍雍见家礼，时座中有高氏子弟。尊前逸逸是名流。趨来屈指成三五，坐待圆辉遍九州。

十三日同汇旃南旃谒泰伯庙地在城东南二十里有荆村蛮巷相传泰伯端委处

锡山城东泰伯祠，相传历世已三千。荆村蛮巷如昨日，风俗人心非昔年。古殿梁空苍鼠过，荒庭碑卧乳羊眠。只今端委尤堪慕，瞻拜遗容一怅然。

八月十四日东林释奠并谒道南祠会讲丽泽堂用邵二泉先生原韵

向是先民会讲堂，一椽初复址犹荒。碑从地底传来旧，毁书院时，碑藏地下。柏是前朝种下香。道南祠有古柏。此日再回知道在，堂名再得，取龟山诗。流风复整识源长。遗经讲罢仍三叹，万古伦常赖表章。

十五日游惠山归溯芙蓉湖作

尽日登临曦驭收，野航归去出溪头。月来远水千寻影，山入暝烟一抹秋。风露空濛浮断沚，棹歌容与溯中流。遥知今日乾坤里，占尽清光在此州。

答毗陵唐云客见赠作用来韵

身将隐矣又焉文，矻矻穷年未足云。愧此廪困虚岁月，漫将书卷作耕耘。偶逢知己聊供粲，无意名山不畏焚。珍重题诗远相赠，只应所见不如闻。

依韵奉答陆竺生见赠作

俨然齿德属尊行，过量相称非所望。问道无从泝邹鲁，干时岂敢适齐梁。自怜小子抱微尚，闻道名邦多大方。著述满家犹未读，先聆新句似笙簧。竺生著

《明朝逸史》凡百卷。

自钞自写意如何，柱下藏书满架多。直与乾坤为砥柱，谁云岁月赖消磨。一龛静悟生虚白，竺生精元理。十日春风仰太和。相视谈心真莫逆，我来不负此经过。

嗟予狂简未知裁，问礼西游见忽开。盛德饮人恒醉领，玄言玉屑自霏来。五千言富惠施学，一代书成司马才。自与游疑当作犹。龙相印证，私居渊默欲闻雷。

荆川大儒祠说太极西铭用竺生韵

西铭太极义重敷，赖有同心学不孤。吾道向来原自足，诸公何用更参无。拟穷二西非真学，能贯三才是大儒。莫讶西游轻浪迹，商丘七十尚吹竽。

谒荆川先生祠

三百年来产大儒，毗陵声望压寰区。文章宗派兼唐宋，理学源流贯陆朱。应制余才传愈盛，救时心事久终乎。只今吾道榛芜甚，安得先生起共扶。

宿杨亮文山园即和蔡仲全韵

入秋未老景犹妍，况是高楼古寺边。槛外碧云时欲落，城头红树迥相连。论心自是千秋合，讲学谁争一着先。幸有群贤共扶植，何当过此住年年。

吕诚之先生以予五十作诗见赠时诚之亦正七十复诗答之

君是东林老耆宿，昔年曾见鲁灵光。称诗说礼随先辈，伐鼓撞钟登讲堂。但觉仙翁多甲子，不知人世有沧桑。我来考古频征信，拟作商贤旧老彭。

西山文宗往宪川南赋此赠行

夙昔抱微尚，矢怀学儒先。闭门陋巷中，矻矻自穷年。岂云抗高节，聊以拙自全。自从我公来，文教初布宣。谆谆扶正学，幽隐皆翕然。衍经廓前圣，删古惠今贤。公有《孝经衍义》及《衍义补删》。复以千圣脉，洛闽为渊源。师儒得其宗，理要乃可传。网罗及小子，指授成今篇。辑周、程、张、朱书为《儒宗理要》。惟兹程朱来，绝学已久湮。《近思》一录外，谁复窥遗编。自有我公书，日月再中天。元明多儒者，卷帙犹纷焉。在昔公诒书，属予再丹铅。著书明一贯，经史悉贯穿。朝夕侍同堂，千古共仔肩。斯文一何厄，台旌指西南。维古有王尊，临险叱驭前。文翁一入蜀，声教被两川。今者公兹行，两贤实并肩。蜀土初底定，生意犹未还。乘此布教泽，易俗如转圜。边城不久劳，内擢指日间。抱经伏海澨，祇候车驾旋。

五十感怀

不觉秋风两鬓丝，居然五十岁华移。即看黄发传经日，犹似当年侍读时。儿女成行惊老大，身名未立愧须眉。几回俯仰生长叹，三乐于今讵可期。

哀哀生我母劬劳，五十年来没野蒿。讵有儿身经半百，未曾母面识分毫。废书徒欲随王氏，泣血何从效子皋。闻道读书扬后世，江河东下正滔滔。

读书学剑总无成，五月披裘踯躅行。丧乱饱经衰杜甫，穷愁独学老虞卿。抚时有泪空长啸，避世无徒可耦耕。知我其希真已矣，墙东托迹了余生。

四十无闻五十推，穷年矻矻竟何为。玄文杨子头先白，勋业周公梦已衰。肯信乾坤容我老，只应身世使人悲。纵横惟有床头简，长伴潜夫佐酒卮。

五十年前万历中，风淳俗美更时丰。耕田凿井油油乐，习礼歌诗蔼蔼风。

云汉忽焉嗟竭泽，黍禾旋复痛遗宫。只今短褐穷檐里，俯仰忧时作老翁。

岁月堂堂去我遐，秋风短发漫咨嗟。桃源鸡犬人空老，洛社衣冠望愈赊。齿未动摇难着果，眼犹光彩已生花。知天学《易》谈何易，只恐东家笑正哗。

再过南村看菊读冒署灌菊诗赋赠

南村老人爱幽清，种菊年年数百茎。根芽能辨种粗细，晴雨解调花性情。百日辛勤身不觉，一秋欢喜眼偏明。独怜送酒无佳客，翻向君家索酒倾。

答王石隐见赠作

濯缨无处觅沧浪，葛屦纠纠自履霜。卓尔未能矜独立，斐然谁与共成章。狂澜不作中流砥，幽谷空随众草香。记得陶潜词意好，乐天知命敢遑遑。

寄怀王登善提学

淼淼江波万里长，萧萧木叶下寒霜。故人文教敷江汉，好客扁舟过武昌。时确庵为楚游。三楚山川归几案，一时英杰在门墙。十年风雨君犹记，应笑狂夫老蠹乡。

湖东钓隐歌赠张月鹿

吾闻任公子，垂钓东海滨。大钩巨錙五十犗，会稽投饵终年蹲。一朝得鱼海水立，千里震荡声如神。又闻孔巢父，掉头不肯住。东归沧海烟雾深，钓竿长拂珊瑚树。古今奇士见每同，曷不曳杖从两翁。蓬莱扶桑浩荡可以适我意，胡为蹩躠湖之东。东方未启天溟濛，蛟蜃出没洪涛中。东湖盈盈一勺水，碧波清浅光融融。朝看青山暮归鸿，得鱼沽酒歌春风。狂奴帝腹尚尔懒不顾，何必辛勤梦里来飞熊。

卷　七

清顺治十八年辛丑至清康熙二年癸卯(1661—1663),五十一岁至五十三岁

清顺治十八年辛丑(1661),五十一岁

初春十四日郁子仪臣静观楼雅集即席口占

六街灯火烂如霞,箫鼓声中乐岁华。胜友相过无俗事,一春诗思在梅花。

圣传为酒令,座中人占一绝句,句中必合"春梅"两字。

陆秋玉山中看梅不果贻诗索和依韵赋答

去春风雨梅边过,今岁花开更少缘。铁石有心难作赋,罗浮无梦不成眠。临风何处闻《三弄》,惜别应知又一年。最是山中咏梅客,梅花不见也堪怜。

十七日龚子古民拙斋雅集步吴鲁冈先生韵

舍后藏新筑，深居远市声。溪流随地合，花木比邻成。静侣多无事，山蔬不待烹。从容杯酒里，幽句喜相赓。

又次古民韵一绝句

轻风细雨湿江城，好客相过不用迎。满座诗成春意发，梅花一夜吐微英。

双溪小隐诗十六首为曹晖吉赋

春田铺锦

春田碧草滋，开花散成绮。天半朱霞生，坐卧明光里。

夏苗新绿

平畴一夜雨，蛙声乱如沸。起视前村苗，照眼绿无际。

秋叆黄云

何处黄云生，一望蔽阡陌。幸际秋成时，喜无戎马迹。

冬歌午夜

灯火夜村明，砻歌剧有情。终含辛苦意，不是冶游声。

虞山远眺

虞山高几许，远望青一派。入我小窗中，赠我云林画。

双浦临流

门前双流水，水急沙痕净。夕照下归帆，参差两相映。

晓树笼烟

露气晓何重，前村杳霭间。分明数株树，错认米家山。

夕阳返照

家住东海滨，海候日夕异。返景薄烟涛，时时成蜃气。

橹声清杳

村流多小艇，咿哑至更深。不是江湖舶，风涛易戒心。

游鱼泼刺

子非水中鱼，安知鱼之乐。通川网罟密，莫厌溪流浊。

高陇披襟

高原心目豁，登顿时一眺。披襟当雄风，快哉发长啸。

庭隈曝日

庭隈无北风，野旷得日早。不用赋无衣，赖此黄绵袄。

偕农话野

野次逢农夫，晴雨时相问。绝胜市朝人，机心不可近。

伴犊耕烟

黄犊何苦辛，耕罢汗如沐。犹胜入庙牺，束缚啖刍粟。

长吟独啸

抱膝坐衡茅，时成梁父句。慎勿发高吟，恐有英雄顾。

瞑坐移时

闭门万累绝，胸中无一事。不睹不闻中，羲皇千古意。

二月三日集鲁冈先生达斋即次鲁冈韵

昔日鹿门多隐者，望衡对宇往来频。床前独拜人耆旧，汤饼相过会率真。世外年华忘晋魏，座中诗句鄙梁陈。岭头花发君知否，大地阳回别样春。

次韵答毗陵竺生兄见寄之作

谁能与世共争妍，息影沧江古树边。老去琴书徒散漫，兴来鱼鸟共留连。躬耕窃拟陶元亮，博物全输张茂先。渭北江南无限意，相思不觉又经年。

题江湘客行乐小像

卫玠丰神映玉山，轻裘缓带紫云纶。请缨未遂终军志，坐对春风尽日闲。

鲞骨鹤

曾闻昔日鹍鹏化，不觉榆枌笑学鸠。脱骨未能离鲍肆，腾身便欲上扬州。翱翔自得轩车乐，束缚还仍涸辙忧。不舞不鸣终日住，却令庾亮笑殷刘。

送江虞九之新安即答赠三山邵是龙兼呈同学诸子

山回溪转气冲融，瓯越翻为天地中。晦翁语。一自考亭开道脉，至今闽海有遗风。学经造次守方见，交在精神志乃通。君到新安烦致语，天涯虽隔此心同。

读四明梵林高士诗史却赠

昔人重阐幽，闾巷多可纪。木兰焦仲卿，千古芬颊齿。时衰风雅息，直道亡誉毁。侯门仁义存，贫贱徒为尔。遂令数百年，寂寞无快史。方外有高人，采风好奇诡。徬徨山泽间，搜讨徧遐迩。务穷幽隐情，欲以彰厥美。轩冕非故遗，附和我所耻。匹夫匹妇心，赖此以不死。

二月廿八日集顾殷重弘志堂祖送滇南文介石先生是日闻海上圈田信

恶风吹雨十日卧，九龙湾头泥没髁。昨朝忽作一日晴，夜半翻盆屋几倾。顾子招我三篙约，短笠轻蓑冲雨过。是时滇南方戒途，座上相与为骊歌。先生居娄二十载，海上日日春风和。传闻牛斗欃枪见，正值东南光似练。又闻庙算重清野，十万桑田拚割舍。人生至此当奈何，惟有高歌泪盈把。先生去矣天南边，德星又向天南悬。善人所在兵气隐，安得普天率土共受先生廛。

吴门金孝章六十袁重其五十征合寿诗赋赠

秋风丛桂月初圆，两地桑弧一日悬。处士星高光正烂，兰陔日暖色方妍。千秋伦鉴称师表，百里供亲号大贤。闻道十年兄事礼，同心合寿并堪传。

甑山士

越甑底山有乡塾师，亡其姓氏。丙戌之役，与乡人约曰："吾不复食矣，当活埋我，若等为我备两缸覆之。"乡人绐曰："诺。"越日，索缸，乡人遂置之，犹以为戏也。先生于山阳命开圹置缸，端坐，令封好，乡人果覆之。又越日，乡人呼曰："先生。"先生曰："诺。"乡人曰："为先生出之。"先生曰："入不复出矣。"连呼五日，皆应。至六日，遂绝声。越人称之曰"甑山高士"。云门梵林述其事，系之以诗，并来索和，为作《甑山士》一首。

甑山士，甑山士，甑底山头授书史。人生何用读五车，但须一识忠孝旨。轺车北来饮江水，金凫银雁飞都市。越国风尘高蔽天，两缸覆我甑山前。上有碧落下黄泉，冥冥长夜年复年。普天绝无干净地，甑山犹存土一篑。

越舟女

越舟女，亦云门梵林所述。丙戌，钱塘不守，越城腾沸。妇舟竞出，舟塞港，不得前。遇骑将掠之，妇女皆相持入水，至联舟俱空。

越舟女，越舟女，尽是深闺洞房侣。一朝铁骑过钱塘，撇捩联舟赴江渚。君不见临安城深春睡浓，日高妆镜犹缄封。苏公堤头二三月，画船歌舞来春风。游人近前面发红，相将竞入冯夷宫。越舟女，越舟女，节义芳名吾与汝。谁向王家秉国成，忍使江潭葬罗绮。君不见古公之郊无怨女。

赠虞山孙孝维三十诗

君家夙昔本神仙，偶作人间住世缘。朝佩兰英游澧浦，夜吹藜火读遗编。周郎顾曲方英少，苏晋长斋亦妙年。闻道相将河朔饮，兴来欲放剡溪船。

又赠虞山孙孝维三十

朱门有贵客，颜色踰瑶华。玉佩曳轻云，高冠灿朝霞。目穷二酉山，胸贮十牛车。清歌妙若神，玄言惬幽遐。更念浮生因，斋心礼陀耶。人处浊世间，疾如驹隙过。三十悟无生，举目皆土苴。常从梵天游，世荣安足夸。

三月初二日同石隐圣传仪臣过鸿逸春星草堂

郊郭新晴细路斜，春风携手两三家。村庄处处如铺锦，不是桃花即菜花。

柏木桥边春草堂，麦风吹浪野花香。携琴载酒春风暮，小酌微吟白昼长。

四月十二日集蔚仪王子铭非堂即事

斜风细雨弄春寒，策杖冲泥兴未阑。为爱素心同日夕，非耽逸乐互盘桓。学能自得空玄释，《诗》有奇笺异郑韩。相对夜深重秉烛，不堪往事涕汍澜。时鲁冈先生述崇祯时旧事。

十三日集仪臣静观楼即事步鲁冈先生韵

薄晴天气共登楼，雨脚犹存水面沤。自有烧猪堪入社，何须投笔羡封侯。一觞一咏致足乐，轻暖轻寒浑欲秋。吾辈疏狂君莫笑，几人无事在心头。

贞松篇为余澹公郡伯母夫人赋

贞松高，高极天，偃盖直上青云颠。餐冰茹雪不知岁，但见洪濛一气相连绵。修枝摩苍穹，孤根结重玄。千年化石作神物，徂来雷雨时蜿蜒。翠实离离大如斗，遗种双生在冈阜。参天复作栋梁材，来荫江南百万亩。

赠江阴孔蓼园葺梧塍家庙诗蓼园孔子六十六世孙长子五岁从学于予

地辟天开即有人，直从东鲁定人伦。爵崇南北谁能并，孔氏有南北宗，俱赐爵。位在宾师孰敢臣。阙里宗图方远锡，时衍圣公遣宗人以宗支字号，四出分锡宗人。梧塍祖庙又重新。素王支派高天下，克绍心传始是真。

和石隐伤足自慰之作即用十一尤韵

年登杖国尽扶鸠，老健偏矜足力遒。杜甫阶前泥正滑，子春堂下步难收。那堪木榻埋头坐，管宁坐木榻，当两膝处皆穿。石隐伤膝，故云。只合隆中抱膝休。海上近闻征调急，塞翁髀折未须忧。

又戏成一律并书赠

谁道今人非古人，姓名前后恰相因。著书窗下双王育，汉人有与石隐同名者，亦著《字说》。伤足堂前两子春。石隐旧名子春。工力未知谁据胜，遭逢也是一般屯。莫教吹入浮屠耳，添得轮回一说新。

读黄端木孝子寻亲纪程一百韵即赠孝子

吾吴有至人，人称黄孝子。貌不踰中人，口不言臧否。恂恂乡党间，静好若处女。两亲宦滇南，相隔万余里。兵戈方阻绝，异国各疆圉。苟非大师克，相遇安可拟。孝子孱弱质，独身奋衣起。时维辛卯秋，腊月严寒里。仓皇去家室，慷慨历城市。由浙经江西，南楚穿湘澧。沅靖至晃州，遂入滇黔鄙。千山与万山，千水与万水。春夏秋冬间，寒暑及风雨。豺狼所窟穴，盗贼所结聚。苗獠所出没，瘴疠所吞吐。突兀骷髅关，纵横犀象伍。森严夺魂魄，奇诡荡肝肺。孝子志益坚，铁石为心腑。昼夜不休息，疾病不停止。洒血足弥奋，濒死神益鼓。大险悉若夷，竟达双亲所。借问从者谁，孤身挈行李。一囊与一盖，下惟一草履。双亲在绝域，变乱不胜数。土司始发难，流寇旋攻取。全滇如鼎沸，干净无寸土。出没任斧锧，奔迸偕虎兕。不屈几试剑，再奋复遭缧。大德天所佑，终幸获福祉。栖迟白盐井，万念成敝屣。岂无乡井思，妄想徒为尔。孝子忽东来，彷佛人与鬼。相对牵衣啼，拭泪还惊视。地北与天南，离生兼别死。岂期一日间，骨肉重相叙。邻人满墙头，相顾皆出涕。猡猡与僰人，亦作侏儒语。孝子谓大姚："绝域非桑梓。或归或不归，两亲慎所处。"大姚谓孝子："我亦欲东耳。安能兵燹余，郁郁久居此。顾吾生计竭，谁与赠资斧。吾昔多门生，患难颇相倚。山川远隔绝，此事当累汝。"孝子应声作，上前再拜跪。更从迤西行，视道真如咫。一进青蛉城，三入姚安治。楚雄及鹤庆，剑邓诸夷部。城墙震顶脊，海水没腰膂。往返又三千，历尽诸艰阻。徘徊壬辰冬，归装方有绪。门人共祖道，百计犹援止。行行重行行，顾我同门士。并州如故乡，挥泪不能已。孝子初来时，只身无伴侣。艰辛虽万状，生死惟一己。此时归途中，两亲与幼弟。弟或任劳苦，两亲齿衰矣。早暮须调摄，食饮须甘旨。登涉须扶持，疾病须噢咻。仆夫四五人，尤难善驱使。知虑苟不周，肘腋生龃龉。孝子足精诚，一身兼妇竖。晓行问歧路，晚宿探逆旅。涉水试浅深，登山询蛇虎。膳饮必亲供，枕簟必亲理。溺器必亲涤，衣裳亲浣洗。仓皇有急难，应变疾如矢。强暴或窥伺，未形即消弭。迂回夜郎境，经互牂牁垒。严关何以度，夫守锁钥启。幽险何以出，蛮夷皆执礼。更有洞庭厄，此非人所主。樯倾舵复裂，江鱼砺其齿。掀天骇浪中，万斛如一蚁。须臾竟卒渡，岂曰非神祐。入江虽稍安，风雨蒸溽暑。亲眉未展舒，子心讵能喜。季夏方抵家，始脱征途苦。忆昔任大姚，实从癸未始。去家十载余，今适当癸巳。孝子出门行，亦复经三祀。五百三十日，足迹无宁晷。历京省凡七，三十有三府。州县与卫司，笔不可胜记。二万五千程，寸寸芒鞵底。异国闻其贤，俯首生愧耻。况吾同里人，宁不羡高矩。一时共激励，万户同哆侈。流传动风人，载入宫商谱。村庄八九月，处处筑场圃。父老挈儿童，赛社看歌舞。见者为挥泪，闻者为夸诩。孝子彳亍行，葛屦侵霜趾。两亲在高堂，菽水犹艰举。叶公好画龙，真龙反遭侮。寄语世间人，毋为混朱紫。

同友人至安义留别同学

世事如翻覆，端居忽远征。时危江海稳，命贱别离轻。旅况依童仆，家艰仗友生。谋身殊未易，努力祝升平。

钱塘行

海门光发曙星上，舟人解维候潮长。数舟相傍参差行，捩舵开头水声响。天边日出光溟濛，晓起不辨江西东。青山两岸断复续，千里百里来群龙。闻昔钱塘形势壮，怒涛如雪兼天浪。奔流直至富阳山，商贾云屯鱼鳖旺。何年沙涨江形蹙，三尺清波侵马腹。潮声不上涌金门，城邑萧条生气薄。只今时事尚多艰，络绎兵车互往还。虎牌日日惊船埠，马矢朝朝满市阛。更闻清海人螗沸，处处山头望廷尉。舟人相戒过溪滩，谈虎犹看色惊畏。民生憔悴久无聊，况是今年旱魃骄。江南江北数十郡，六月无云土尽焦。我发吴阊向东浙，场圃从无禾稼列。村村罢市避兵行，门阒泥封烟火绝。人生值此总堪伤，如火征徭迄未央。何时得睹太平乐，青山绿水恣徜徉。

自钱塘至常山溪行

清溪七百里，日日镜中行。有水皆铺石，无山不入城。千村红树色，一路画眉声。安得严滩老，相携足此生。

过钓台有感

汉时风俗犹淳朴，帝腹无难让草茅。一命便须忘旧友，何能天子惜穷交。羊裘泽畔老编氓，天子亲迎不肯行。汉室山河今在否，钓台终古属先生。

上滩行

朝上滩，暮上滩，滩高水急何艰难。青山如削两岸盘，牵舟百丈浮云端。碧流澈底素石攒，赤者琥珀青琅玕。手掬碧流弄素石，舟行舟行尔何迫，佳景当前良可惜。

下滩行

上滩一何迟，下滩一何驶。飞泉百道来，溪流疾于矢。筒车轧轧石齿齿，小舟如叶坐篷底。砉然长啸清风生，山奔谷行树披靡。回首沙际上滩舟，竹篙荦确喘未休。人生顺逆有如此，何用区区叹亨否。

常玉山道中

孔道当江浙，山村昔晏如。何年遭丧乱，今日剩丘墟。破屋犹兵气，居民半虎余。驿骚殊未已，哀此釜中鱼。

登滕王阁

漳江水急接天流，高阁重新江上头。才子文章千古在，滕王名姓至今留。西山南浦来朝爽，城郭人民起暮愁。独立凭栏无限思，浪花吹满白蘋洲。

旌阳宫

朱楹碧瓦丽层霄，闻说仙宫自晋朝。铁柱夜腾妖蜃气，药台春长旧丹苗。功存捍御神灵肃，泽在人心庙貌昭。劫火几回烧宇宙，鲁灵光殿独岿尧。乱后城中俱毁，惟旌阳宫独存。

南昌昔称繁庶城之东南皆宗室与搢绅大家也变革后复遭金王之乱靡有孑遗迄今十二年矣西城生气渐复东城一望犹丘墟如故诗以吊之

昔日繁华地，今成瓦砾丘。王侯青草磷，红粉白波沤。事业竟何济，伤残徒尔羞。苍茫一凭吊，叹息泪空流。

过梅岭梅福升仙处。

章西深僻处，十里两峰交。岭路多缘涧，山田半在坳。泉声舂纸户，竹色射鼪巢。梅尉飞升后，无人更结茅。

界　溪

地在山颠，居梅岭、长岭两峰之间，宽阔十里许，中饶土田，居民以种竹舂纸为业。金王之乱，兵燹不及。土人多熊氏，人称界溪熊。

去地已十里，两山围四边。石桥双涧合，村坞一沙圆。生计岭头竹，传家屋下田。天成遗种处，择地羡前贤。熊氏之先名兆，宋布衣，受业晦庵之门，号拙逸。

安义山皆赤土过长岭凭高下望恍荡如红霞喜成一律

豁然过绝顶，一片见红霞。赤县那堪似，丹丘未足夸。云阴疑日照，腊尽忽春葩。错认河阳治，几成满县花。

除夕时在江西安义署

年年除夕在衡门，蘋藻虽微祭祀尊。稚子易衣随拜舞，老妻洗手奉鸡豚。擎杯堂上慈亲喜，赐食厨中小婢喧。齿发已衰非仕宦，天涯留滞不堪言。

清康熙元年壬寅(1662)，五十二岁

新正安义署中怀故乡诸同学

东风吹鬓忽新年，客邸韶光倍可怜。江国地寒花减色，山城户少市无烟。清吟孤阁春灯迥，小酌空轩夜雨悬。遥忆故园三篴约，可能常继两年前。

新正初三日从安义载米之吴城途中值大风雨雪凡四日夜泊舟荒江感而赋此寄示家中儿辈

流光荏苒过，五十忽有二。今夕是何夕，乃在荒江次。雨雪暗江来，风声复加厉。孤灯篷底宿，双足缩如猬。船头急浪鸣，终夜不得寐。遥念家乡间，未审何所似。年凶赋敛急，卒岁谅无计。亲老子复拙，妻孥亦憔悴。寄此数石谷，聊作饔飧费。人生当迟暮，进德乃可贵。飘摇二千里，俯仰逐侪辈。弃捐千古业，俛首事书记。补救无足称，蹭蹬殊可愧。悠悠苍天高，欲哭不成泪。寄言家中人，衣食良匪易。

吴　城

湖口一沙斜，村庄万户赊。人烟通百粤，舟楫走三巴。夜雨漳兰市，春风苏酒家。西江苦寒地，对此漫生嗟。

张睢阳庙

捍御功勋烈，江淮庙貌尊。一时罗鼠雀，千古祀鸡豚。天地心犹在，风尘色更昏。英灵如可作，慷慨欲同论。

安义元宵

良宵三五夜如何，灯市徜徉也一过。客里酒杯沾醉少，异乡风俗笑人多。□□□□□衙舞，逐队儿童入署歌。久住山城嫌寂寞，任随佳节恣婆娑。

署中兀坐

好春日日但兀坐，风光满天无处游。红桃白李那过眼，恶书乱札徒埋头。未知鹿洞几蜡屐，何日龙溪还泛舟。放旷山川不自得，片帆逐浪大江流。

忆家园桃树

忽忆故园春色里，绕溪三十树桃花。轻寒薄暖好天气，深绿浅红堆晓霞。村酿三杯午睡醒，风亭一榻客谈赊。而今寂寞江城晚，愁对西风落照斜。

溪头小桃树新栽成枝忆成一绝

新桃初接已成枝，夹柳参桐傍水湄。映户未看花灼灼，到家应见子离离。

仲春初七日同周允祥郊外一步

春郊结伴作春行，二月新晴衣履轻。地近天南炎热早，水来峰顶浍沟明。野庵僧去厨烟寂，山县人稀过客惊。忽忆故园当此景，东风杨柳乱啼莺。

龙津渡看调马

春江水浅岸沙平，嫩草如茵细细生。骄马未调初试勒，健儿方壮竞争名。蹁跹影入垂杨远，踧踖声来绿野轻。多少太行骐骥足，盐车跼蹐但悲鸣。

试 射

野寺门斜竹树稀，修江沙净水痕微。已将玉勒调骄马，更选雕弓射落晖。新月初弯双镝响，轻尘不动一星飞。老夫筋力衰慵久，也向围场一解衣。

怀白鹿洞歌

我来西江游，半为白鹿洞。白鹿近在几案间，咫尺相看总成梦。新年主人入郡中，拉我同往听松风。春寒雨急去不得，连宵寤寐皆忡忡。主人归来向我笑，此行不共亦殊妙。名贤胜地昔所闻，况是春丁祭祠庙。洞主祠官联辔入，驺从如云人翕集。洞生肃穆四十余，鞠躬尽向山前立。须臾俎豆满山祠，礼生赞礼祠官揖。既灌而往不足观，燎火初熄人声欢。祭公自古不宿肉，陈平分肉作宰宽。仲叔高风不可学，归遗尽是东方朔。忽焉人散车马空，止剩青山对榱桷。可怜榱桷在青山，风雨无人四壁斑。弦诵何时闻再作，树头山鸟鸣间关。惟有高峰称五老，屹立当空向晴昊。峰下长松百尺长，离立如人拱官道。吾闻此语长叹息，自古人亡原政息。山川草木有何能，栽培总是名贤力。当年李渤读书台，白鹿曾游洞里来。地僻山深灵秀聚，高人过此多徘徊。秘书先生心独苦，竭力经营为千古。金溪一席讲堂开，快论惊心汗如雨。只今山水自年年，堂构音容尚俨然。义利芳规开卷在，西江谁肯读遗篇。

同周允祥萧汉桓同登南城壕塔塔为徐吏部士衡所建仿安庆式制极奇巧内外都不用木一砖直上中为螺旋拾级以登惜工力不继仅五层而止登其巅平敞如台高旷极目

乍看修塔起城壕，九仞功亏一篑高。鹤欲下巢难着脚，螺虽有旋不成尻。合尖似歉人工少，到顶翻夸眼界豪。安邑弹丸何足论，只今匡蠡一秋毫。

清明日同署中诸友出郭闲步

风雨浃晨夕，晓起天忽露。日出山泥干，郊郭同纵步。岸净沙逾白，水集江渐大。刚来新燕子，飞飞两三个。维时正清明，人家上坟墓。纸钱一何微，朴俗守其素。忆我江南天，祭扫方如骛。士女携酒肴，踏青笑盈路。游子何不归，松楸动哀慕。客悲易伤人，弃去且勿顾。徘徊大塘寺，踯躅龙津渡。小邑无胜游，所历皆再过。幸者雨沾足，田畴起耕作。终岁倘获丰，久客亦无恶。

城北再试射

浅草绿芜平，城头落照明。春和绫臂短，风暖画弰轻。箭急林莺避，髇鸣窟兔惊。莫嫌频习武，盗贼正宵萌。时闻靖安有山寇。

出西郭

村郭带清溪，风光似瀼西。水行桥上下，山出树高低。农人于隔溪引水，水多从桥面行。绕屋鸡豚足，平田菜麦齐。西江农事早，黄犊已耕耕，分体本作翻。犁。

密　陂

密陂为一邑水源，昔有古堰，今废不修治。邑多畏旱，故特访之。

为访源头水，安义八景有台头活水，即此。来游到密陂。双溪分远涧，一堰障清漪。石啮堤穿溜，沙崩岸走歧。隄旁又决一口。废兴民命在，慎勿惮修治。

台山庵

闻昔朱晦翁曾游此，盖为熊拙逸、周舜弼、李晦叔、刘炳文诸门人来也。

闻道台山上，名贤昔此过。不因兰若秀，应是素心多。山水佳无尽，风流迥不磨。万松天际响，犹似听弦歌。

夜雨不寐

无端作客向天涯，九十春光万里家。蝴蝶梦遥天未曙，虾蟆更急雨如麻。昔人谓木柝警夜为虾蟆更。海云漠漠吴山杳，湖草青青楚水赊。记得去年新涨里，小亭修竹听鸣蛙。

龙津春涨二律

东风吹雨过山城，一夜春江水骤生。柳岸蒲汀涯不辨，浴凫飞鹭眼俱明。临流塔寺开门汲，接渡舟航减客行。只恐桃花随浪下，波间神物欲相惊。

百里修江极望来，环村带郭水潆洄。连朝不断千峰雨，一夜争奔万壑雷。无数落花成锦浪，满前轻绿发新醅。春耕最是三农喜，坐听歌声处处催。

寿金陵侯表妹丈五十时同在安义署

廿年踪迹遍天涯，不觉星星上鬓华。避暑亭酣菖叶酒，海山楼俯荔枝花。壮时每共陈遵辖，老去还同博望槎。客邸莫嫌春寂寞，满前鼓吹有鸣蛙。

戏呈同事

千里参军远道随，城深草木听鸣鹂。校书欲近檀公肆，砺齿常过漂母祠。顿逊黄河仍曲直，娵隅白小更神奇。中原徐铉方归聘，□□□□□□□。

代答确庵

一官如寄坐空寮，山县无人昼寂寥。午市正开看斗雀，晓衙方报听鸣蜩。折腰五斗归难赋，筑室千峰隐自招。若问荒城何所有，不须防虎更无潮。时确庵来诗有"日听潮声夜防虎"之句。

代答石隐

穷爱官评一字称，而今穷字得能憎。民穷到骨应难疗，抚字心穷孰肯矜。时石隐来诗有"穷是官评一字箴"之句。

答确庵见寄之作兼呈虞九时确庵从楚归虞九亦在新安幕也

十年讲论共艰辛，一夕风尘尽隐沦。岂料鹅湖争座客，尽如马队校书人。经纶补救翻成恨，山水登临亦怅神。张翰归心秋正切，江乡只恐欠鲈莼。

按《行状》作《七绝》一首云：廿年学道共艰辛，一夕风尘尽隐沦。何意鹅湖登座客，半为莲幕捉刀人。与此小异。

答圣传石隐诸兄见寄之作

无端千里作驱驰，楚水吴山两鬓丝。总为贱贫离别易，却因衰病往来疲。西川杜甫频搔首，彭泽渊明未皱眉。鹿洞鹅湖何处是，鸡栖豚栅队中嬉。

五日龙津观竞渡四首

龙津渡口斗龙舟，岸阔风狂水急流。千户竞观人似蚁，六龙齐奋浪如丘。鼓声欲碎夫人杖，麾影平沉太尉斿。却忆鄱阳河上战，只今惟有去来鸥。

方舟作驾幔为亭，移棹中江泊浅汀。一望水光连野白，四围山色向人青。蛟腾龙跃天俱动，鼓急幡横昼欲暝。闻道海波犹未息，健儿莫令老沧溟。

汨罗吊屈自年年，习俗相沿尽失传。艾黍未闻沉水去，蛟龙先已向波旋。旌旗影里金鳞动，铙鼓声中白浪颠。底用近疑当作竞。夸身手好，总来乘马胜乘船。

昆明初凿汉宫池，武帝雄心寄水嬉。一代军功成内政，千年画鹢竞河湄。长江已不分南北，壮士何劳习鼓旗。回首西山红日照，暮云飞雨过城陴。

闻登善湖北归却寄

羊肠鸟道未崎岖，宦海风波顷刻殊。岂有诗书成斧锧，即看薏苡作明珠。青天雷电方惊压，幽谷阳春忽又苏。世事浮云总无据，五湖烟景仅堪娱。

寄答翼微九咸二子

长路关山首重回，片云飞傍楚江隈。谁云周续谈经至，只是渊明乞食来。

客邸情怀催我老，故乡消息使人哀。闻江南旱不能莳，兼有海警。少年摇笔知才健，潦倒吾惊鬓雪皑。

牛女二星主人间耕织之事自齐谐有织女渡河之说而诗家纷纷以此为戏读宋邕北斗佳人双泪流眼穿肠断为牵牛之句嘻甚矣既鄙古辞又多今感因成二律

天上人间事一般，双星此夕会云端。可怜耕织终年苦，仅得河桥半晌欢。服轭戴星供赋早，七襄终夜报章难。寄言田叟和工女，从古如斯莫怨叹。

河汉盈盈一水歧，两看牛女在河湄。衣供云锦难抛织，赋急天家不下犁。乌鹊情多空助驾，银桥路窄暂牵缡。莫嫌天上欢娱少，犹胜人间竟别离。

又天孙乞巧二律

谁道天孙天巧多，天孙虽巧奈愁何。星流夕汉梭无尽，锦灿朝霞织易过。贵在帝家难望赦，机支天上亦须科。最怜终岁常勤动，止博牵牛一渡河。

莫道天孙巧不多，天孙毕竟莫谁河。牵牛小隔还相见，乌鹊遥飞却唤过。云锦自然非浴茧，机丝常在不催科。民间多少仳离女，岁岁无梁难济河。

中秋夜坐月

去年此际别乡关，浃岁逢秋尚未还。一夜思归头尽白，月明如雪满千山。

玉箫金管杂名讴，行乐凭人说虎丘。料得石场今夜月，清晖不是昔年秋。

答郁存斋见寄作

家乡景况近何如，闻道南楼尚可居。风雨知交还载酒，晨昏父子自摊书。石隐书来云：朋侪甚苦，惟存斋父子德业俱胜。壮怀流水他年杳，良友晨星此日余。登涉胜情无胜具，不如归卧老吾庐。

答陆鸿逸见寄之作

九月风高气转清，乱松枯草对愁城。时江南旱甚，五月不雨。梦魂千里故乡远，客思一天秋雁横。野埠柝鸣宵有火，安义地多以埠称，时方严盗警。荒溪水涸夜无声。署内有溪，山泉流注，时久旱竟绝。诗来忽忆家园乐，握手春郊漫送迎。

秋晚登署楼

秋老署楼清，登临正晚晴。城低平野入，叶尽远村明。水际马群立，沙边人独行。高风吹我袂，忽忽动乡情。

江楚大旱早晚禾稻俱不登差繁赋急感而有赋

绛云如山矗天左，夜夜烧空秉炎火。天河水竭星宿干，潭底蛟龙守泥坐。从来江左夸腴田，三湘七泽相钩连。一朝尽化作焦土，千里飞沙没人股。君不见南诏军书日旁午，驿骑持符怒如虎。沟中捐瘠可奈何，空村夜哭愁催科。

宿署楼夜雨

作客近经年，乡心絮絮牵。暗山孤署冷，鸣雨夜楼悬。历乱城头柝，迷茫江上船。一宵浑不寐，翻作五更眠。

冬至前一日大风

节候逢冬至，微阳正养和。如何长日夜，忽作大风歌。楼欲空中舞，身疑海上过。无穷人世虑，不觉鬓成皤。

冬至日得雪

数载希闻雨雪飘，喜逢呈瑞是今朝。故乡此日知同庆，明岁祈年或可徼。眼底尘劳聊戏尔，山中风月自相招。青春作伴还乡去，邓尉山中可挂瓢。

闻文介石先生归途卒于湖广之桃源县遥哭四首

廿年相聚忽西东，回首交情似梦中。万里微官犹正朔，一方绝学是宗风。沧桑尚喜丘园在，雨雪翻悲道路穷。寂寂云山千叠里，白杨黄草葬衰翁。

身世天涯总不殊，难忘丘陇是吾儒。千重岭峤双蓬鬓，万里风霜一敝襦。避地已无东海哲，移天安有北山愚。只余魂气随孤旐，夹路深林啼鹧鸪。

闻说桃源好避秦，却教荥绮枉迷津。衣冠幽谷三更月，书卷空山一片云。谁道孤臣心似铁，可怜新鬼发如银。苍梧帝子魂何处，鹤唳猿啼应共闻。

犹记扁舟祖送时，一樽别酒百篇诗。晨昏饮啖殷勤嘱，山水登临郑重期。共羡苏卿归塞北，先生在娄十九年。争看疏广返家祠。谁知日月曾无几，为位空庵哭九嶷。娄东诸同学为先生位，会哭于所寓之昙阳观。

登署楼第三层望西山积雪

西山高几许，积雪耀层楼。日映光逾丽，烟开色欲浮。海涛初卷浪，昆玉顿成丘。一笑天地改，欣然忘百忧。积雪奇在暮，危楼更纵观。光来浑不暝，风起剩生寒。林壑依稀在，峰峦漶漫看。不须明月照，白璧夜光攒。

过赤土坪

赤土坪无草木生，一波欲起一波平。斜阳影里轻舆过，如踏红霞天上行。

清康熙二年癸卯(1663)，五十三岁

正月三日喜曹尊素至署夜谈

同在故乡睽别久，却于此地漫相逢。须眉乍见惊俱白，事变频遭话并浓。蹁躚风尘非鞅掌，浮沉樗散只潜踪。新春幸际屠苏酒，莫怪山城酒不酡。

元宵署中同尊素夜饮

异乡佳节易伤神，幸喜衔杯有故人。曼衍鱼龙聊作戏，喧阗儿女亦开颦。安义元夕多龙灯，入署盘舞，儿童妇女随之。管弦急听家乡曲，灯火俄成海市春。曹使为鳌山，又善度曲，与主家僮吹洞箫，倚歌相和焉。倘得良宵尽如此，羁人何用叹风尘。

答王石隐见赠作

无端作客滞山川，楚尾吴头又一年。岂是讲经来马队，却令元亮费吟篇。

答宋子犹见赠作

闻道韩康隐市城，儿童妇女尽知名。何时得睹丹经要，好与先生负杖行。

答归玄恭寄赠作

比来狂态定如何，戚莫悲愁喜莫歌。多少人间颠倒事，乾坤只好醉中过。

寄陈确庵

秋风索索雨霏霏，江岸泥深蟹正肥。犹忆尉迟潭上醉，解衣染指坐忘归。

江生位初才而不遇以咏物诗八首见寄诗以慰之

击剑论文意气多，不堪人事日蹉跎。雄才莫怪频遭抑，李杜何当是制科。

从刘秀升孝廉乞矮桃桃长仅二尺结子将熟则核自吐苞仍含

闻道天桃种，传来自海南。花开长仅尺，核结吐仍含。岂学王戎李，应同董素柑。从君乞一树，小圃寄幽探。

楼居六首

我昔好楼居，豁达喜无碍。仰窥天维高，俯瞰地轴大。衰年迫世运，意兴无复赖。乾坤莽寥廓，举目但蒙昧。日光照我面，自觉非昔态。少壮何迂愚，反掌握三代。谁知头须白，乞食千里外。开厢展书读，自顾发长喟。

高山何巍巍，远水何悠悠。日夕见山水，不离楼上头。我来西江隈，飙忽已二秋。束缚竟何益，蹉跎徒尔羞。春风吹柳枝，新绿徧芳洲。物类虽无情，乘时亦油油。我有万古怀，焉能日淹留。会当纵六翮，遐览丹山丘。

晨鼓晓衙催，暮鼓晚衙毕。晨昏鼓冬冬，吏冗无朝夕。山县虽少事，案牍亦狼籍。书生昧时务，黾勉效寸尺。岂敢云代庖，聊以当食力。清晖照户牖，白日真可惜。予生固颓惰，何竟事兹役。揽镜时一顾，叹息复叹息。

晨曦入高楼，照我楼上书。书中何所有，上言唐与虞。唐虞何所似，闷闷复于于。奈何自兹往，与彼绝不如。坤乾职覆载，上下理或殊。郁仪与结邻，时时失其居。棘荆轧兰芷，穷奇唊驺虞。我欲展书读，再四还踌躇。但恐造化惊，掩卷姑徐徐。

王勃赋西山，乃在楼之东。朝夕拄颊看，佳气郁茏葱。晴飞半岭雪，雨吐千丈虹。回薄隐田畴，纷披产芎䓖。闻昔梅子真，弃家隐其中。何必果飞升，累尽神乃充。但恐今时山，未必古时踪。纵无高枕地，徒使心憧憧。

吾闻匡庐高，高且万丈余。下有猿鹤栖，上有神仙居。去此三百里，极目苍天迂。望望隔青霭，浮云蔽空虚。培塿何其多，历乱环城隅。孔周不可见，乃与哙等俱。

题欧峰十二景

云居晦山师，予旧同学也。己亥归吴，相约为云居、白鹿之游。比予至安义，去云居不百里，欲一过参，而师又复渡大江往黄梅挂锡矣。人事错互，且老懒成癖，不独白鹿远不及过，并云居亦未至。白鹿，旧春曾作歌怀之；云居，独恝然，今将归矣，无可寄意。夏日偶读晦师《欧峰十二景》，喟然有怀，因信笔拈十二绝句，冀有便羽以寄晦师，一则以当卧游，一则以当神晤也。

明月湖

形如圆月，恰拱寺门，每初日出，金光荡漾，注射台殿。县令蒲秉权建石坊，其口题曰“明月湖”。俱晦山注。下同。

云居山势耸青莲，中有明湖注玉泉。恰似宝华千叶底，当心一滴露珠圆。

五龙潭

四山之水汇于月湖，湖流泻出三里许，将出口，忽有龙潭五，天然凿圆，而第五潭乃大龙涡，瀑水悬挂，远如匹练，与匡庐争胜。

五龙潭水五潭圆，龙去潭空剩碧泉。只有一潭龙不去，倒垂银甲万峰前。

赵州关

以赵州访膺祖曾到此，故名。至今丛薜石壁上有"赵州关"三大字。

访友寻师不惮艰，铁鞋踏破万重山。无穷关捩都穿透，更有何人为设关。

佛印桥

以佛印鼎建得名，今号碧溪桥，然苏东坡诗云"欲与白云论心事，碧溪桥下水潺潺"，则是在佛印时先名碧溪矣。而紫柏诗云"佛印桥头夜月凉"，必追思佛印后以人名也。在寺前。

学士才名彻九霄，印公机捷不相饶。当年二妙归何处，碧涧青山空石桥。

石鼓峰

其形正圆，面如削成，恰横架上而向常住。上有四大字，相传佛印遗迹。

圆石横空似鼓悬，留题名迹久相传。砰訇一震乾坤动，此石原来本寂然。

钵盂山

适当明月湖前，端正周圆，天然作案。

万仞峰头一钵真，千秋常对寺门新。星辰夜夜施天食，风雨朝朝洗刹尘。

罗汉塔

在西岭上，至今屹立。洪觉范《石门集》中：宋太平兴国时，一庞眉僧在云居患疮，洞烂，遇武宁僧慧了，为洗摩，获愈，甚有恩惠。临别语了曰："若至湘江，可访我于南岳石厔峰。"且赠一纸裹。去后发视，则疮痂也。心甚恶之，投之火，发异香，怪而藏之。遂往访，果途遇，谈笑极欢。问石厔峰安在，老僧望南岳一指，随即隐形。了后进方广寺，见十六罗汉注茶半托迦尊者，即庞眉僧也。惊喜之极，后又飞至南台。了感斯奇异，归云居，即前送别处取疮痂，建一塔，至今称罗汉塔焉。

昔时罗汉升天去，此塔犹名是托迦。不信上泥能变化，即看舍利是疮痂。

云顶田

云居之奇在峰顶有田，青畴绿亩环绕寺门。初夏农兴，云里歌声唱彻空际，诚世外绝景。

云居山顶好田畴，水旱凶荒百不忧。最是人间希有处，催科不到万山头。

莲华城

云居外望，山势最雄。才一进岭，坦然平正，四面峰围，俨如莲华，又宛然一大城郭。苏黄圆悟称为天上云居，佛眼亦谓云居甲于江左。内有湖南祖庭绝胜。

谁把莲华变作城，枝枝叶叶自分明。一城人住莲华里，恰似西方上品生。

罗汉墙

孅居颛愚大师辇石垒成，坚致廉隅，庄整不朽。石上有“罗汉垣”三大字。

鸟道云霾六七盘，山中日月到来宽。此间空色原无界，多事阿罗强设垣。

神宗御笔

唐宋古迹多废不存，神庙中诸缘断公奉敕重建，特恩宠赉，御笔颇多。今禅堂悬扁曰“寡过未能”，柱曰“智水消心火，仁风扫世尘”，神庙御书“名山壮观，辉煌万载”。

标题御笔镇山门，将谓山门赖此尊。岂料百年尘劫换，御书反赖法王存。

复合神钟

寺有巨钟，中叶院毁，居民辊至圣水塘，裂开大衅。寺重兴，舁归，衅复合，不击自鸣者累日。壬辰夏，余为手书梵咒于上，令僧撞击以济幽冥焉。

何年怪物敢兴妖，不击能鸣衅自消。神笔梵书成铁画，棒槌百八任昏朝。

新　秋

远客无所苦，怅然心自悲。况当新秋时，凉雨吹葛衣。瞩目视层霄，浮云飙西驰。原头禾黍熟，比屋动新炊。烝尝久疏阔，俯首念归期。

铜雀妓四首

英雄敢欺人，大言色无沮。筑台本游观，谬云将耀武。二乔不能致，美色总尘土。三归表功勋，朝夕教歌舞。谁知天王家，不克庇俦侣。月黑昭阳殿，复壁冤魂语。

魏公晚得志，高筑起临漳。天命已在躬，台池效文王。金珠耀层构，铜雀森翱翔。房栊粉黛列，户牖椒兰芳。歌钟日夕喧，不闻读禅章。诒谋有定算，卖履及分香。

分香何纷纭，卖履亦细碎。头白如皓雪，欲谢红粉泪。红粉青楼人，生平工作伪。情人尚无情，何况老死魅。露盘金铜仙，辞汉亦流涕。悬知妓人泪，不向西陵坠。

西陵台之西，绵绵复累累。美人高堂上，朝夕朝灵几。奏乐举哀声，欲泪还复止。疑冢七十二，哭向何者是。抱颈有嗣王，幸君知我喜。矧兹台中人，行云逐流水。石马碑未出，铜雀台已圮。止余台下瓦，磨墨编青史。

晓发德安

日出曙光浮，繁星没渡头。白云山坞晓，红叶野塘秋。乱水回车马，荒田宿鹭鸥。凋残殊未起，征敛使人愁。

德安道中

晓发德安县，匡庐已在目。山尊侍从众，百里起林麓。繁如星丽天，纷若棋覆局。累如螺行泥，窜若蛇走渎。委蛇复耸峙，高下递起伏。维时天方明，微霭漏初旭。露光溥四野，草木皆起沐。白云如轻绡，宛转束山腹。朝起人力锐，舆马互相逐。歌呼入林莽，笑语动山谷。扶携陟冈峦，凌兢渡涧曲。丛山鲜居人，樵牧偶彳亍。睢盱惊过客，徙倚共窥瞩。忽然山径转，豁达见平陆。旱潦多伤残，间亦半成熟。老稚收遗穗，鸟雀饱余谷。菜麦正及时，耕播勤灌沃。历落平畴间，时有负犁犊。高原霜后树，风动红谡谡。西江虽贫瘠，风景固不俗。行行及隘口，两山势并束。左顾为匡庐，高峰半天矗。右山亦雄伟，对峙俨城郭。意欲相匹敌，形势少弱薄。中饶良田畴，庐舍颇连簇。林峦互映带，涧水竞萦复。晋宋诸名贤，累累见芳躅。柴桑尚有桥，读书犹有屋。昭明王逸少，池墨见斑驳。两人俱有墨池，一在归宗，一在开先。古来名胜地，高人每卜筑。及其久而衰，往往祀乾竺。平陂理或然，兴替情所触。归宗与开先，游者趾相属。堂台侔王公，金碧穷土木。壁间新石刻，层叠不胜读。约略览姓名，多半岳与牧。岂无兵燹灾，指日计兴复。乃知象教力，今古并神速。旧闻此山阳，有洞名白鹿。先贤所遗构，名称贯九服。所历多废兴，徒伤茂草鞠。近闻颇修营，窃恐未彬郁。古人重饩羊，稍整愿亦足。日落山路昏，逆旅竞投宿。明晨访五老，策骑江城北。

过归宗寺

昔贤名胜地，舍宅供阿罗。山水风流在，碑题旧迹多。池痕犹带墨，溪色欲浮鹅。不尽登临兴，匆匆愧一过。闻有三峡桥之胜，未及一访。

读晦公集有题归宗牡丹诗访之时已槁矣因成一绝

洛阳名种世同珍，偶向山中现刹尘。今日根株俱尽露，色空悟后见全身。

昭明读书台

昭明读书地，池墨尚依稀。六代铅华在，千秋事业非。日斜僧磬发，风起谷云飞。犹似梁王驾，传呼到翠微。

游开先寺

四山回合处，一径万松稠。远涧斜归寺，孤峰迴入楼。客稀僧久定，地僻虎常游。欲问飞泉胜，还登最上头。

题青玉峡

飞泉千尺下，石峡两崖开。积雪涵春水，崩云出怒雷。势回龙欲起，声急虎应猜。高啸层岩上，长怀漱玉台。苏长公称漱玉台为开先最胜处，疑即此地。

过白鹿洞题壁

仰止于今三十年，此来重得拜先贤。山中鹿洞常如昨，座上皋比孰可传。五老对人如晤语，高松隔涧似鸣弦。只今义利犹应讲，寂寞空堂思惘然。

五老峰歌

予慕五老峰。癸卯孟冬来游南康，已三日，经归宗，过鹿洞，白云时封，不得一睹。寓中有小楼正对之，早晚坐卧，愿得望见。十一日下午，濡笔作此歌。推窗而日光晶莹，五老全身尽露，应是山灵为我一开生面也。喜而记之。

何年五老人，来往庐山头。上揽错列璀灿之星辰，下瞰分画位置之九州。先与羲皇圣人为结契，后与秦汉唐宋公卿隐逸为绸缪。朝亦庐山头，暮亦庐山头。不乐攀龙与附凤，惟与洞中白鹿相嬉游。不闻玉箫金管声，惟闻洞中书院士子讲诵而咿呦。同时海内有五岳，崔巍广大亦与此山颇相侔。又云此山高万丈，海内无与为匹俦。五岳世受王者封，爵比三公上诸侯。惟尔五老寂寞山之巅，清风明月互唱答，木石鹿豕同夷犹。五老辗然笑："此事奚足为我五老羞。吾闻食人食，便须为人谋。古来登封与望祀，玉帛牢醴奔走重沓来祈求。中央有水旱，嵩岳当引为己忧。南西北东四维有灾沴，衡恒泰华分其尤。历年九万六千岁，何年无水旱，何年无灾沴，五方享祭不闻稍稍分劣优。上天神明，或者默用其赏罚。下民何知，未免祁寒暑雨相与叹息而啁啾。吾居庐山巅，不受禄一卣。右饮洞庭水，左挹彭蠡流。山僧樵牧日来往，世事与我同蜉蝣。有时气力暇，出云兴雨亦与下土为噢咻。大或被万国，小或沾一丘。总由帝力，于我五老亦何有。千春万古常优游。"

出鄱阳泛大江作

一叶横过彭蠡秋，大江东下接沧洲。半天画界开长堑，万里奔山送急流。

南国君臣常恃险，北来车马每生愁。靖康渡后虚名失，不用投鞭稳放舟。

哭亡儿允纯时从西江归也

别时相送到江边，归后灵魂在几筵。谁道亡儿才两月，我今不见已三年。

老年欲哭恐伤生，每到伤情自抑情。最是梦魂难做主，五更呜咽到天明。

西安叶静远特过访道卧病郁仪臣斋头逾月至除夕前三日稍有起色诸友携酒肴就床头共酌之各赋一律

三载江湖赋式微，扁舟风雪乍来归。羽毛幸未同华表，城郭将无似令威。所喜白头还健在，却悲青鬓事全非。向隅咽泪题诗句，远客惊看亦涕挥。

卷　八

清康熙三年甲辰至五年丙午(1664—1666),五十四岁至五十六岁

清康熙三年甲辰(1664),五十四岁

西安叶静远访道过予招同学诸子集尊道堂小饮即事有序

西安叶静远敦艮,刘念台先生高弟也。年十六即有志圣贤之学,二十八谒念台,念台即大器之。至今念台之门能继师传者,称静远及钱塘沈甸华兰先、桐乡张考夫履祥为最,与武林胡彦远为性命交。癸巳,彦远过娄东访予与郁子存斋,信宿静观楼,相得甚欢,即为予言叶子切问近思之学,归而贻书叶子,相促过娄,而叶子以亲老不能远游。壬寅,其尊人捐馆舍。癸卯春,始同其子以修、方潜过娄相访。值时事多艰,友人无不力阻其行,静远念益坚,徘徊西湖,历夏秋至冬,始抵娄,时仲冬十五日也。存斋往海上,予亦江右未归,叶子茕然扣静观楼不值,废然而叹,

殆将归矣。存斋之子东堂知为乃父神交，遂扫室留宿。适叶子以风雪感寒疾，东堂奉侍医药，视饮膳惟谨。至二十五日而存斋归，二十六日予亦返棹，叶子始有起色，然犹卧病浃月。甲辰春正六日，始过予斋。予为约存斋父子并石隐、寒溪数人，风雨中相对终日。时予方有西河之痛，而良朋远来，道同水乳，不自知其心胸之廓然也。诸友皆即事咏诗，予亦勉成一律，寒溪为之录著《三篑集》中，亦一时之胜事云。

寥落深悲古道衰，乾坤双鬓使心摧。谁知雨雪阴阴里，尚有驱车特特来。怅望千秋同洒泪，徘徊后代一衔杯。河汾事业君休问，且看庭前一树梅。

看剧痛亡儿时项传作迎天榜传奇中有陈静诚亡子复归事

为解闷怀看傀儡，却因傀儡更伤情。八年亡子仍归里，死者何缘得复生。

叶子静远宿予斋数日属予书大字数十幅归赠亲友又属题诗颂其从伯父母为走笔题之

橘柚深林户不扃，春风两岸越山青。一门和气钟人瑞，百岁祥征见鹤龄。当世名高推祭酒，后来庆远见传经。凭高矫首天南望，却看双星是寿星。

再印思辨录成睹亡儿允纯名字悲痛累日成一绝句

冰霜十月夜窗寒，呵冻钞书十指酸。岂料书成刚付梓，卷中先作古人看。

昙阳观同诸子送别叶静远

相思千里几经年，此日相逢不偶然。是处阻留皆作合，一番疾病亦机缘。

地非鹿洞贤常集，会似鹅湖学不偏。吾道盛衰关气运，起扶端的在薪传。

述亡儿允纯致病之由有感作

困穷本是吾儒事，此世何堪与物争。汝欲违天天厌汝，却令二老泪纵横。

题钱梅仙小像二绝

镜湖春水碧于天，挟策携琴独放船。欲觅斯人烟霭重，更无响起荻芦边。

秦时冠服晋时人，洞口桃花隔世尘。犹恐渔郎消息近，自操小艇避通津。

赠王青云

累世簪缨将略优，数奇年少未封侯。春风玉勒穿花径，夜雨银灯上翠楼。匣里旧图鱼复阵，架边新制鹿皮裘。英雄虽老犹余健，七十宁馨在锦兜。

寿江阴孔九容

杏坛有遗派，乃在江之浒。厚德发长祥，高贤继先矩。笑傲丘林下，寄迹农与圃。衡庐既闲静，田畴亦孔膴。殷荐饰祖庙，聚涣敦宗谱。有子皆国器，瑚琏及簋簠。济济梧滕间，行行若东鲁。

卞神芝六十赋赠

瘦骨轻躯野鹤姿，萧然尘外少人知。石泉新茗闲中味，寒雪清蕉画里诗。静掩衡门非独醒，偶来歌社亦群嬉。西园雅会畴能续，吾党今推李伯时。

武陵陆丽京过访赋赠

词赋机云未易才，不胜憔悴楚江隈。伯休久畏知名氏，丽京隐于医。有道何堪作党魁。近更罹《明史》之祸，久之得释。偶触虚舟终释去，合并神物自飞来。吾生雅有悬壶兴，凭仗先生一取裁。

郁至臣六十赋赠

六十丰神似少年，清闲强健胜神仙。姜肱兄弟宵同被，左相宾朋日万钱。谐世自无违俗累，济时常有活人权。即看积德生人杰，阶下新芝五色鲜。时至臣斋头产芝。

薛敬轩有七月十五日思亲诗和许鲁斋韵予读之黯然念两亲及亡儿允纯遂次韵成三律

坐对青灯有所思，思亲犹记少年时。读书每受过庭训，侍酒常令载笔嬉。幼时家大人于酒间每令作小诗。晨夕共依浑不觉，幽明一隔永相离。扬名后世今谁问，五十周公梦已衰。

坐对青灯有所思，思亲犹记始生时。未经含乳怀中哭，安得牵衣膝下嬉。总是一生无影响，算余十日便睽离。先母见背，才十二日。年过半百曾无母，呜咽秋风两鬓衰。

坐对青灯有所思，思儿正是盛年时。七旬祖母方期望，三岁雏儿正学嬉。岂意远归成死别，却思久出已生离。予客江右二载。痛心老眼都无泪，黯黯神伤血气衰。

和归玄恭老病迂呆狂怪顽即次原韵

三载西江近始还，世情疏尽得身闲。一庭松菊慵教整，满径蓬蒿强自删。且学鹧鸪衔木叶，仅凭虎豹守天关。比来修饬真无力，老病迂呆狂怪顽。

老

每念亡儿泪暗垂，况惊老至更生悲。人间俊物应难觅，世上神仙岂有期。五十久逾迟学《易》，一年过半废吟诗。租庸正急筋骸缓，何处溪山可采芝。

病

与君同病亦颇佳，幸遇良方有立斋。予与玄恭同患，予得薛立斋方而愈。数载闲眠依卧榻，一时高步向庭阶。移尊绿野身先到，放脚青山骨可埋。垂老病除非细事，每过朋旧辄开怀。

迂

世网弥天匪易逃，却从世外得名高。已拼抱璞藏荆麓，更欲乘桴犯海涛。赵孟千钟心不愿，孔颜八字脚偏牢。无端最是朱泙漫，技就三年只自豪。

呆

既黜聪兮复堕明，嗒然混沌一呆生。即非六月尝教息，纵过三年亦不鸣。抱瓮心忘甘世诮，移山志定使天惊。打乖曾学尧夫诫，肯令吾生有巧名。

狂

古之狂士非凡才，自问于我何有哉。不妨春暮浴沂水，亦喜酒酣登吹台。中山沉瞑卧不醒，苍梧恸哭心常哀。年过半百不称意，一任砚田生草莱。

怪

五石之瓠硕果宗，世难容我我谁容。喜栽琼岛三珠树，怒蹋秦封五大松。任指橐驼为肿马，讵知土怪是痴龙。青田二鬼今增一，也是千年间气钟。

顽

愿为木石不须疑，荣辱无心任笑嗤。说法纵神头不点，耕田虽苦哺而嘻。呼牛亦应何羞马，担粪犹堪况着棋。举世惺惺我淳闷，未知若个是顽痴。

和归玄恭药酒棋书诗字花次原韵

身世何须重叹嗟，子房破产不为家。未能抗志追巢许，空有虚名动迩遐。行见肘襟人共睹，声同金石我非夸。闲来时共朋侪乐，药酒棋书诗字花。

药

灵素图经读尽无，轩岐问答古非诬。时予正读《灵枢素问》。刀圭本是神仙术，口腹岂为尺寸肤。愿折三肱比良相，莫轻七尺付庸奴。汝南有客壶中隐，好与殷勤侍药炉。壶公卖药汝南市，予时问方药于陆丽京，陆姓，固汝南也。

酒

头上鬓发日星星，世人皆醉我敢醒。家有斗酒能会客，妇人之言亦可听。中山若饮过百日，百岁亦可当千龄。老瓦盆边足风味，何必指点尝银瓶。

棋

平生亦喜看棋枰，杀夺攻围剩有情。函谷时观驰铁甲，石头每见竖降旌。投鞭潍水兴偏废，麦饭滹沱死复生。莫道存亡无定算，隆中国手有先声。

书

鄙拙从来好著书，迩年颇自悔沿鱼。何劳夙夜窥无极，且与乾坤剩有余。抛却寻春殊旷旷，枕之高卧亦于于。圣贤经传非鞶帨，堪笑鲰生赋子虚。

诗

杜公诗律老逾深，陶令风流亦可寻。岂必呕心成绝构，总凭天籁发清吟。长歌《梁父》时摇膝，漫赋《猗兰》独援琴。此道今人无可语，江间渔父是知音。

字

骨性从来本自天，何论逸少与张颠。即书是学程门训，用笔如心柳子传。蚓走鸦涂为嫩拙，龙跳虎卧是轻圆。当年康节曾垂诫，益友推心值万钱。

花

不须蜡屐去寻花，小圃萧疏兴自赊。杨柳轻丝摇暮霭，芙蕖蒨色丽朝霞。

春醪正熟翠堪挹，山雨欲来香满家。虞夏黄农何足问，只今烂醉是生涯。

玄恭读诸友和诗再赋一首即用前韵次韵和之

百里诗筒往复还，幽人相和意常闲。语归正雅方称妙，词属风云尽可删。慎莫妄谈风雅事，且须先透利名关。古人三疾今加四，老病迂呆狂怪顽。

清康熙四年乙巳(1665)，五十五岁

毗陵友人有讲易之约诸同学石隐存斋寒溪菊斋确庵俱招集三篚约赋诗相赠临别于舟中漫赋寄答诸兄

赋敛惊心岁月昏，春风终日掩柴门。故人有道遥相勉，野老无知敢妄尊。岂有皋比能撤讲，漫劳北海递开樽。年来说《易》《归藏》好，欲共诸公仔细论。

蔡子仲全有咏社鸥作立索和章率尔步韵

谁道社鸥为小鸟，去来也自识春秋。衔泥每向山岩下，哺子还归楼上头。帘卷花开飞自好，月明风细语偏幽。知君剡曲将乘兴，遮莫南归伴尔游。时仲全将之四明。

月下听姚虞生鼓琴时予正学琴虞生也

新秋雨歇天微凉，薄云初月流素光。虚堂无人四壁静，虞生为我鸣清商。琼林风过声琳琅，遥空飞来双凤皇。山林杳冥不可识，海水澒洞鱼龙翔。君不见宣尼昔日师师襄，声音之中见文王。黝然而黑颀而长，精神相遇无何乡。吾徒何为昧此理，论宫道徵空傍徨。曲罢无言三叹息，如在羲皇游化国。请君为我一再弹，太古希音世难得。

毗陵读易十绝句

人人说《易》通三教，吾意先将一教通。一教只今谁望见，漫收百草斗儿童。

大道中天似日星，却从幽暗假惺惺。商彝周鼎方难问，更铸神奸魍魉形。

支离谁笑紫阳翁，展卷争从互体攻。交变伏飞都说尽，只将无极付西风。

易理渊微在象中，象中有意正须穷。徒从取象夸精博，鞶帨虽工隔万重。

从来易数推康节，说数徒成术者言。动静未分前一着，谁人肯共此公论。

《坎》《离》《艮》背汞和铅，也说先天与后天。若使金丹果成道，羲文周孔早登仙。

卜筮从来用决疑，不疑何卜枉寻思。启蒙终日劳推究，不信吾心有伏羲。

羲皇心地孔周传，何后何先总一天。若说孔周为着迹，此公原未识圆圈。

万象森然尽偶奇，羲文周孔漫施为。画前有易人皆信，画后原无世莫知。

圣人作《易》参天地，天地原来只此心。不向此心分黑白，韦编三绝未知音。

十月望日过梧塍晤孔蓼园是岁正当六秩作一诗赠之

蓼园吾老友，不见屡经年。骨瘦常如鹤，心通欲达天。岂徒推我党，真不愧其先。汉室尊更老，谁操几杖前。

汤公纶从济上归握手赋赠二十二韵

忆昔戊戌秋，信宿九龙阯。君应镇山聘，我居二泉涘。南北千里间，讲诵声在耳。岂云道将行，养蒙聊尔尔。惊风起天末，兰蕙纷相靡。君固为名役，我亦困家累。间关负米情，涕泪同彼此。庐山高巍巍，济水清泚泚。山高水清中，两心迥相峙。今年来毗陵，读《易》期共砥。四座多高贤，论难皆可纪。不见黄叔度，搔首常倚徙。扁舟载星霜，岁暮始归里。风尘未解带，访我不踰晷。念子情何厚，下榻惊倒屣。八年契阔悰，相对一悲喜。君容非畴昔，气壮髯益美。固知战胜肥，非同肉食鄙。愧我迫迟暮，衰形见发齿。学问何时成，匡济真已矣。圣贤贵逢时，补救属后起。努力崇令修，仔肩在吾子。

徐生子威招同蔡仲全陈祉受马升书董咸正及成儿游青山庄辞

毗陵苦无胜游地，同人共说青山庄。自春相约徂夏秋，十月始得来徜徉。主人具舟更载酒，二三知己皆良友。舟才出郭北风厉，噌吰镗鞳鸣钟缶。欲行不行何迟留，欹侧震荡无时休。榜人牵船咽不语，时时入草如牵牛。何来一叶凌风渡，娇若轻鸥出烟雾。就视乃是蔡仲全，笑我舟行一何怖。挽舟携手穿林峦，山庄高出林之端。环庄四面皆乔木，良田万顷川原宽。入门气象何萧爽，华堂列屋平如掌。别有朱栏一径斜，长廊新月当秋朗。廊名新月。栏前小山奇且幽，茂林修竹环清流。一桥横渡跨别涧，上有复阁凌云浮。复阁斜穿画楼入，画楼突兀当空立。面面群峰入望来，朝云暮雨朱帘湿。楼下晴轩对曲池，清风吹拂生涟漪。山根入水出复没，横斜古树枝离披。轩前坡脚殊坎坷，涧道萦纡乱流过。我欲随流泛羽觞，山阴醉拉诸贤坐。西南有阁名群玉，万木丛中一巢属。梅花千树俯清溪，入夜光莹烂如烛。清溪再渡穿幽蘩，平桥豁达来长虹。恰如大泽雷雨歇，波心夭矫眠苍龙。闻昔太平全盛际，桥头斗乐夸佳丽。夜半歌声彻广寒，疑是《霓裳》在人世。只今佳丽已云烟，见说游人尚惘然。山枫吹丹野花落，犹惊堕珥遗钗钿。叹息相将过桥去，一塔林梢向天翥。峰回径转古祠幽，落木空山寂寥处。空山寂寥生道心，繁华富贵终消沉。松风谡谡涧泉冷，始觉此际天机深。古来哲士轻名利，往往明时甘退避。即看此处小山坳，岭上有亭名小山坳，傍多桂树。淮南桂树诚高致。主人展席北山堂，陈殽设核罗酒浆。座中有客话名理，益觉山水俱高长。时仲全从锡山归，述与高汇翁辨论颜子乐处。遥天落日风夜起，丛木萧萧恐人耳。从来欢乐不可极，城头鼓角催游子。主人情重歉未申，舟中置酒更留宾。觥筹交错客尽醉，明星烂烂河之滨。客谢主人重执手，感君情意何其厚。明日为作《山庄行》，拟与兰亭同不朽。

冬至前一日恽逊庵先生招同寅伯仲全一庵逄玉公纶于升书斋小集时逊庵子正叔高弟蒋玉度董亭寿皆在座

良会不易得，况当难遘时。何意斯辰中，值此千秋期。毗陵多名硕，杖履爰集兹。更有后来彦，英英尽怀奇。一室集群贤，真气盎四垂。清樽出家酿，嘉蔬荐园葵。燕衎终日夕，居然见皇羲。忆昔隆、万中，时世正雍熙。兹邑风俗美，大雅皆吾师。相去曾几何，讲庭蔓草滋。寥寥二三子，相对晨星稀。盛亦勿复喜，衰亦勿复悲。天道有往复，世运随平陂。君看南至日，一线已在斯。

冬至日一庵升书见过出增释律吕新书示读兼论乐理移日始别

仲冬日南至，初旭照我床。端居验天心，闭关养微阳。忽闻扣扉声，相过惟求羊。入室余静气，坐对形骸忘。示我一卷书，乃释古乐章。先王典乐废，此理久失亡。何由云雾中，再睹日月光。沉思入渊泉，辨数及毫芒。以之被管弦，方称叶宫商。更为测理奥，精诣极羲皇。考亭应色喜，西山亦称庆。追维作乐初，元声以为王。元声在何许，天地之中央。复为天地心，声乃心之良。气来正斯辰，候之有其方。兹如我三人，和气中心藏。随时吐芳辞，字句皆铿锵。一唱复一和，谐音胜笙簧。既此见本原，何须听凤凰。后儒洵寡昧，论说纷如盲。千五百年间，此道成荒唐。安得起后夔，与之共翱翔。

冬至后一日逢玉招同逊庵一庵仲全寅伯升书公纶咸正诸同学小集即事

客中逢节一凄然，静念天心暗自怜。镜里屡嗟增白发，尊前犹喜对高贤。清谈不觉吾生晚，痛饮都将世虑捐。谁道元龙豪气在，高楼百尺许同眠。

蔡子读书歌赠蔡仲全

蔡子何奇特，读书不可测。读尽世间书，世人犹未识。世人读书被书累，未及开编已思睡。从来人读易书难，季通却读难书易。嘉、隆以前尚制科，家家户户争揣摩。百钱买得兔园册，高冠岌岌悬鸣珂。问以古今事，汉唐不识夥可多。问以经世术，孔方阿堵且奈何。何况纲目与性理，天文律历皇极《洪范》之繁苛。蔡子掉头甘寂寞，掷去儒冠事耕作。耰锄之暇抽一编，时与古人互酬酢。朝亦古人书，暮亦古人书。朝朝复暮暮，遂与古人俱。忽然掷书向天笑，古人亦平平，何乃遽尔千古称绝调。眼睹青天手握算，当胸踢倒鬼料窍。上穷阴阳下术数，贯穿无不皆精妙。西邻多儒绅，偶坐偕谈论。舌挢不得下，足蹋不敢伸。我交蔡子三十年，不知蔡子是异人。蔡子非异人，读书能苦辛。不用对人空叹诧，疾速回归整书架。

马家儿赠马一庵长君时年七岁

马家儿，千里驹，七月能识之与无。六岁尚未就外傅，《五经》《四子》如辘轳。我来相见仅七岁，张拱端好前拜趋。雅志更欲为圣贤，不问知是颜曾徒。君家尊人学程朱，与我十载心相孚。更有叔父行纯粹，毗陵今称两大儒。大贤之门洵有后，属望在子良非诬。古来神童多炫耀，汗血便欲超名都。邺侯七岁入宫禁，西涯抱膝捋帝须。功名富贵岂不盛，若比孔孟天渊殊。吾爱郎君色暗然，如璞中玉渊中珠。循循家学幸勿怠，毋为风浴咏舞雩。从来圣人决可学，吾言非谬兼非迂。

毗陵八君咏

乙巳予游毗陵，相从讲论者颇多，而此八君者实同朝夕。岁暮将别念昔人有《五君咏》因广而八之，非敢上拟古人，亦聊以志一时之好也。

董咸正大临

咸正豪杰士，经济人未识。操心虑患中，所历皆实得。气锐心仍细，机迅中自直。讵云百里才，大可任繁剧。

杨尔京世求

尔京非凡材，好学一何笃。重道轻富贵，藏书贱金玉。仰窥悉象纬，俯瞰遍图箓。尔京向刻《象纬考》，今又辑《地利书》。直欲驾前人，宁止迈流俗。

杨尔显世亦

尔显有令德，恂恂金玉器。欿然常不满，文德以自懿。三命俯循墙，古人具深意。守身恒若兹，茀禄岂有既。

徐晋九兆鼎

晋九英挺士，气象何卓荦。顾盼皆伟然，鸡群见独鹤。尤有文武姿，簪笔挽繁弱。戡定需长才，北门堪锁钥。

荆豫章炬

豫章沉雄姿，少小历患难。家艰与国恤，纷若丝绪乱。有才如干将，迎刃辄自判。不动声色中，机事皆立断。

龚武仕士燕

古今两绝学，六律与七政。诸儒矜浩博，至此皆侬侬。武仕方弱冠，心手已如镜。在宋蔡西山，在元郭守敬。

徐子威人凤

子威英妙年，气局一何大。喜愠初未形，妍媸不能外。兼济多实得，持身绝骄态。之子有深衷，所造殊未艾。

陆泰来源达

泰来佳公子，文采何翩翩。读书继前轨，修德迈古贤。肄驷必再胜，解牛恒无全。更有季方弟，并驱递争先。弟森芝，才极秀发。

别唐云客孝廉并示子晋子房昆仲

大德无矫饰，盛德贵自然。古人称饮淳，于公乃见焉。公为荆川后，圣学有家传。敛德不自耀，潜神守其渊。出入风雅林，游泳羲皇天。诗书所润泽，后起皆英贤。予生久瞻仰，幸得侍今年。元方与季方，朝夕同周旋。示我以家秘，锡我以名篇。从容杯酒中，咸被陶与甄。朝来闻微疴，掩关绝尘缘。几欲拜床下，足躩不敢前。岁序迫游子，匆匆逝将还。凭此尺素书，聊以通惓惓。

蒋寅伯道长见招忽阻于兵次日同一庵诸兄再过

胜集惊遄阻，幽盟许再寻。平城临曲沼，野屋带深林。冰雪高人志，齑盐静者心。岁寒吾与汝，慎勿厌清吟。

段又襄以诗赠别次韵奉答

文章千古事，相传有正脉。自从班马来，韩欧主其席。岂徒识时务，尤贵则古昔。纷纷坛坫长，总属名利客。千人未得俊，万人未得杰。谁能悬曦晖，顿使云雾撤。邂逅得段子，奔逸绝尘迹。灏博征宏才，晃朗具卓识。榛莽方塞涂，巨手藉一辟。区区夸呲子，议论恣胸臆。不识天地大，寡昧良可惜。对兹瑰玮才，欲别不忍释。安得长合并，相与共晨夕。

蔡仲全以诗赠别次韵奉答

萧骚两鬓岁华侵，彼我相同只此心。韬敛何妨如璞玉，砥磨端合似精金。诗成得意还教和，酒到忘怀亦满斟。仲全性不善饮。惆怅临岐未分手，仲全先别。山林西望暮云深。仲全住处名山林。

马一庵用前韵见赠依韵答之

道义非缘世俗侵，油然无间在中心。相忘世外浑如水，不数人间有断金。

一画精微惭未睹，时论《易》毗陵。《六经》谬误喜同斟。间及《书》《礼》《春秋》。经年启诲良多益，别后思君寤寐深。

马升书亦以前韵见赠答之

尘俗全无半点侵，玉壶清澈贮冰心。即看叔度如千顷，岂直山公似浑金。《诗教》编成还自得，《乐经》注就许同斟。升书注《诗解》，又注《律吕书》。比来若获重谈道，遮莫莺花二月深。

答李九来蔡庭立赠别作即用前韵

十月冰霜两鬓侵，廿年求友一生心。论难欲夺十重席，学力全输百炼金。皇甫无书谁借读，陶公有酒且同斟。满怀珠玉春风暖，不畏前途雨雪深。

次韵答陆泰来赠别

自昔抱微尚，雅志在友生。冀以相切磋，已精益求精。毗陵多高贤，磊落负荣名。君家尤笃挚，缱绻怀深情。盈盈旨酒馨，煜煜灯花明。势交何足慕，吾侪守其贞。北风戒行旌，游子归柴荆。愿君崇令德，先业任匪轻。

答董咸正赠别作依来韵

直干何愁风雨侵，知君得力在操心。艰危直似千钧发，才力真同百炼金。一载交情浑入古，千钟别酒不辞斟。溪光树影多离思，回首南兰月色深。咸正后园扁题“溪光树影”。

又赠新旭

年少常忧俗虑侵，如君尚是未彫心。美姿已号成材器，淳质非同跃冶金。阀阅家声宜克振，文章理脉更须斟。临歧握手丁宁属，学问工夫不厌深。

清康熙五年丙午(1666)，五十六岁

阳春引祝王联翁七十

条风初摇百汇昌，草木萌动欣春阳。寒梅飞英飘洞房，兰蕙簇簇呈芬芳。草堂晨旭流晶光，中有幽人侣羲皇。幅巾晏坐凭匡床，时时挥弦发清商。和音铿锵鸣凤凰，上薄太古追鸿荒。唐虞揖逊徒劳攘，何况三代殷周王。珠玉锦绣罗姬姜，纷纷尘俗皆秕穅。安神闺房禀中黄，餐和味道日月长。永保至寿垂无疆，安期羡门相颉颃。

二月丁巳同诸社友集顾樊村愿学斋即事

年来种秫尽成芜，酒社荒凉兴味孤。忽听朋侪邀共醉，纵教风雨亦相扶。须眉渐入耆英会，生计全输负贩徒。搔首问天天不语，不如痛饮且歌呼。

寿郁存斋六十

白日一何速，光阴如转毂。念君少壮曾几时，忽复六旬前致祝。忆昔弱冠心尚童，与君同年游学宫。放言高论众所嫉，君独识我稠人中。是时江左方晏然，五陵裘马俱翩翩。征书辟史穷日夕，诗文坛坫尊于天。君家门第才华盛，君尤卓荦称雄劲。高门大宅压通衢，图书四壁相辉映。公卿倒屣争来迎，伯乐一顾增声名。君时掉头独不顾，仰面微笑含深情。迂儒岂能达时务，我所思兮在烟雾。山巅水涯时往来，欲向桃源问津渡。予时卜室湖之湄，二三良友相追随。君来相视但一笑，入林把臂情如饴。世人少见多所嗤，共讶二子何迂痴。忽焉东顾海水竭，错愕下拜称神奇。人生富贵如驹影，荣辱安危俱俄顷。生不闻道真可怜，如虱在裈蛙在井。存斋有书盈万轴，存斋有楼对乔木。楼上贮书楼下坐，终日悠然坦其腹。简编左右读且思，思治省躬成二录。君不见岭海南闽中，遗教有晦庵。又不见江淮北邹鲁，遗风犹未熄。德不孤立必有邻，担簦蹑屩来相亲。有时楼头开讲筵，千里百里皆高贤。撞钟伐鼓声渊渊，中规周旋矩折旋。穆若宗庙临豆笾，肃若三军阵方圆。在旁观者皆叹息，三代威仪何翼翼。微言高论犹在耳，胜事至今难再得。吁嗟世运有平陂，岁年丰凶谁则知。五载水旱及潮飓，圣贤豪杰皆惊疑。多君定力能自持，晏坐不动心无私。有子贤而才，不令汲汲取世资。有婿已通显，敬尔出话慎尔仪。兄弟怡怡友切偲，僮仆下走皆不欺。修身事天只如此，岂能龌龊下效世俗之所为。仪也忝末交，敬前献一卮。祝尔身康强，百年寿期颐。子孙贤且多，宗族繁以滋。太平相对四十载，共究至道探皇羲。

恺悌三章章十二句寿毗陵马升书五十

君子处世，如玉在渊。或庙而升，或璞而潜。升非玉荣，潜非玉辱。升潜有时，玉德恒足。达则淑世，穷则淑身。恺悌君子，邦家之祯。

君子务学，如玉在砻。追之琢之，以精以莹。岂无奇巧，可媚时好。贬道徇俗，非吾所乐。在夏曰瑚，在商曰琏。恺悌君子，古训是先。

君子守身，如玉在执。洞洞属属，罔敢或失。学积斯显，德积斯尊。不于其身，则于子孙。子孙绳绳，缵承祖服。恺悌君子，百福千禄。

赠王将军云九忆昔行

忆昔丙申岁，久雨天冥濛。掩关绝人事，兀坐幽篁丛。忽闻扣门声甚喧，云有远客三人同。芒鞵泥深没双髁，竟来揖我桴亭中。一客前致辞：国龙字云九。去年消息来甚火，云深水阔迷津口。惆怅空留一卷诗，隔岁桃花今及期。云九乙未过访不值，题诗有“待得桃花三月暖，我来门下坐春风”之句。独怜两耳皆垂瑱，徒有双眸烂如电。痛饮高歌且奈何，心通且莫忧身倦。予和答云九诗有“心通即是耳根通”之句。一别云山今十年，重来晤尔兰陵前。耳聋加剧喘复嗽，两手战战身连卷。欲言不得但俯首，对面无术相通宣。袖中示我两诗卷，字纸欲灭缥绫穿。此是十年病中作，心血着纸痕犹鲜。我读诗篇叹且泣，闻君去年才四十。有才如此何不偶，天马将腾遭系絷。我闻天意重艰辛，英雄敬天当敬身。如何三十志富贵，飞扬跋扈伤精神。降尔奇疾重尔罚，玉成尔意非无因。今君此心甚明达，筋络虽病神自活。太阳一炳群邪空，立地可使云雾豁。伏波晚成尔尚少，迟尔登坛作骠骁。

夏日读石隐六书论正慨然有作成六十二韵

鸿洞初豁分阴阳，万形万类森开张。人事日启无用彰，咿哑轧茁名称扬。伏羲一画开混茫，天地万物中含藏。黄帝制字垂衣裳，鸟兽蹄迹皆文章。混沌一凿机智忙，天为雨粟鬼夜伤。七十二代封禅场，改易殊体难筹量。周官保氏教国庠，六书六义垂无疆。事形声意假借倡，天下文字归一王。史籀整顿何遑遑，列侯割裂不可当。祖龙混一区宇强，欲合车书振王纲。省改大篆立禁防，李斯小篆称领肮。程邈继之隶体方，欲便佐隶非求臧。次仲手辣心胆刚，八分似隶楷法行。易简致用在有常，蔑裂意义皆无妨。自是以后六义荒，今古隔绝不得望。汉兴八体徒徬徨，扬雄奇字皆秕穅。虫为屈中马头长，鄙说怪论争猖狂。许氏叔重升其堂，集解古篆如圭璋。南唐徐铉较勘详，至今六义蒙匡襄。顾惟六义真微茫，厥端虽启殊未央。阳冰夹漈漫窃攘，安石自圣翻踉跄。我翁崛起娄东沧，浩气直欲凌穹苍。上窥周秦溯颉仓，下迨汉魏及晋唐。鼎钟篆隶书满箱，六经子史充栋梁。廿年静悟不下床，三十万言沥心盂。重辟六义日月光，心法直欲追羲皇。世儒不学成面墙，谁曰有目徒伥伥。字义不识根本亡，读破万卷仍如盲。安得征车下阖闾，召翁说字金殿旁。装以玉轴加缥缃，勒石学宫示不忘。万世永赖称有庆，仓公籀公相颉颃。

陈止仲招饮因连日屡困于酒作小诗谢之

仲举人伦冠，清修世所尊。耽书尝善病，爱客不知贫。已醉醇醪久，何须脍炙频。高梁悬榻好，慎勿屡惊尘。

邹经度招饮经度北游归已五十有一同志为补寿因走笔谢之并以为寿

离索相思久，相逢意倍亲。忽经千里别，又怅一年春。风雪须麋古，冰霜道义尊。蘧公方进德，旨酒敢辞频。

杨尔京赠建窑套盏诗以谢之

盏制层层叠，名窑自古瓯。光莹雪比洁，明润玉为俦。一体何谐合，同心不竞绒。携归茅屋下，恰称竹林幽。盏制七层。

赋得天寒有鹤守梅花美退翁也翁于豫章有抚孤之谊故美之

岁暮天寒风雪深，幽香一树在空林。孤芳冷艳人谁识，铁骨冰姿尔独钦。岂爱有花成白玉，即看多子比黄金。他年若遂调羹愿，应慰云霄万里心。

醉歌行赠杨尔京时予读书家孝标园亭天寒风急追将归矣尔京邀我过万卷楼抵足浃旬共究天人体用之学每夕必深谈痛饮兼为梓行性善天文诸图说感而赋此因以为赠

寒威凝天日色白，岁晏空亭读《周易》。研朱滴水冻不流，拥褐围炉坐朝夕。尔京杨子来谈天，手画九道如规圆。风吹指殭笔欲堕，谓我何事留荒园。移我百尺高楼巅，置我万卷书中眠。东南日出初旭满，拥书背坐如披毡。杨子才大心愈小，读书五车犹见少。惓惓好问及迂愚，探索精微忘昏晓。上穷性妙羲皇前，下究治理周秦编。目营九天算日月，手擘云汉分山川。时共究性善、九道分野诸说。老夫老矣力不给，勉强竭蹶相周旋。严城无声夜柝静，轻雪微零烛花冷。深杯百罚互劝酬，雄谈四座相驰骋。杨子杨子，我醉欲放歌，满斟酌予金叵罗。古来乾坤亦如此，圣贤豪杰何其多。上经天文下纬地，中察人事颁条科。岂矜奇诡好隐怪，只是日用非繁苛。中古以后天地闭，人物虽生皆困弊。仲尼坎壈孟轲穷，余子纷纷何足计。予生五十成白首，静念遭逢殊可丑。读书学道空尔为，著述徒多烦酱瓿。感君意气如古人，谓我著述良苦辛。托以梨枣寿百世，无穷雅意犹谆谆。时为予刻《性善》《九道分野》诸图说，又欲刊予《宗祭礼》及诸著作。君不见古人不朽有三则，立言立功与立德。兹事千秋我与君，何必羡伯益皋陶禹契稷。

答蔡仲全赠别之作即用来韵

六经奥旨许同温，相对高楼坐掩门。万物性情无剩义，九天日月有新痕。人从太极窥原委，地向星河识本根。时共究性善、九道分野诸说。至理忘言宁用赘，古人目击道斯存。

答马一庵用前韵

连宵布被不曾温，风雪孤亭自启门。欲暖一杯冲朔气，忽来双屐破冰痕。掀翻月道全无窟，论彻天心直至根。斯事只今吾与汝，古来真派几人存。

答马升书用前韵

先生道宇比春温，南国诸生半及门。应世名高珠有耀，持身德润玉无痕。说《诗》直透前贤旨，注《乐》能通造化根。绝学久湮谁克继，君家赖有弟昆存。

答家靡庵用前韵

江城有客缊袍温，霏雪寒塘昼掩门。竹叶味浓风正凛，梅花香细月初痕。多愁沈约原非病，博学张华夙有根。风雅道衰谁可语，天涯知己赖君存。

蔡仲全索赠朱师黄移居诗即步仲全韵

负郭山斋半亩多，主人携杖每清歌。悠哉故国合行遁，乐矣《考槃》人在阿。不向米盐营俗虑，只栽花木养天和。凭君若问幽居事，一片闲云挂薜萝。

惠山雪夜

孤舟夜泊溪山曲，睡起俄惊晓光触。山头日出照眼明，万户无声锁寒玉。榜人敲火催打冰，回看失尽溪山绿。

打冰辞

朝打冰，暮打冰，打冰处处声冯冯。冰开一尺进一步，船头冰柱垂无数。指僵手裂冰愈坚，回舟却向城头坐。可怜西北好顺风，仰面叹息难开篷。朝打冰，暮打冰，打冰欲开仍结成。小冰稜稜如剑锷，大冰峨峨起城郭。舟人无赖坐岸头，向火燎衣看日落。不辞明日负纤行，愿祝石尤来破冰。舟人云得东风即解冻。

宿沙湖

天寒岁暮百虑牵，归舟箭急翻迟延。十日并宿郭桥下，一夕犹滞沙湖边。坚冰匝地万艘集，霜月满天孤客眠。和衣拥被不成寐，时听风声曳众舷。

卷　九

清康熙六年丁未至七年戊申(1667—1668),五十七岁至五十八岁

清康熙六年丁未(1667),五十七岁

喜西安叶静远乔梓见过即席赋赠

虚檐频鹊噪,知有远人来。推枕梦方醒,叩门声已催。循墙惊倒屣,时予病足,疮未愈,闻客至循墙而出。接席喜衔杯。千里三年别,胸怀此日开。

旧岁十二月家道协从嵺中见过以西园诗索和时予在毗陵不及晤至此和之即用来韵

岁暮天寒冰雪时,相逢不及慰相思。君来邀我寻瑶草,我已先君种紫芝。讵敢机云称并美,不妨孔李互相师。丹成若果游方外,分寄青牛一只骑。

一园小筑趣悠然,城市嚣中别有天。黄石心传终辟谷,邺侯骨相自成仙。珠宫绛阙虚亭里,方丈瀛洲曲沼边。咫尺清都原不隔,何妨人世住年年。

赠以修

学道轻千里，惟君与若翁。关山双蜡屐，风雨一孤篷。问学因年进，文章以境通。终军正年少，慎莫畏途穷。

寿宋子犹六十

吾党多良朋，颇能自修饬。志行或兼长，才猷亦炳奕。猗欤菊斋翁，学问惟乾惕。暗然深退藏，自视如不及。朋侪每论列，轩轾各有适。惟君无间言，靡敢不心折。问兹何能尔，佥曰有至德。忆昔少壮时，场屋偶相值。风檐占道气，千古定一日。是时君弱冠，声称已洋溢。孝友出至性，敬慎本天质。闺门若朝廷，行义著邦国。中年遭丧乱，肥遁恣所历。冰霜东海外，薇蕨西山侧。讵曰矢高节，草莽亦臣职。归来寻旧蹊，松菊已荡析。刀圭虽小道，聊尔寄高迹。至人所过存，神化自莫测。隔垣见五脏，缚草疗症癖。遂令天下人，共诧卢扁出。追维同学时，雅志救焚溺。万物一体怀，惕厉匪朝夕。岂徒切恫瘝，直欲登衽席。乾坤忽震荡，反覆在顷刻。此躬尚不阅，何况黎与赤。羡君多才艺，抱此仁者术。良相与良医，事异功则一。吾侪尽蒙惠，施及蛮与貊。此中化日长，人寿皆满百。黄虞不可期，愿托神农域。

送郁东堂北游燕都时岁荒赋重不得已也

不道千金七尺躯，也随游子学驰驱。临风莫漫伤离别，膂力经营是丈夫。

健笔雄文迥出群，不愁前路不知君。黄金台上应回首，渺渺江南有白云。

丁未仲春送四子北游兼呈魏柏乡先生有小引

车书一统，百度载新。薄海内外，翘首颂治。独洙泗一灯，在若断若续之间，世仪有心忧之久矣。恭闻柏乡魏先生振兴绝业，远接授受之正，憾未能躬诣京师就正。末学及门沙一卿、周鼎星、郁植、曹禾四子，皆有志之士，可进于道者也。世仪命之北游，亲炙教诲，且献其一得以求折衷。异日大道南来，渊源寖广，私淑之幸，讵止世仪而已。四子之行无异仪之自行也，诗以勉之。

读尽人间万卷书，十年函丈愧吾迂。观光好慰从师志，东阁宏开有大儒。

千里关河远负簏，百年今喜睹升平。盛朝礼乐卑绵蕞，莫效当年鲁两生。

取友当求胜己友，读书勿读非圣书。前行若遇杨常荐，肯向枫宸献《子虚》。

矻矻穷庐五十年，荷锄亲种鹿门田。冲怀宰相如相问，谨抱遗经学守先。

游仙诗

日及花开岛屿浮，洪厓迟我到丹丘。药炉昨夜黄金就，先与青麟制辔头。

闲看天门种白榆，下方尘土翳空虚。华山道士刚来到，试问何年更堕驴。

一夜罡风海水煎，麻姑相约看桑田。神龙骨朽鲸鱼死，剩有虾蛆闹晚天。

闲促张公栽白玉，醉拖吕老点黄金。人间若不传斯术，任是神仙也陆沉。

双白鹭

濡须沈氏女琇娘嫁陆氏，陆有女名蟾姑，甚相得。壬午流寇陷濡须，陆氏举家窜，琇娘与蟾姑以巾连属手臂，相率投眢井。每至昏暮，有鹭飞翔井上,人以为二女之精灵云。

双白鹭,双白鹭,智井飞翔向昏暮。行人借问谁氏井,云是蟾姑琇娘墓。小姑弱嫂两相依,日夕追随绮阁西。狂飙忽起珠玉碎,须臾尽作井中泥。井中泥,一何洁,香比幽兰白比雪。家家家鸡逐野鹜,谁能相从白鹭宿。

海烈妇二首

烈妇,徐州人。岁饥,同夫陈有量走江南依侄海永潮。潮为营兵,贫不能给,徙毗陵。逆旅酒佣杨二窥其姿,欲诱之。贷有量资,并贳以酒食,乘间诱妇,妇叱之,二仓皇遁,知不可犯。适运艘集有旗卒林显者,与二狎,二因与显谋,以策致有量夫妇于舟,且出赀遣有量往苏市缆,而使妪持金诱妇,妇叱出妪。虑显必将突犯,遂纫针密缝,自外衣属于中衣,自中衣属于膝,牢不可擘。夜,显果抉窗入,妇大呼奋击。显出,妇自经死,乃仓皇匿妇尸米中。复募舟人,与十金,令并杀有量,期灭口。有长年蓝九者应募,怀金赴刑厅密首,厅下其牍于经历缪君国瑞。缪固多智,虑失贼,乃夜启城门钥,诣卫弁,言运舟匿逃人,急索,得显。九复负尸跃出,显不能辨,遂就缚。次日,密献金啗缪,祈以和奸缓狱。缪抵金于地,旋往验尸,则尸色如生,衣鹑结,袚衽袙袜皆连缀焉。旁观者无不欢呼涕泣。缪严讯同舟,狱成而后上之司李。显拟斩,二为永潮率士民奋长锥丛刺死,舆论快之。土人为肖像,立祠龙嘴,题诗者满屋壁。

古来节烈妇,多在诗礼家。卓哉冰霜姿,污泥出莲花。智能灼机先,勇能拒强暴。纫针动线时,天地为震掉。我来拜祠下,毛发为飕飕。狂澜方倒时,砥柱乃女流。吁嗟露筋庙,可与同千秋。

夸士多好名，名成有物败。烈妇不知名，豪杰乃共喟。王侯争百乘，卿相动千金。不料真侠烈，两见下位英。赵氏存孤恩，程婴杵臼力。至今推义士，千古同血食。两公虽生存，允宜祀庙侧。

题杨青岩宪副行乐图

江南泉石天下推，水何淡淡山何奇。春当二三秋八九，种种乐事皆相宜。俦人谁不矜幽讨，逢说山林便称好。春明风暖佩声浓，颍水箕山迹如扫。长松落落风差差，傲然长松下者谁。葛巾野服恣盘礴，复有二妙相追随。云是青岩岩下客，左龙右凤同游嬉。问公何能有此乐，急流勇退心无私。闻说公当少年日，读书木榻穿双膝。百原风雪夜沉沉，长白薤盐秋瑟瑟。一朝奋起凌风云，欻然雕鹗超其群。西江桃李栽多士，南国威名动一军。人生所贵在适意，黑头宰相非难致。但当少忍须臾间，何用区区制荷芰。惟公卓识高寰区，翩然拂袖归五湖。白云在天我有母，安能日夕供驰驱。山可佃兮溪可渔，水有舟兮陆有车。床头纵横列琴瑟，架上错杂陈诗书。有时醉客华堂夕，琉璃深杯倾琥珀。繁丝急管动清讴，新声轻按扬州拍。有时安神坐闺房，呼吸精和守中黄。无怀葛天在何许，北窗咫尺追羲皇。君不见瀛洲客，待诏承明声赫奕。又不见扬州翁，腰缠十万夸豪雄。一朝失足在意外，敝庐不得三亩宫。何如适志林泉下，耆英有徒酒有社。妻孥熙熙鸡犬闲，岁岁春觞聊共把。

戏题蔡子仲全行乐图

古冠古服古丰姿，不合时宜一肚皮。谱是季通家学旧，人如康节道风奇。五旬茅屋无人问，六十高名天下知。尺寸不阶能振起，蔡公端的是男儿。

和杨青岩五十自寿作十首

竭来相见忆前春，风月常过笑语频。屋底山川藏化育，青岩于槛外小池畜文鱼。图中觞政题经纶。青岩有《升官劝酒图》。选声不畏周郎顾，座客祖文山能为新声。得句宁教白姬嗔。行乐及时刚半百，何妨沉醉舞逡巡。

结庐人境胜山庵，夜识金银在不贪。只学守中兼抱一，宁知咸五共登三。退当勇处心方乐，遁到肥时性所甘。愿足田园春睡稳，人间饭熟尚酣酣。

薰风试暖喜开樽，颂祝盈庭有弟昆。行酒应门由二子，累棋采蜡任诸孙。床头初熟三春酿，池上新成十亩园。时方于蔼园谦族姓。尽醉不须愁日暮，月明遮莫到柴门。

漫说神仙善驻年，能凌倒影蹑飞烟。纵无筋骨胜蓑笠，讵有精神治豆笾。忘世不劳追日策，随缘何用买山钱。浊醪妙理前贤旨，烂醉高眠咏百篇。

竞夸要路与通津，釜底涂饴蜡代薪。意气正都刚发迹，豪华忽过已成陈。随时征逐皆为幻，与我周旋始是真。世事尽捐亲卷轴，如公方是一完人。

箕山颍水意何如，五十功名剩有余。醉里挥毫成绝调，闲中徒步当安车。心期直欲高千古，浩气还应切太虚。借问古来谁得似，辋川庄上老樵渔。

拟遂初心筑数椽，有堂名遂初。市廛中有好林泉。高梧翠竹能消暑，清簟疏帘足晏眠。与客赋诗常夜夜，偕僮种药自年年。比来读《易》尤多悟，月满青天水满川。尝与蔡仲全谈《易》。

叠石为山更筑隄，山根曲曲绕清溪。春来载酒花同醉，客至题诗手共携。流水并缘坡上下，啼莺只在树东西。夕阳更倚高楼望，遥见村郊犊负犁。青岩近构新祠，有楼台水石之胜。

兴来觅句步修廊，倦即抛书卧北堂。竹树影高千尺荫，芰荷花发六时香。

灵台自是全无物，明镜何缘得有霜。挥手浮云谢簪绂，闭门终日自徜徉。

居官处处说清风，解组辞荣此日中。不羡声名高阙北，甘将姓氏比墙东。诗成白雪篇篇洁，酒泛珍珠盏盏红。无数斑衣堂下舞，黑头堂上未称翁。

赠荆丹水

磊砢频嗟世未平，如君端是救时英。才成八面锋仍敛，勇敌千夫气不盈。竹箭南山须羽镞，风云北海待鲲鲸。精神满腹方强仕，拭目何当一廓清。

金坛史惠修过访问道于丹阳蒋至正斋共谈至夜分即事有作用至正韵

黄叶丹枫秋渐深，漫劳佳客远相寻。三更明月千秋语，一夜清灯万古心。绝俗何妨终遁世，救时只合在知今。尧夫有语须同勉，磨励当如百炼金。

重阳后一日同蒋仲初至正乔梓拉荆大来游吴塘大来有诗见赠依韵赋答

佳晨九日过，秋色在天壤。午酒正酣适，旷瞩发遐想。乾坤襟带间，何不一俯仰。同心三五人，信步欣所赏。高林垂丹黄，远水积滃泱。群游得静致，兹乐信无两。纷纷刈获勤，历历场圃广。西成既获遂，万物聊致养。人生饱衣食，何以能勿枉。庶几共勖励，幸勿畏勉强。

赋得孤云亦群游寄王丹献

孤云无心游，有时亦出岫。好风相与俱，天末信所遘。云族多无心，纷纶递相凑。聚散本偶然，依栖亦邂逅。同在大化中，何去复何就。

又和李坚予原韵

至人妙因应，契合当在微。孤云虽群游，亦复终无依。此义知者寡，徒令中心悲。持此欲语谁，世应笑我痴。天命苟如斯，安之复奚疑。

姑恶鸟也其鸣甚悲昼夜不辍土人云此妇为恶姑苦死而化予闻而悲之作姑恶禽言一首

姑恶姑恶，生悲死乐。小姑朝夕起谣诼，丈夫男子心意薄。不如将身作禽鸟，愿得后娶奉羹臛。

又绝句

侍奉晨昏分所当，鞭箠骂詈亦寻常。如何终日言姑恶，赢得身归异类乡。

杨尔京刻予宗祭礼成赋此致谢

人生有宗族，如山水支派。山从昆仑来，水自星宿沛。支分派既别，流布满大块。及其溯厥始，原本灿然在。追维生民初，受姓族始大。尧舜及三王，宗法俨不坏。如何秦汉后，骨肉渐分背。同堂若参商，手足成敌忾。程朱慨然念，有志而未逮。至今家礼中，稍亦示其概。嗟予本愚蒙，深虑族姓晦。斟酌古今宜，聊为本支诲。分合视亲疏，远近起隆杀。岂敢冒僭辟，王化实有赖。毗陵尔京氏，一见契所爱。方欲整厥族，兹实启其会。兼谓此至理，群伦所共快。有身则有宗，谁复能自外。纠工具梨枣，愿与公覆载。维此古人心，今人不可再。何当推此志，共整《大、小戴》。乡国及王朝，集纯去其倍。坐令此世中，复见古三代。

答一庵竺生公纶见赠作即步来韵

贤圣天生别有姿，后儒浅学得其皮。元虚异说偏矜妙，平实真诠反诧奇。底事繁言何足较，由来至理少人知。从今慎勿开生面，只抱人间不哭儿。时方与友人论性善，故戏及之。

题杨青岑行乐小像时方居忧素冠缟衣

猗嗟山之间兮，彼何人斯。目渺渺其善愁兮，心耿耿其若思。睹素冠之岌岌兮，知棘人之况瘁。维有怀于二人兮，肆明发以不寐。顾何取于林之下兮，坐磐石以跂而。岂有感于风木之不静兮，抑苫块之余悲。在昔子舆氏之周游兮，母既葬而哀犹未艾。爰刻石以肖形兮，跽墓侧以自代。兹缟素之为图兮，若将服之终身。朝斯夕斯以自警兮，斯其为仁人孝子之用心。

酒胡歌时圣传留予与晋威夜饮以酒胡佐酒戏成短歌酒胡，俗名拨不倒，以手转之，向人则饮。

酒胡酒胡舞旋旋，侧身着地还向天。三回四转不肯息，将定不定如乘船。皤其腹兮袒其臂，首欲进兮尾欲退。尔劝我酒我未酣，我为尔饮尔先醉。君不见吴王昔日姑苏台，西施妙舞欢如雷。曲终珠翠帚可扫，须臾化作吴宫灰。又不见禄山胡旋如风急，洗儿受赐金钱湿。一朝鼙鼓动渔阳，六龙西幸千官泣。何如酒胡不衣复不食，不倾人城不倾国。转动能令满座欢，常与吾徒佐春色。

大雪口号十首自顺治甲午后此景不可复见今岁两得之大寒中诚瑞征也但时势多殊触目成感聊为俚言述其大概前七首以叹世后三首以自叹也

山河大地尽茫茫，浩荡都将一色装。若使果成银世界，官家不用比钱粮。

闻道蝗灾不可治，共忧蝗种土中遗。而今入地应千尺，不赦应无出土期。

江南北蝗灾特甚，凤阳至蔽天四日，日色俱无，刘歆曰：此贪残害政所致。今幸值雪。

河鱼腊雪向称珍，饱食常愁闷杀人。清海频年军令急，贪夫不用更忧辛。

娄中以海为利，数年来江海之味俱绝。

谢家人物一门兼，好景争将好句拈。柳絮才高何处用，不如真个撒成盐。

娄中盐贵，贾人和以沙灰，至不可食。

袁安逃税掩柴门，东郭催粮晓夜奔。总是履穿谁歇脚，即教僵卧也难存。

赋役之苦，至岁底不得息。

扫雪烹茶兴味真，年来学士苦无薪。遥看美酒羊羔客，尽是磨牙吮血人。

白宰风流雪夜寒，吏人呵冻写诗难。年来尽醉销金帐，却笑当时措大官。

白林九为太仓令，雪夜呼群吏入，与纸笔，令赋雪诗，一时传为盛事。

忆昔山阴乘兴舟，到门不返浃旬留。只今剡曲溪流涩，只恐船回不自由。

昔年友人，如武林、槜李、西安、雉皋，每千里相思，过从浃月，今零落将半。

群英集咏斗奇葩，玉树梅花世共夸。玉树已摧人去也，果然天上落梅花。

甲午冬，长儿纯同及门诸子咏雪，有“人间生玉树，天上落梅花”之句，一时叹绝。至癸卯而儿逝，至今思之，似成诗谶。

犹记当时子午年，小亭风雪夜谈天。比来立雪人何处，驴背西风阿那边。

顺治戊子大雪，甲午又大雪，时及门诸子多集小亭，究心象纬，有《咏琉璃浑天诗》。今多以岁荒家破，旅食四方。

前 雪

从来雪号丰年瑞，江南土暖非容易。阶前积寸便称奇，骚人觅句王孙醉。此时冬至尚未过，推窗忽见三尺多。老颜破涕回作笑，明岁倘得邀天和。东邻惠我一壶酒，灶下乏薪难上口。故絮无温夜不眠，朔风怒吼江涛喧。年年木棉贱如土，赋急囊中无阿堵。今年四郊木棉尽，比屋号寒非独苦。江南江北亿万人，无衣无食兼无薪。安得来年二麦熟，夏税停征到秋谷，吾侪虽贫受冻死亦足。

后 雪

朝雨雪，暮雨雪，雨雪连绵未断绝。官河如镜冻不开，两月不见刍薪来。城中户户绝烟火，三旬九食愁杀我。惟有官仓夜不关，火城照耀高于山。引满围炉敲冻骨，饥喉无声呼咄咄。朝廷诏蠲不得蠲，从容饿死沟渠边。呜呼，安得从容饿死沟渠边。时吏胥作奸，荒者不报，报者亦不得蠲。

清康熙七年戊申(1668)，五十八岁

过鸿逸草堂看梅七绝句效子美漫兴体
时诸友未至予特先期二日

入春十日五日雨，梅花易开还易残。眼前好景莫轻过，走觅西郊酒伴看。

西郊酒伴能种梅，十株五株随意栽。客来看梅同酩酊，无人即自举深杯。

从来看竹不问主，看梅何必主人邀。早过先得二日醉，看花也要夺头标。

独坐看梅倚钓矶，与梅相对淡忘机。端详嫩蕊徐徐放，凭仗轻花缓缓飞。

千花绰约映檐楣，万竹参差夹水湄。恰似翠屏围素女，倚阑傍槛向人窥。

十株梅花九株白，一株忽与胭脂同。万白丛中红数点，珊瑚乱洒玉玲珑。

莫叹无缘游邓尉，从来作戏贵逢场。深坞千重万重雪，开时总是一般香。

初六日石隐樊邨存斋寒溪确庵集鸿逸草堂看梅以月明林下美人来为韵分得人字效子美拗体

二月六日天气新，草堂梅开邀众宾。花光树色影零乱，诗筹酒政声纷纶。渐觉眼底少高士，何由梦中来美人。兴酣日落荡舟返，微月暮云迷去津。

花朝前一日过畛塘作

畛塘岸迴水痕侵，斜日平冈万竹森。天为积寒晴不暖，云因拖湿昼常阴。一声柔橹瞑烟重，无数落花春雨深。可惜江南梅信里，蹉跎终未惬幽寻。

寿虞山王兆吉孝廉七十

予自酉、戌闭门后，虽虞山奇胜地素多名贤，未尝辄往。友人张永晖为予言兆翁先生之贤，掩关述作，尚友千古，不觉欣然欲往。今值古稀之辰，张子索诗以赠，因为赋一律，遥寄以寿。

记得生申全盛时，山林尽是庙廊姿。百年礼乐书充栋，三月莺花酒满卮。节序也随天气改，芳华俱逐岁寒移。灵光剩有先生在，清簟疏帘自咏诗。

寿兰陵吴用晦八十即和自寿原韵

不随流俗混冠裳，留得耆英在洛阳。令子娱亲争和句，佳孙献寿自擎觞。

直肠有触缘多感，大道无私底用藏。八十年来心皎皎，共看白日与秋霜。

昆山葛瑞五携家入山辟谷导引为升举之术客冬五十诗以赠之

近来学仙妙诀新，吐纳纷纷求上真。秦皇汉武明验在，天下岂有真仙人。古来英雄不得志，藏身往往有深意。留侯鄴侯皆辟谷，讵肯区区惑神异。葛坡仙人智计殊，学道能与仙姥俱。刘刚斗术双成戏，弄玉吹箫两共娱。却笑当年梅尉去，弃家变姓何匆遽。为仙不得庇妻孥，空作昂藏一丈夫。

寿华山蘗公和尚七十公俗姓熊讳开元先朝名臣也

一从出世已忘年，况是僧祇劫屡迁。老佛自名无量寿，世人空颂九如篇。黄花翠竹皆成供，人鬼天龙总作缘。此日登堂为说法，华山花雨遍诸天。

毗陵董文友同其弟子一雨中顾访兼赠新刻即事有感

积潦经旬缓却春，禁寒梅萼未全匀。忽来旧雨兼新雨，不觉今人胜古人。三径草荒泥没屐，孤亭尘满网萦巾。新诗惠我惊盈握，径寸明珠绝世珍。

词客梁园赋满车，如君名下洵无虚。已惊江海凌潘陆，况复风流胜庾徐。摇笔五丁开巨嶂，倾胸二酉出奇书。江南才俊知无数，至此惟应叹不如。

筇在禅师六月冒暑游天台雁宕归而作赋贻诸同志将为卖赋买山之举诸同志作诗赠之予亦漫赋一首步徐子昭法韵

痼瘵云山思渺然，输君仗锡独回还。直将肺腑收灵气，顿使烟霞落彩笺。

岂有千言惊绝俗，实无一字是真禅。只愁世外凌云笔，不似长门近值钱。

樊邨顾子才情气魄十倍于人年来忽病目障姑苏何藏之用金针一拨豁然复明朋侪皆为志喜赋诗相贺兼赠藏之予亦勉赋短歌一篇书以为赠

虎头先生须似戟，举动千人常辟易。读书一目数十行，双眼恰似胡僧碧。少年跅跑思封侯，走马射猎东海头。远穿杨叶百步外，秋毫洞察矜无俦。年来魑魅憎明镜，乱起尘霾污清净。遂令银海障浮云，日月无光妖气盛。金轮仙人心烦忧，翩然策杖来瀛洲。手持金针大如杵，奋拨云雾开阴幽。一挥日色见，再挥月光浮。日月重朗天地泰，使我顾子掀髯一笑开双眸。吁嗟仙翁兮仙翁，人间云雾何濛濛。愿借金针一普施，尽令天地开群蒙。

洞庭翁季霖得倪云林手书江南春二词文征仲补画一时名彦如启南昌谷子畏希哲诸君子并和之诚近代书画之冠也季霖自和其韵因索和于海内名流滥及于予亦附二首

江南三月饶樱笋，鸡犬闲闲春昼静。村巷夭桃机杼声，楼台杨柳秋千影。寒食无烟宫舍冷，景阳花落空眢井。可怜青鸟衔红巾，杨花如雪随香尘。

江花深处江水急，江雨如丝江草湿。繁华六代嗟何及，石城烟树伤心碧。裘马谁家满都邑，银筝侑酒穿花立。愁来腰下看青萍，当风不语徒屏营。

柬云间诸乾一进士兼寄五老峰歌时乾一方修九峰之胜约诸名士游处其中

昔闻九峰名，今读九峰诗。九峰杳渺不可见，白云缭绕天之涯。羡君不受名利羁，羡君不爱裘马私。翩然策杖山水间，木石鹿豕同游嬉。有时海内集名彦，征文斗赋风云驰。我老不得相追随，寄君一幅五老辞。九峰之间如可着茅屋，庐山五老不惜更有飞来时。

五虫吟和陆鸿逸

书蠹以鱼名

故纸钻研不计年，欲成脉望冀逢仙。徒将万卷皆穿破，未见鲲鹏翥九天。

蚯蚓以地龙名

寄迹于陵彳亍行，微吟聊尔配蝇声。泥蟠终日无鳞甲，也说天飞浪得名。

醯虫以鸡名

也知瓮里望青天，曾与微生结俗缘。五德问君能有几，寒酸没首总堪怜。

蜗以牛名

引重原从利物称，如君只足戴家行。蜗名戴家虫。虚张头角争蛮触，槁死墙东了一生。

伊威以骆驼名

只与蠨蛸日作群，足能千里未曾闻。明驼千里足。虚名满耳欺当世，到底南人不梦君。南人不梦驼。

五虫吟有所刺也然意主于刺则未免于刻复成五首代五虫作答聊以解嘲

代蠹鱼答

贯穿万卷漫安居，谁笑侬家腹内虚。无数鳞虫夸得意，只应赤鲤一传书。

代蚯蚓答

闲傍墙阴自唱歌，屈伸偃仰恣婆娑。神龙失水泥蟠日，也与区区争不多。

代醯鸡答

尝尽酸寒我自支，瓮中一隙有天知。宋家窗下能谈《易》，未免遭烹费扊扅。

代蜗牛答

角上虚名仅自宽，书墙题壁也堪观。田间伏轭何辛苦，见月啴啴喘未安。

代伊威答

阒寂阴房徒侣多，相携负荷且闲过。笑他蹭蹬风尘客，引领长鸣唤奈何。

驼经流沙，风将至，则引颈而鸣。

过太微观步确庵韵赠斗垣张炼师

仲蔚门庭叹草莱，却怜幽院净莓苔。闲看鸥鸟自来去，静与仙真独往回。阆苑星云朝跨鹤，斗坛风雨夜鞭雷。子房年少君休讶，黄石初逢未易才。

题宋射陵蔬枰六绝句射陵讳曹字份臣海盐人崇祯时为中翰曾应史阁部聘入幕府参军事国变后种蔬养母近以山林隐逸征

井字开方十字奇，栽葵种韭任从宜。废兴更代时时有，绝胜人间一局棋。

灌园小试亦经纶，动静方圆各有伦。笑倚长镵闲立久，旁观错认烂柯人。

推枰敛手久藏埋，却向丘园寄壮怀。岂是尘寰无国手，到头一着未丢开。

饱经暑雨与祁寒，抱瓮终年手足酸。谋事在人天未定，几回长叹倚锄看。

杀鸡供母古人钦，淡泊齑盐那可禁。禄养不如谋善养，菜根滋味北堂心。

饭熟人闲睡起迟，田园无梦到彤墀。种瓜原是东陵客，不似商山但采芝。

赠王藻儒庶常掞

万石深仁裕后昆，紫衣朱绂满高门。谢家子弟名皆贵，荀氏人才后特尊。藻儒行第八。池上凤毛原故物，禁中貂锦是新恩。乡闾莫漫相惊讶，射策曾推玉殿元。藻儒先拟鼎元。

赠王茂京进士原祁

犹记牵衣索马骑，骅骝千里竟飞驰。五朝遗老几方授，祖太常公时年八十。一代孙枝佩又垂。两宋科名天子重，茂京与叔藻儒同年。三槐阴德路人知。年华才力俱方壮，正是苍生仰望时。

过刘河同穆苑先顾殷重诸子登望海楼

昔人营重镇，楼橹郁岧嶤。一自沧桑易，频惊海若摇。荒城余古戍，危堞打寒潮。无限登临意，长风起泬寥。

桂花叹

杨林桂花、梅花、芍药为吾娄一邑之冠，予不至杨林未十年，三物皆非故态，故叹之。

杨林渡头老桂树，柯叶参天覆千步。花开恰似金浮屠，逆风数里闻香雾。主人惜花如惜儿，见人下拜乞护持。百年珍重如一日，相戒不敢攀条枝。十年之前我曾识，游女游人纷似织。画艇笙歌载酒来，桂花日日生颜色。只今寂寞短篱边，叶落花零也可怜。主人无言四壁破，掩面啼泣愁荒田。时见催租吏人过，下马当场横索坐。斲养叫呼寻斧柯，树头秃尽将奈何。

芍药叹

娄东芍药谁最佳，太常东园故相家。藻野堂前三十亩，花开万朵如铺霞。杨林陆氏更出类，父祖相传能种莳。百亩纷披灿锦云，太常一见犹心悸。年年花发酒杯倾，宗族交游共送迎。斸根卖药供赋税，剥啄不到心无惊。我来忽讶成荒地，乱草枯蓬望无际。为问主人今若何，四邻摇手潸流涕。里排艰难吏卒灵，铢锱不到殂圄囹。花开不见菩萨面，狱底夜叉翻出现。前人诗有“芍药花开菩萨面，棕榈叶放夜叉头”之句。

梅花叹

杨林人家多种梅，花开十里香雪堆。铜坑玄墓何足羡，家家步屧春风催。种花主人亦无数，惟有曹家种千树。平隄小阁出林梢，登高一望迷香雾。主人好客又多才，青梅如豆即衔杯。得钱完课尽沽酒，徜徉岁月真悠哉。豪家大宅争较计，编钱作埒君不睨。但知禾麦有丰凶，岂料梅花有兴替。良田不值一钩金，谁将余力买园林。灌花无资树渐坏，斧作薪刍向城卖。

毗陵唐子久学博以诗见赠次韵奉答

先生三代古时英，犹记西来望宇衡。予馆毗陵杨氏，与公衡宇相望。满箧诗文恒照耀，一栏花药自峥嵘。种成白玉丹初就，读罢《黄庭》酒漫倾。竹几蒲团清昼稳，萧然无事得长生。

郡中张永晖携吴中往哲图过娄造晤约寒溪菊斋随庵同集桴亭步随庵韵

故里名贤动我思，芳踪孰与共追随。仪型已见图千轴，块磊须凭酒一卮。笔下当年垂懿范，尊前此日订心期。从来景仰由先哲，月在青天影在池。

莫尔胤六十索赠尔胤善吹管为吴阊第一

吴阊风月夜如年，丝管声稠沸远天。技到绝人方冠世，品能超俗始为贤。千场纵酒仍高雅，是处征歌亦偶然。子孝妻贤心事足，如君不愧地行仙。

祝施母毛太夫人八十兼送又王远行

清和时节豆芽肥，游子归来戏彩衣。何事天涯频策蹇，拟将寸草报春晖。

寿吴阊徐石兄六十时馆洞庭

花深一径讲帷开，榻下传经尽俊才。道足烟霞堪笑傲，机忘鱼鸟共徘徊。

竹间待月携琴坐，林下寻诗策杖来。我亦湖山近乘兴，凭君先为拂莓苔。

八月二日存斋樊村寒溪鸿逸拙斋确庵同集竹西池亭分得话雨

细雨竹林幽，七贤偶而集。雅怀发高论，不似清谈习。

宋维程种菊娱亲招同石隐小集菊斋倡韵即席同赋

岁事艰难百卉荒，君家犹有菊枝芳。半年心力三秋玩，百日劬劳两月香。茂竹护来宁畏雨，今岁甚雨，菊本皆坏，兹独以竹覆得全。草堂移处不教霜。主人珍重为娱老，莫惜尊前一举觞。

岁事虽荒秫未荒，床头酿熟菊初芳。到来暮色兼秋色，对此花香共酒香。老友诗篇夸烂漫，少年文字挟风霜。菊斋孙子、孙婿也。白头小户皆沾醉，惟有公荣不举觞。维程乔梓皆止酒。

石隐看菊次日饮兴未已时有作诗以金石丝竹匏土革木为句首下限溪西鸡齐啼韵者颇矜其难石隐即前题依式赋之以示菊斋菊斋亦属和并以命予率尔勉成

金菊花开傍小溪，石床联坐日斜西。丝桐挂壁无弦柱，竹径留宾有黍鸡。匏叶屡吟非刺卫，土风难变不忘齐。革三未定忧心悄，木落寒林鸩鸟啼。

醉歌行为朱仇池作

仇池先生六十头未白，寄迹荒江茅舍窄。养蒙聊尔乐吾生，谈道每欣多上客。读书夜能钞细字，饮酒朝堪醉一石。邂逅遇我城西陌，握手相欢胜平昔。东邻张子颇好事，邀我同过倾琼液。我时病余不能饮，酒未沾唇面先赤。羡君豪兴绝代无，一吸千觥人辟易。酒酣耳热发浩歌，鬓发上指须如戟。仇池仇池，此夕何夕。君为我起舞，我为君按拍，世上不知谁醉醒。慎莫学龌龊，儒生徒踧踖。

织帘居晚望为顾伊人赋用原韵

掩关终日坐，薄暮且开关。晻霭前村树，苍茫隔浦山。地因偏自古，人以静而闲。今昔无穷事，衔杯一破颜。

袁子幼白予旧同学也能文好侠善吟啸向学仙今忽从法轮参学将别索诗为赠戏成四绝以当偈

少年跳踉老参禅，两截为人只么悬。底事原来无二义，倒翻筋斗向青天。

繁花落尽悟空王，悟后繁花总不妨。慧业文人方学道，磨砖作镜是尿床。

刚肠嫉恶世皆知，仙姥谆谆也进规。菩萨金刚差别相，谁知努目是低眉。

莫道袁生更不痴，而今方见老顽皮。门槌拍板随身带，正是逢场作戏时。

冯庭表移居乞诗依韵以和

不须泉石与烟萝，方寸真成安乐窝。地僻似嫌游屐扰，户幽却称野人过。道无可道宁言术，仙亦非仙肯事魔。庭表好道，故云。沧海桑田等闲耳，萍踪何用叹蹉跎。

十二月旧令白公以事至吴门士民百里趋迎牵挽而至至则寓药师庵不入城绅士皆携酒肴就之百姓焚香趋拜踵顶相错予连日追陪因采见闻所及为续旧官谣

平地娄城笑口开，喧传尽道白公来。拦街结彩春如海，比户焚香闹若雷。

公未至前三日，街巷皆焚香结彩，新令刘公闻知其详，不胜叹异。

纷纷士女并儿童，走向江干候我公。三日遥瞻犹未到，可怜盼杀白头翁。

公未至前，士民候江干者三日。

一幅轻帆到水隈，萧然野寺步莓苔。河阳重看花如锦，尽是吾公旧日栽。

士民方喧阗迎公，公蒲帆小舟，翩然而至，馆城外小庵，信宿始知。

绿衣朱帻小英雄，指点人称二相公。阴德从来归子姓，愿他福禄永无穷。

公四子，时次子侍公，行年十七矣。父老见之，有顶祝者，故云。

相随终日饮醲醇，相对浑忘孰主宾。有友昔曾推孟献，只今何让古贤人。

随公至者，山阳李香河，姑苏王方宜、张楚雄，皆贤人，公畏友也。

煦煦为仁未足钦，仁能锡类始为深。如公盛德真无二，傔从皆存抚字心。

公爱民心切，家人皆化之，有孟大叔者，尤慈惠，人咸颂其德。

使君一去十年余，微长髭须貌自如。闲却经纶无处展，漫教娄土动欷歔。

途人见公，一曰："公貌自如，但髭须微长耳。"一曰："早知闲却十年，何不留官此土。"

今年四月雨如倾，平地波涛顷刻生。不是两河能泄水，春郊何处尚堪耕。

公开朱泾、娄江两河，利及三吴。今年大水，不害春耕，人尤感其德。

士贱年来不可言，文昌贯索一何繁。须臾衅沐加堂皇，一度重来一度恩。

自赋敛令急，士之缧绁者不可胜数。有老儒龚挺，无辜被系在狱，赋诗不辍，公闻而出之。挺出狱赋诗有"不遇江州白司马，琵琶拨尽有谁知"之句。

纷纷负担尽讴歌，尽说苏松管道过。天若果怜穷百姓，便教巡抚待如何。苏松道久裁，愚民不知，故有此语。忆昔牧斋太史诗有“天若可怜穷百姓，便升州牧作都堂”之句，同一爱慕无已之心也，故并揉之以入谣。

王烟客太常招同顾子般重陪白使君东园谯集二律

东城郊外午桥庄，行乐年来径渐荒。端为君侯重拂拭，却令山水尽生光。尊前款语怀民社，醉里忧时动慨慷。共起隔溪观树色，满前都是旧甘棠。

犹记观荷傍曲池，凭栏对月共题诗。十年风雅留高韵，千里云山隔梦思。剑佩忽临如昨日，尊罍重整话当时。相亲一刻非容易，莫厌频斟酒满卮。

吴梅村太史招同吴鲁冈兵宪陪白使君谯集梅花庵

辟疆别业径重分，扫石焚香揖使君。绨几朱栏临叠嶂，清溪画艇泛晴云。冰霜此日忧方集，膏雨他年思正殷。一室围炉承笑语，春风满座夜氤氲。

旧令去官见纷纷民谣有感作

也愿身名两泰然，谁知一跌坠深渊。诸公莫漫相嘲笑，好鉴前车猛着鞭。

卷　十

清康熙八年己酉至十年辛亥(1669—1671),五十九岁至六十一岁

清康熙八年己酉(1669),五十九岁

将赴云阳诸同学治酒寒溪斋中为别各赋诗赠行即席赋二绝

三月莺花正及时,东风吹我动离思。故园不是频轻别,乡党几人能自支。

骊歌欲罢酒微醺,握手寒溪日暮云。醉里相看头尽白,那堪岁岁惜离群。

答王石隐送别之作

蹑得天根始讲人,谁能忧道复忧贫。眼无青白同群化,胸有阳和万物春。自是菲才谁用世,□□□□□□□。驱车仆仆成何事,惭愧先生遁出尘。

别母赴馆舟中有感作

八十高堂六十儿，饔飧朝夕反难支。临歧欲别浑无语，咽泪如珠不敢垂。

五日征帆去路遥，半为负米半征徭。公家若肯宽时日，岂忍庭闱隔暮朝。

缴湖小隐歌为曹生豫朋题

缴湖团团圆似缴，夜夜湖光如月满。千条杨柳蘸溪长，万叶青蒲依岸短。湖中高阜高于山，山中隧道如幽关。云是何王之古墓，千年灵闷岩花斑。湖山之傍有奇士，谯国南来贵公子。上马朝弯五石弓，垂帘夜读千编史。负才不遇须眉苍，短衣射猎轻侯王。忽焉悟彻名教乐，尽洗豪气为循墙。自念为山须立址，砥行端从门内始。千年故牒炳琅函，百世芳支登剞劂。人生会须识本根，本根不识谁敦伦。如君真是知非者，不愧前人作子孙。

次韵赠荆裕如

一别春风又隔年，重来相见倍依然。杜鹃红润三春雨，布谷声频二月天。颜巷多君能自乐，陈楼愧我但高眠。奚囊佳句知多少，一日还期惠一篇。

短歌行赠荆与可

与可荆子长七尺，瘦骨轻躯如鹤瘠。读书万卷不逢时，四壁萧然空叹息。卖书酿酒酒满缸，未熟催人唤客尝。酒酣耳热语益急，笑骂痛哭怜清狂。君不见君家荆卿击秦王，气为白虹干昊苍。胸中块磊千百斛，安得匕首如秋霜。

寿西昌萧孟昉

匡庐高出五云低，华胄遥闻说柳溪。道义源随濂洛远，文章名与斗山齐。春浮逸致传醽醁，遁圃高风寄赫蹄。更欲乘风载诗卷，泝流直上大江西。

裕如以牡丹三朵见贻其一甚肥戏赋一绝以谢

太真浓艳灿朝霞，碧玉还将斗丽华。可惜道人无用处，却来顶上作三花。修养家有三花聚顶之说。

端午日忆往事有感

东国繁华自昔推，况逢佳节胜情催。江潮夜涌牙樯集，海市朝开石首来。娄江昔阔数里，每端节则南洋渔舟毕集，远达四郡。今江成平陆，渔舟遂绝。宝胜金符妆阁启，旌旛箫鼓画船回。追思盛事应难再，剩有菖蒲浸酒杯。

答徐尔瀚见寄作

咫尺关河未得亲，屡承芳讯意何殷。图书阐古无他秘，教术犹人负众英。辩论一时聊共印，是非千载又谁争。悠悠满目无狂简，归兴何由比在陈。

五月过毗陵宿杨尔京豹隐斋尔京尊人青岩先生即席赠诗依韵奉答

故乡浪说四腮鲈，莼菜春荒近亦无。自愧向平游五岳，谁惊子静到鹅湖。难将木石填沧海，剩有冰心在玉壶。珍重相推吾岂敢，学通三极始为儒。

次日青岩先生约过近园午饭且示近刻即席用近园韵赋赠

溽暑事行役，过此非适然。主人十日留，邀我游平泉。芳园不出户，取乐一何便。新筑正经营，池馆郁绵延。地偏隔廛市，古树忘岁年。中流矗奇石，屹立山岳坚。上如千仞冈，下如万里川。容膝以为居，虚舟以为船。容膝、虚舟，近园斋名。更有自得窝，时时供晏眠。有小阁，属予题额曰“自得”。即此自羲皇，何必希葛天。青精饱饭后，徐步相拉牵。攀跻贵忘形，主客互后先。小酌鉴湖曲，落日波生烟。清谈不求醉，尔我天俱全。本无世情缚，安有俗虑缠。区区褦襶子，彳亍真可怜。

下午小饮鉴湖一曲青岩先生赋诗见赠即席依韵奉答

百年强半老樵渔，邺下才名愧□□。酒取忘忧宁故却，诗能适意不求余。芳园泉石君偏胜，蓬户箪瓢我自如。记得杜陵佳句好，山林高枕即吾庐。

蔡仲全闽游谒靖藩世子归时同在座青岩先生作诗赠之予亦依韵赋赠

白首山林老著书，南游岭峤意何如。将军揖客气常壮，天子狂奴傲有余。仲全自称江南老布衣，世子称仲全博学君子。王座穆生原设醴，侯门冯煖岂无鱼。去来随意从容甚，短褐依然不曳裾。

宿尔京豹隐斋临别赋赠

高斋留十日，投契一何深。避暑非河朔，清谈异竹林。钩帘风乍起，把盏月初临。商略惟经史，悠然万古心。

寿毗陵汤煜予七十中山襄武王十世孙也

中山勋业在旂常，城社功高世泽长。中山筑城守毗陵。点将台存边月苦，护龙河绕阵云翔。诗书累叶簪缨旧，祠庙千秋俎豆香。煜予曾出赀建祠，呈请复祭。十世犹能扬祖烈，海天遥进一霞觞。

荆退咨先生得阳羡新芥甚佳每烹啜必遣童相遗戏为一律以谢

名茶阳羡夙称雄，况复新成自岕中。芽自雨前生出好，地从庙后种来工。金铛漫煮丛丛火，玉盌遥擎细细风。不觉悠然清两腋，却令陆羽作卢仝。

予未识芥茶原委荆子裕如示我洞山芥茶记原委甚悉而文特高古因为芥茶行记之示裕如并政遐老

生平啜茶不识茶，何异不辨菽与麦。我来云阳试新岕，真觉清风生两腋。荆子示我《洞山记》，始知异物生奇碛。古来龙凤造成团，碎碾椒兰和香泽。苏黄两公号知味，薑盐乱行添茶厄。入明始有解茶人，绝去纷纭取真液。清明初过乍抽芽，便撷新英供上客。虎丘蒙顶互驰名，雀舌旗枪争据席。朱门王孙酒肉臭，愿得清凉荡胸膈。千金不惜买松萝，自谓芬芳难与易。岂知名茶有极品，洞山一出空群迹。洞山只在阳羡南，雉州境里疆圉坼。两岭之间名曰岕，洞山突兀高千尺。山前旧有土神庙，庙后艺茶畦径窄。相传犹自宋时遗，一尺茎柯比金石。纷纷帽顶与犁尖，咫尺相看便分画。棋盘香袋品亦上，兄弟雁行犹跼蹐。探之必自立夏后，气足神全方可摘。竹笼茶灶漫炊蒸，不似雨前轻焙炙。去其微苦留其甘，良工能事诚非昔。江南大家百万户，户户传闻竞珍惜。

雅人韵士尚风流，争入深山亲蹑屐。摩挲剧于十五女，一叶一枝如拱璧。旋汲山泉活火烹，玉盌盛来天与碧。沁人肌骨清人心，疑在冰壶濯神魄。君不见两川秦凤茶狼籍，叶老茎粗丛剑戟。朝廷立法限华戎，十万军需仰朝夕。吾侪何幸生此间，细吸中泠品茶格。

金坛史惠修过访谈道赋赠

性命功夫也不难，只将日用等闲看。功名亦是中间事，莫把分开作两般。

说玄说妙总朦胧，只在寻常日用中。略向此间分理欲，一轮红日自当空。

见木竹有感木竹心实而小惟皇塘有之

虚心君子竹，惟尔不虚心。自外甘篱落，何堪荐釜鬵。枉称筱簜族，徒入苇萧林。羽镞岂无用，加工恐不任。

过丹阳荆冀瞻逸园小饮舫斋

芳园新径好，疏竹自萧萧。细路回溪足，平桥贴树腰。荷香三面至，柳影一隄遥。久坐浑忘暑，归途未觉迢。曲曲小池塘，蒲荷一带长。竹分遥送冷，花落迥添香。绕舍三间足，侵阶二尺强。便当临水坐，濯足拟沧浪。主人能爱客，小设为情亲。果摘家园味，鲜烹曲沼鳞。醉醒随客意，裸跣任吾真。欹枕支床稳，凉风动渚蘋。临溪野望阔，小筑又新成。秔稻平畴足，松筠古祠清。踏青春社会，转水夜歌声。好待枫林赤，还来坐月明。

书扇赠稚圭荆生

荆国家声重，清才尔独贤。德因淳自厚，气以静弥坚。娱目多泉石，游心足简编。时尊人遐老方构亭叠石。仔肩殊未易,何日俟飞鶱。

蔡仲全过皇塘见访赋赠

老翁到此只廿里,何意经时始惠然。岂是小车游未息,致令木榻坐将穿。携朋选胜睛时路,浣手钞诗雨后天。十日春风吾与汝,任他尘俗自戋戋。

杨生斋先过访阻雨留皇塘十日赋此赠别

掩关终日不曾开,羡尔驱驰远道来。得得蹇驴冲晓雾,萧萧襆被冒轻埃。到门恰喜同心在,联榻何妨一月回。莫怪天公频着雨,挽留深意自怜才。

七月予初从云阳归菊斋又移居东城同志举三簋约即席共赋

酒尊鲑菜及诗筒,雅会吾侪此日中。作客未离春远近,移家只在瀼西东。迁无他适迁俱好,别不逾时别亦同。长日正宜河朔饮,莫教辜负芰荷风。

菊斋移居集同志小酌即席共赋绝句二首

海天东过一瓢栖,又复移家隐瀼溪。似向云山更深处,相看只在小亭西。菊斋新居与予衡宇相望。

数竿修竹一池萍,物外幽居却近情。始信韩康非善隐,置身尘市欲逃名。

读沈退庵家传

营头夜陨声如雷,十千粗练横江隈。三山乘风竟克捷,新亭回泊成崩摧。谁能只手转坤轴,徒使孤忠随劫灰。日落西风动淮水,凤台萧瑟白云哀。

立秋日荆裕如送甘瓜赋谢

风满高楼暑未徂，惠来甘实胜醍醐。道人未有相如渴，只觉冰心在玉壶。

铁雪梨丹阳佳瓜种也裕如复惠数棵赋此以谢

铁雪梨，铁雪梨，小如拳，大如椎。外青内赤甘如饴，一片入口清心脾。君不见太华峰头玉井上，中有莲花长十丈。结台如屋藕如船，莲的如瓜真异状。试将雪梨相比量，未必甘浆肯相让。

过吴阊访张永晖信宿斋中并晤陈子勷赋赠

夙有高斋约，扁舟此夕过。夕阳浮远渚，新月到庭柯。厚德比邻爱，幽村静者多。市朝纷沓甚，吾意属烟萝。

八月过梧塍孔氏谒至圣家庙恭赋

素王功德祀千秋，东鲁宗祊徧九州。自有梧塍分杏树，遂令泗水接江流。一堂礼乐威仪肃，百叶孙枝庙貌悠。家学有人方振绪，神灵应许嗣前修。谓蓼园。

过曹子玖山居

朋来属秋霁，山色映澄湖。霞曳千寻练，林栖万点乌。掩关书卷气，凭槛水云图。对此幽居乐，何辞一醉呼。

中秋同孔蓼园过缴湖集曹豫朋山房诸同志皆会蓼园赋诗见贻率尔步韵奉答

吾道方穷前路迷，江皋犹幸有兰芝。园中桂发穿芳径，湖上波澄步水湄。立志天人期共究，忘年尔我互相师。儒门淡泊人争讶，谁信风流只在兹。

答许介桓即席见赠作

被褐青溪老布衣，十年以长误称师。惭予老病难遵礼，美尔高骞好咏诗。玩世君平帘下早，途穷阮籍驾归迟。尊前烂醉休相讶，惜别情深有所思。

答曹紫垣即席见赠作

秋山历历水漪漪，放棹江皋景色微。寒谷春回灰乍暖，北溟风息翼难飞。即看光气谁能掩，莫是宗亲失所依。学但穷源终不误，一人知我未为希。

答蓼园赠别

朅来相见又睽离，把袂河梁说后期。已自殷勤烦赠纻，那堪珍重更题诗。十年心事千秋业，三寸愁肠百丈丝。著作虽劳犹健在，请君为代一然藜。

答紫垣赠别

缴湖风满绿漪漪，促膝经旬笑语微。十载一编常自惜，三年六翮未能飞。鱼龙有浪终当跃，乌鹊无枝何处依。一去又成经岁别，天涯相望叹音稀。

韩福孺赋诗赠别依韵奉和福孺魏公之后也

盛德高勋自宋时，孙枝南渡住江湄。惟应特达歌薪槱，谁使羁栖咏《黍离》。三径已甘从仲蔚，天涯何幸得钟期。十年久别常如昨，促坐谈经载赋诗。

秋仲过皇塘荆遐咨且园时新筑初成又有得孙之庆特赋一律以赠

胜地芳园旧擅名，我来新筑又峥嵘。晴轩碧水当胸快，小阁朱栏照眼明。北牖向传双竹瑞，戊申岁，园竹双茎者二株。中庭忽报一麟生。从来此种多君子，风雨龙孙看长成。

王伯升种菊东园荆寅九携之入座西席蒋大中赋诗索和依韵勉成

昨见东园次第栽，阿谁携入锦堂来。微吟不惜三千首，烂醉还看一百回。座有高人常作伴，门非雅士不轻开。年来晚节人间少，漫向花神酹一杯。

在馆得家书知新任大城刘公能革弊政民庆更生赋以志喜

频年凋敝不胜愁，天意如斯敢怨尤。海国鱼盐成涸泽，朱门俊彦作拘囚。忽闻春到江头好，不觉阳回黍谷幽。蔀屋渐添生气色，老夫漂泊未须忧。

清康熙九年庚戌（1670），六十岁

予居忧多病不能饮食石隐谓予宜散步开郁时菊斋庭中新移海棠拉予同老友数人午饭

六十居忧复多病，总有好花无好怀。逐伴强来陪末座，对花不觉泪盈腮。

寒溪约看紫牡丹

对花久似雾中看，况复春来泪未干。也逐东风同笑语，强欢终是不成欢。

闻道当年邵康节，也种一株添色红。郑国温公相唱和，那堪尔我数衰翁。

殷重约看黄蔷薇

淡黄颜色蕙兰心，一种幽香不可寻。无数芳菲争上苑，如君端合住山林。

圣传约同石隐樊村看罂粟

寒溪主人种罂粟，朵朵花开似牡丹。国色天香也如此，何须分别两般看。

初夏同庄溪存斋诸兄过鸿逸草堂作

初夏村庄百事宜，缤纷罂粟满前陂。竹萌豆荚随时馔，野服黄冠相与嬉。聊以衰残□□□，却怜缟素对花枝。消愁终是愁无那，满座题成未咏诗。

诗成或以为病中不宜太作愁语复成一律

柏木桥边客棹来，春星堂下板扉开。绿阴如幕梅子绽，红锦叠茵罂粟堆。好雨催诗零复止，黄鹂□□去还回。波澜翻覆何须论，□□□□□□□。

奉答王石隐六十见赠诗

读《礼》逾年岁月悠，白头浑欲不胜秋。良辰似水堂堂去，俗累如胶故故留。不但时穷兼岁恶，此皆天意岂人谋。吾衰已矣苍生病，谁为斯民进一筹。时娄中春夏大水，秋冬复大风雹。

水没头歌

水没头，没头水，灾沴从来未有此。今春春水满四泽，梅雨又来人尽喜。陡然一雨四十日，平地波涛三尺起。高乡低乡成陆海，坚厚如城亦倾圮。天晴水未退尺寸，怪风忽动云如驶。海水直立高于山，奔入平田几十里。太仓、嘉定、常熟沿海十里尽坏。屋庐漂没花稻空，人畜浮沉半生死。谁知天意更奇哉，东北风过西北来。太湖三万六千顷，卷空白雪声如雷。湖堤东束不得过，抵排激斗鱼龙簸。冲村扑舍村舍空，荡郭摧城城郭破。吴江一城如小盂，中边皆水民为鱼。画楼百间沉水底，纵横棺椁浮丘墟。吴江城北有百间楼为水冲倒，民间棺椁皆漂乱。奔腾东出出不得，三江故道皆湮塞。回旋散漫浸平畴，阡陌疆围都不识。可怜三吴赋重民力殚，豫征久悲骨髓干。惟望秋成十分好，卒岁犹自多艰难。岂料民穷天不恤，罪孽既深难解释。积荒十载荒又荒，吴中自辛丑岁起，连岁荒歉。此番定作沟中瘠。被灾死者不必言，惟有生存苦更冤。先要支持七分限，粉身碎骨谁来援。沿塘水浅稍可救，尽力增围夜复昼。无端殃及往来船，乱抢篷桅如杀斗。沿塘数十里，皆抢往来船上芦蓆作岸，得延一线。救苗废尽无限力，水中作肚苗不实。苗将实曰做肚，水深而寒，故不实。徒看两岸叶青青，妆点丰穰虚景色。沿海高乡更不情，木棉水退叶仍生。太仓、嘉定俱种木棉。根干已伤无子结，聊作薪刍爇釜铛。朝廷饷急不轻赦，部文日夜鱼鳞下。报荒不报两迟疑，造册里区先索谢。叩阍无路天宇深，思量往事多酸辛。勘荒费大不可说，总有蠲减还欺侵。欲歌不能哭不可，万转千回愁杀我。干戈宁息四海平，反使斯民重罹祸。遥思昔日帝尧慈，九载洪波靡孑遗。未识君臣用何道，遗种犹存到此时。

刲股吟有小序

古来忠臣孝子之心，非丝竹不能表其志，《拘幽》《履霜》诸吟操所由作也。大兴曹孝子广攄刲股救母而死，其心始终不欲以告人。予闻而悲之，为作《刲股吟》以见孝子之心。

猗嗟儿身兮，维母之身。以母救母兮，遑恤其生。母生儿生兮，上天之仁。母生儿死兮，是儿之心。母能长生兮，儿即常存。

白玉涧哀死忠也

白玉涧边涧水白，中有流丹化成碧。夜寒月照长虹生，直上干天天欲坼。人年八十号眉寿，犹作忠魂詈强寇。攀棺孝子死方烈，孙又继之咸决脰。一门三烈世已稀，更有义仆尤称奇。生事尽力死尽礼，心坚化石人嗟咨。人嗟咨，鬼凄恻。后来谁人当史职，作史慎勿遗幽忠，幽忠或遗天所殛。世上人心尽如此，世间安得有改革。

赠别张永晖时淫雨为灾遑遽而归

握手匆匆酒未沽，那堪洪水涨天吴。凭君莫逐征帆去，留画监门郑侠图。

清康熙十年辛亥（1671），六十一岁

二月十三日于二府舜邻聘同相度娄江时方议兴浚诸搢绅言予颇知水利召参末议也

是物关民命，专成在得人。近功何足喜，小凿反为屯。河塞五十里，向阔数十丈，今以费少，止议开三十里，阔数丈。硕画须经久，嘉谋出众询。决排神禹事，千古共谁论。海口滟沙非决排不可。予著《淘河议》《决排说》二篇上二府，虽未即行，然以予说，海口不复筑坝，省金钱无算。

别于二府赴丹阳馆

周旋岂不乐，才尽为忧深。试药闲中味，看花事外心。二府药酒成，蒙留试饮。又同至江畔人家看牡丹。春田眠走犊，时序变鸣禽。旧约终难负，飞鸿有远音。

孟夏同昆山归玄恭李萼青及石隐仪臣子犹圣传小集鸿逸春星草堂分韵得高字

青梅如豆绿阴高，列座飞觞老兴豪。酒到岁荒欢会少，人于衰病往还劳。圣传与予皆病，石隐、仪臣年老，扶掖登舟，意态甚艰。沧桑久变愁吾党，救济无人任彼曹。时谈开河及苏松浮粮事。万事年来总堪叹，不如花下醉春醪。

夏五过练川访侯记原记原以近刻秬园杂咏见示且出确庵和作共观曰吾辈素心不过数子集中岂可无君诗愿亦和之予时居忧多病情思不属诺而未许九月水田尽荒挈小舟往视余穗舟中卷蹋不堪偶于箧中简得此册遂倚舷一夕和之

旧业名园古,幽居胜境偏。地余灰劫后,人在义熙年。已识潜龙隐,宁知乘马邅。主人肥遁久,名姓不教传。

罢讲门生去,无人舁笋舆。犹余问字酒,醉写换鹅书。竹色禽鱼静,棋声枕簟疏。夜深池水白,明月照高居。

道力吾衰甚,风流汝独贤。著书常岁岁,种药自年年。驭气惟参道,斋心不事禅。记原昔年曾学吐纳,不喜禅。近来诗句好,直欲压松圆。畷诗以程孟阳为宗,号松圆老人。

旷年才一过,高柳拂云烟。读《礼》忧方属,谈《诗》兴未联。时危非偶尔,岁歉转凄然。无限艰辛意,难将五字传。

此中能避世,便觉意超超。树偃常妨径,溪平欲浸桥。瓜壶聊老圃,松柏自前朝。肆志甘贫贱,商山未足骄。

昔贤称避地,二老海东滨。乐矣吾偕汝,萧然冬复春。身心聊共砥,衡宇互为邻。沮溺真同调,巢由岂异人。

隔溪维水艇,有客自山阴。时浙中朱周望在镐,周广庵寰过畷中,寓明月堂。我亦来乘兴,双鸣谷口音。联行看活水,偶坐听鸣禽。底事旋分手,翻为别鹤吟。周望将北上,诗有"别鹤"句。

废宅祠新复,忠臣骨久香。英灵存庙貌,正气在穹苍。帷动神风肃,庭空白日荒。曾孙且蘋藻,俎豆俟君王。记原新复故居,奉为宗祠。

先生高卧惯,睡足日三竿。朝旭冬常暖,凉飔夏亦寒。鸟鸣人得句,鱼戏客凭栏。何处频携杖,骚坛共酒坛。

令德谁能嗣,鸣皋鹤和阴。文腾千丈焰,诗引百年心。入世机心浅,通家礼数深。令子天存才情特茂。又记原与予有兄弟之雅。因君怀小阮,记原侄、研德之子大年,时在莱芜。愁绝为人琴。谓研德。

话深重促膝,曲径小溪芳。别馆闲花好,山厨野蔌香。摊书商祠禴,食肉愧禫祥。记原邀予别室午饭,读予《宗祭礼》,时予未祥,以胃病食肉。祖泽高楼在,巍巍矗粉墙。别馆在尹绿楼旁,太常公所建。

方嗟难聚首,分袂遽何为。稚子擎装侧,舟人拄艇攲。订期迟后会,惜别数前时。赢得溪相柳,依依拂面垂。时予有家事促归,记原期秋后之约。

赠金坛王丹献

古人重源流,源深流亦长。如木有本根,本拨枝必伤。区区夸毗子,逸宕以为常。籍谈不识先,况复念宗祊。吾友王丹翁,好德性所臧。追维厥初生,自晋已发祥。宗繁合复散,谱牒皆失亡。赖有恭简公,支派始煌煌。迄今未百年,此意又复荒。君独奋衣起,思欲持其纲。寒暑不敢恤,夙夜不敢康。黾勉四载余,聊云得其详。吁嗟收族事,古人所难量。其本在敬宗,能敬始不忘。如君一点忱,直可格彼苍。慎此念始终,福裕垂无疆。

苦热行六七两月奇旱奇热百年未有

去年寒,寒于冰,两月积雪断人行。今年热,热于火,炽炭红炉无术躲。杲杲赤日当天升,蕴隆积气空中蒸。纤云不翳碧空色,树头少女无消息。汗流终日如浇汤，手疲扇破风不凉。更有苍蝇苦相恼，寻头扑面穿衣裳。据案对书不能入，炎席蒸尻起还立。三飧饮食总欲废，引箸挥箑手不给。夜深思得一饱眠，汗沾席湿水渍肩。起看星月正皎皎，蚊蚋又欲来周旋。闲偕父老相嗟异，百岁从无此憔悴。道暍时闻立死人，一月余威犹不啻。金坛航船暍死八人。平头僮奴意骚屑，脱裈裸跣犹叫绝。儿童儿童慎勿嗔，尔不见村边老农背流血。

前　旱

赤星如拳耀斗边，去年巨浸犹稽天。大水之后必大旱，逆知此岁多迍邅。讵意夏初颇雨水，五月插秧农事喜。自从大暑雨泽竭，两月纤云都不起。不惟无雨兼无风，绛霞如火朝朝红。池塘水竭鱼鳖死，树头叶尽薨飞虫。翻车老农背如赭，流血津津裂双踝。击鼓烧山龙不醒，暴尪焚祝神空下。村中父老心怛绝，五步一拜胫欲折。柳枝盘顶手擎香，万口叫天天不彻。三吴古来号泽国，不忧旱暵忧堙塞。三江成陆百川平，纵值丰年常菜色。今年蠲赋开刘河，饥黎百万舞且歌。江流初复遽遭旱，杯水难救车薪多。况复浑潮挟沙入，海强河弱沙还集。水利名成难报荒，仰头空对苍天泣。

闻家乡得雨

闻道三吴地，枯禾得雨苏。家园老梧竹，应喜渐沾濡。大吏精心祷，闻院司祷雨甚虔。农民搏颡呼。天心尚可挽，持此慰穷途。

后旱六七月无雨八月尚不雨

羿射十日九日休，三千年后来报仇。青天被焚欲焦赤，云霞着火烧成球。雷公逡巡敛手避，蛟龙远遁穷海头。吾乡神数有管辂，豫卜今年上天怒。曹秋鹤先生述有善卜者言今岁大旱。又闻太阳与火木，井鬼柳星同度宿。所以酷暑奇旱来，合并三月未尝飘霡霂。京师日闻劳步祷，闽浙荆梁亦枯槁。淮徐凤泗乱飞蝗，赈后饥殍犹载道。三吴小民何觳觫，去年巨浸今焦秃。地方赋重不得蠲，三军急饷千官禄。呜呼三军急饷千官禄，万姓逋粮罪莫赎。积荒十载骨髓干，医疮那得心头肉。

八月初四家信至知娄中大雨非真

吾乡先得雨，消息竟非真。霡霂诚何济，骄阳尚杀人。圩田无潴水，河底平浅故。沙土易生尘。娄土东偏皆沙土。此地今无获，将来未可论。娄地积荒十年。

闻江北飞蝗有感

闻道飞蝗畏积雪，雪深一尺蝗深丈。古有“遗蝗入地应千尺”之语。去年积雪几丈余，今岁飞蝗翻长养。淮扬徐泗百万人，三千鱼鳖为波臣。庚戌雪深人庆瑞，灾民无衣僵满地。遗蝗不死死遗黎，上天降罚诚何意。飞蝗飞蝗，闻尔亦有神，此中分别宜有伦。渚蒲江荻多堪食，留剩三分活善人。

不　寐

羁人最苦事，不寐望天明。暗壁乱蛩语，空阶风叶鸣。曙迟憎月色，漏满忆鸡声。无限离愁意，都从枕畔生。

七月左肩生疽至八月困顿弥甚医者言积郁所致有感而作

岂不谓愁恶，其如百虑煎。上供难暂缓，天意不吾怜。娄中叠荒。俯仰尚多愧，母未葬，子未娶。饥寒且勿宣。此肩方任重，降罚定何愆。

维扬宗子发过访问道值予卧病未及快谈临别赋赠兼示宁都魏冰叔

水绘堂中旧友声，朅来相见倍关情。予友确庵晤子发于维扬水绘堂，云欲过访。人从静后精神敛，遇到穷时学力生。子发频年遭遇多厄。客里谈经清昼永，病中对汝夙痾轻。西江倒屣应无及，相见烦君一叱名。魏冰叔名禧，西江高士也，与子发相友善。予在丹阳亦欲过访，与子发相订，时予正值东归，不及待矣。

答吴江戴芸野见怀即步原韵

芸野少予□岁，原名鼎立，字则之，国变后改名笠，字芸野。隐居乐善，不入城市。己酉春，吴梅村招之至娄，宿于野寺。向读《甲申纪事》，知予名，属友人持刺致予，予怀刺就之。读予《性善图说》，下拜称弟子。至是复以诗见怀。

鸿鹄参天飞，丰满在六翮。千里此同心，何必羡几席。乾乾终日间，惕若犹贵夕。万物备于我，讵可不穷格。毋徒学善人，质美不践迹。

万物皆具性，禀受各有因。惟兹万物灵，恒性不受尘。诸儒论说详，得失每互陈。寥寥孔孟旨，谁与开阳春。立说苟或偏，罪匪杨与荀。

学问彻上下，一语惟有敬。原始与要终，尚志迄尽性。芸野别时，予曾书《思辨录》中四语相赠曰：尚志居敬以立其体，致知力行以勉其功，天德王道以大其成，尽性至命以要其极。小得固斐然，大成亦包并。嗟彼半途贤，自画功弗竟。舜予岂异人，克念斯作舜。

吾生过甲子，雅志在取友。寥寥竟无徒，忽忽就衰朽。邂逅得吾子，驽骀瞠乎后。至理谅在斯，举世等敝帚。倘或臻厥成，藉手报鲁叟。

人生最苦事,大故在衰年。读《礼》不克尽,惭负千百愆。废书几两载,著述安得前。况兼贫与病,远游亦无缘。禫余得新诗,怅然理陈编。

十一月赴抚院马公聘拙庵亲翁赋诗见赠依韵奉答

负病经年久,华颠匪二毛。纡筹心已懒,方药手频钞。漫道征书下,徒烦使者劳。吾乡凋敝甚,深恐愧干旄。万物有荣悴,机缘总在天。谁能怀保赤,方可佐烹鲜。志愿苟坚定,神明其舍旃。只愁排患难,不若鲁生连。

依韵答石隐见赠作

贫病微躯何所求,饥驱往往去林丘。征书自为师资□,抚公聘予为令子康侯西席。筹策谁参帷幄谋。势隔谅难思出位,心存或不负兹游。年来自觉吾衰甚,只恐难撑上水舟。

跋

唐受祺

叶君涵溪《纪桴亭先生诗钞》云:先生诗有编年、分体二本,而编年本流传绝少。据先生子允正所述《行实》,《诗稿》十卷在未刻书中,则向无刻本可知。吾娄汪静崖宫庶《娄东诗派》、钱塘汪氏《明诗三十家选》刻先生诗甚夥,然所据者亦分体本。道光庚戌,研云王先生寄示《桴亭诗》一册,题下多系甲子。咸丰初,又钞得数册,汇为十二卷,按其年月,略已晐备,惟己酉、庚戌以后疑尚有脱误,然未见编年本,亦无繇厘正也。是钞于全稿中已登十之八九,读先生诗者可以见其全体云云。受祺按,叶君刻《先生诗钞》,虽已掇其精华,然终以未窥全豹,私心慊焉。丙申之秋,既刻《先生遗书》过半,因复贻书王君晋蕃,乞觅叶君藏本。丁酉夏,王君书来,则已叚得叶本,尽将《诗钞》以外未刊之作手录见贻。维时适李生颂侯自南中来就学京师,讲贯之暇,辄与雒诵先生之诗。李生复据《文集》《年谱》诸书,于己酉、庚戌以后重加编次,且依《行实》所载,订为十卷,而是编遂成完书。夫辑录之体与品藻之家义例迥殊,盖诚志在研核,即不妨就性之所近而掸择之。若辑录者,则宜存古人之面目而不敢私行窜削焉。矧夫先生之诗网络群流，本原至性，其有关于人心世道之隐，运会消息之微，有志之士即得其断简零篇，已当珍贵，而况康圭连璧，迺可听其为不完之宝乎。是用甄录之以俟后之君子，且缀数语于后，以征王君惠我之雅与夫李生编辑之勤，其功俱不可没云。光绪已亥夏五月同里后学唐受祺谨跋。